KB221128

Jules Verne

80일간의 세계일주

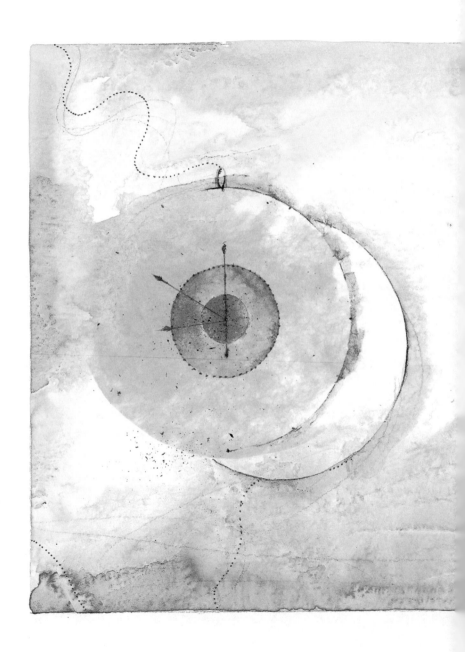

Jules Verne

80일간의 세계일주

쥘 베른 지음
박미림 옮김 | 최영란 그림

주변인의길

◎ 차례 ◎

❋ 차례 ❋

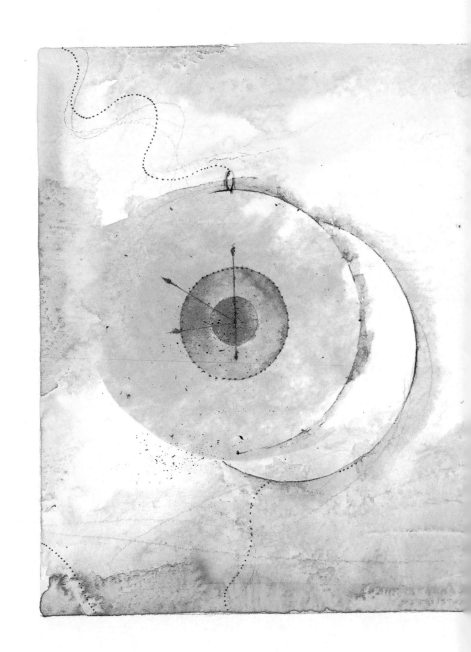

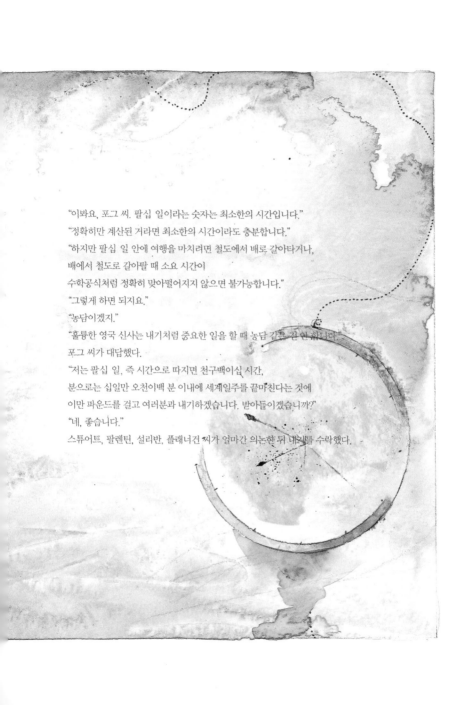

"이봐요, 포그 씨. 팔십 일이라는 숫자는 최소한의 시간입니다."

"정확히만 계산된 거라면 최소한의 시간이라도 충분합니다."

"하지만 팔십 일 안에 여행을 마치려면 철도에서 배로 갈아타거나,
배에서 철도로 갈아탈 때 소요 시간이
수학공식처럼 정확히 맞아떨어지지 않으면 불가능합니다."

"그렇게 하면 되지요."

"농담이겠지."

"훌륭한 영국 신사는 내기처럼 중요한 일을 할 때 농담 같은 건 안 합니다."

포그 씨가 대답했다.

"저는 팔십 일, 즉 시간으로 따지면 천구백이십 시간,
분으로는 십일만 오천이백 분 이내에 세계일주를 끝마친다는 것에
이만 파운드를 걸고 여러분과 내기하겠습니다. 받아들이겠습니까?"

"네, 좋습니다."

스튜어트, 팔렌틴, 설리반, 플래너건 씨가 얼마간 의논한 뒤 내기를 수락했다.

Ⅰ. 필리어스 포그와 파스파르투,
주인과 하인으로
계약을 맺다

벌링턴 가든스의 새빌로 가 7번지. 영국을 빛낸 위대한 연설가 셰리던이 1814년에 임종을 거둔 이 집에, 1872년 필리어스 포그라는 한 신사가 살고 있었다. 이 신사는 타인의 시선을 끌지 않기 위해 안간힘을 쓰는 듯 보였지만, 런던 혁신 클럽에서 가장 독특하고 눈에 띄는 사람 중 하나임에 틀림없었다.

한때 위대한 연설가가 거주하던 집의 주인이 된 필리어스 포그는 영국 상류층에서도 가장 멋지고 매너 좋은 신사라는 사실 외에는 전혀 알려진 바가 없는 수수께끼 같은 인물이었다.

우선 외모로 보자면 혹자는 그가 바이런의 얼굴과 닮았다고도 했다. 두 다리가 멀쩡한 바이런, 콧수염과 턱수염을 기른 바이런, 냉정한 바이런, 천 년이 지나도 늙지 않을 듯해 보이는 그런 바이런이라고나 할까?

국적으로 보자면 분명 영국인임에 틀림없지만 런던 출신은 아닌 듯하다. 증권거래소든 은행이든 시티런던의 구 시가지로 상업과 금융의 중심지의 상점에서든 어느 곳에서도 그의 모습을 본 사람이 없다. 런던의 항구나 부두에서도 선주의 이름이 필리어스 포그인 배는 정박한 적이 없었다. 행정위원회에도 그런 이름은 없었다. 템플, 링컨스인, 그레이즈인과 같은 법학원에서도 필리어스 포그라는 이름이 울려 퍼진 적이 없었다. 최고법원에서든 퀸스벤치 법정에서든 종교법정에서든 필리어스 포그라는 자가 변론을 한 적은 없었다. 그는 사업가도 중개인도 상인도 농민도 아니었다. 영국 왕립연구소에도 런던 연구소에도 장인협회에도 러셀 협회에도 서양문학회에도 법률협회에도 등록되어 있지 않았다. 여왕 폐하께서 직접 후원하는 학술 협회에도 그의 이름은 없었다. 한마디로 말해 하모니카 협회에서부터 해충 박멸을 위해 설립된 곤충연구협회에 이르기까지 런던에 넘쳐나는 수많은 협회 중 어느 하나에도 가입한 적이 없었던 것이다.

필리어스 포그. 그는 혁신 클럽의 회원일 뿐이었다. 그런데 어떻게 이런 수수께끼 같은 인물이 이처럼 명예로운 모임의 회원이 될 수 있었을까? 그것은 바로 필리어스 포그가 거래하던 은행의 주인인 베어링 형제의 추천 덕택이었다. 포그 씨는 베어링 형제 은행에 당좌를 개설했었는데 그가 발행한 수표가 정기적으로 지불되었고, 잔고가 부족했던 적이 없는 만큼 그는 신용 있는 고객이었던 것이다.

그는 부자였을까? 여기에는 의심의 여지가 없다. 그런데 어떻게 그 많은 재산을 모았던 것일까? 이것이야말로 그 어떤 정통한 소식통도 대답하지 못한 가장 어려운 문제였다. 결국 필리어스 포그 자신밖에는 답을 알고 있는 자가 없었다. 아무튼 이 남자는 낭비벽이 심하지도 않았지만 인색한 구두쇠

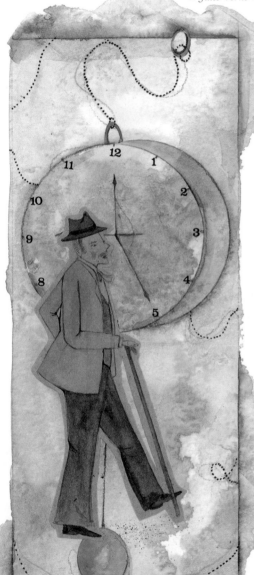

도 아니었다. 오히려, 고상하고 유익하며 도움의 손길이 필요한 곳에는 익명으로 조용히 필요한 도움을 제공하기까지 했다.

필리어스 포그. 이 신사만큼 말수가 적은 인물도 없었다. 가능한 한 말을 아꼈던 그였기에 더욱 신비로워 보였다. 그러나 그의 일상으로 말하자면 그리 비밀스러운 것이 없었다. 마치 수학 문제를 풀 듯 정확하게 똑같은 일상을 반복했기에 상상의 여지를 남기지 않았고, 이로 인해 낙심한 상상력은 그 너머에 있는 무언가를 찾아내기 위해 더욱 애를 썼다.

그럼 포그 씨가 여행한 적은 있을까? 아마 그럴 것이다. 그만큼 멋진 세계지도를 보유한 사람도 없을 것이다. 아무리 외진 곳이라 할지라도 그는 남다른 지식을 갖고 있는 듯했다. 길을 잃거나 실종된 여행자들에 대한 소문이 클럽 안에 떠돌 때마다 이따금 간단명료한 몇 마디 말로 그 수많은 억측을 잠잠케 했다. 그의 의견은 상당히 그럴듯했을 뿐 아니라 결국 그의 말대로 일이 마무리되곤 했으므로 포그 씨의 말들은 상당한 통찰력에서 비롯된 것 같았다. 아무튼 필리어스 포그는 세계 곳곳 안 가본 데가 없는 사람이었다. 적어도 머릿속에서만큼은 말이다.

그런데 한 가지 확실한 것은 그가 이미 오래전부터 한 번도 런던 밖을 벗어난 적이 없었다는 사실이다. 남들보다 포그 씨를 좀더 잘 아는 영광을 가진 이들은 그가 매일 집과 클럽을 오가는 지름길 외에 다른 곳에서 그의 모습을 볼 사람은 아무도 없을 것이라고 장담했다. 게다가 여가 생활이라고는 오직 신문을 읽거나 휘스트 게임을 하는 것이 전부였다. 말이 필요 없는, 그래서 더욱 그의 성격과도 잘 맞는 이 게임에서 그는 종종 승리를 거두었고, 이렇게 딴 돈들은 그의 주머니 대신 자선기금을 위한 예산에 할당되었다. 그런데 알아두어야 할 사실은 그가 게임을 하는 것은 이기기 위해서가 아니라 게임 자체를 즐기기 위해서라는 점이다. 그에게 게임은 어려운 문제와 싸워가는 씨름이자 투쟁, 그러나 몸을 움직이거나 자리를 이동할 필요가 없는, 그래서 피곤하지 않은 그런 싸움이었다. 한마디로 그의 성격에 딱 들어맞았던 것이다.

한편 필리어스 포그에게 부인이나 아이는 없었던 듯하다. 물론 이런 일이야 굉장히 반듯한 삶을 사는 사람들에게서 가끔 볼 수 있는 일이기 때문에 별로 놀라울 것은 없지만, 부모나 친척도 없다는 사실은 보기 드문 일이었다. 그는 아무도 드나들지 않는 새빌로 가의 저택에서 혼자 살았다. 내부 살림은 전혀 문제가 안 되었다. 시중을 들어줄 한 명의 하인이면 족했다. 점심 및 저녁 식사 때면 언제나 같은 시간에 시계처럼 정확히, 같은 식당의 같은

테이블에 앉아 식사를 했고 친구들을 대접하거나 모르는 사람을 초대한 적
은 없었다. 게다가 밤이 되면 혁신 클럽이 회원들을 위해 특별히 제공하는
안락한 방을 이용하는 대신 정확히 자정에 귀가해 잠자리에 들었다. 하루 스
물네 시간 중 그가 집에서 보내는 시간은 단 열 시간뿐이었는데, 이 시간은
잠을 자고, 단장을 하는 데 필요한 시간이었다. 그에게 산책이란 늘 현관 홀

이나 둥근 갤러리를 일정한 걸음으로 거니는 것이 고작이었다. 현관 홀의 바닥은 얼룩덜룩한 무늬로 세공되어 있었고, 둥근 갤러리 위에는 파란색 유리로 된 돔이 있었는데 이 돔을 붉은색 반암으로 된 스무 개의 이오니아식 기둥이 받치고 있었다.

그럼 식사는 어떨까? 그가 점심이나 저녁 식사를 할 때면 클럽의 주방과

식료품 저장실 및 준비실, 그리고 클럽 소속 생선 가게나 유제품 가게가 합심해 준비한 풍성한 요리가 식탁에 진열되었다. 부드러운 멜턴 천을 바닥에 댄 구두를 신고, 검은색 정장을 말끔히 차려입은 엄숙한 표정의 클럽 직원이 이 요리들을 특제 자기에 담아 작센제 식탁보가 깔린 테이블 위에 올려놓았다. 뿐만 아니라 그가 마시는 셰리주나 포트와인, 혹은 계피를 섞은 보르도산 레드와인은 희귀한 모양의 클럽 전용 크리스털 잔에 담겨 제공되었다. 음료는 또 어떤가. 클럽이 막대한 비용을 투자해 특별히 아메리카 대륙 호수에서 들여온 얼음 덕분에 신선하고 차가운 온도를 유지하고 있었다.

이런 삶을 괴짜 같다고 평가한다면, 괴짜같이 사는 것도 나름대로 괜찮다고 인정할 수밖에 없지 않은가!

새빌로 가에 위치한 그의 집은 화려하지는 않았지만 편리함만큼은 최상이었다. 게다가 그의 일상생활은 항상 똑같았기 때문에 단 한 명뿐인 하인이 시중들 일은 몇 가지로 제한되어 있었다. 하지만 문제는 언제나 놀라울 정도로 정확한 시간에 정확히 일을 수행해야 할 책임이 있다는 것이었다. 10월 2일, 이날만 해도 제임스 포스터라는 하인은 포그 씨가 수염을 다듬을 때 사용할 물의 온도를 섭씨 30도가 아닌 29도에 맞췄다는 이유로 해고를 당하고, 자신의 후임이 될 사람을 기다리고 있었다. 예정대로라면 그는 11시와 11시 30분 사이에 나타날 것이다.

포그 씨는 마치 퍼레이드 중인 병사처럼 두 발을 모으고, 두 손은 무릎에 얹고, 꼿꼿한 자세로 고개를 든 채 안락의자에 앉아 벽시계의 바늘이 움직이는 것을 주시하고 있었다. 그의 벽시계는 시간, 분, 초뿐만 아니라 해와 날짜, 요일까지 모두 알려주는 복잡한 기계장치였다. 이 시계가 11시 30분을 알리는 종을 치면 평소대로 집을 떠나 클럽으로 향할 터였다.

이때 누군가가 포그 씨가 앉아 있는 응접실의 문을 두드렸다. 그리고 해고된 하인 제임스 포스터가 들어왔다.

"새로운 하인이 도착했습니다, 주인님."

그러자 서른쯤 되어 보이는 젊은 남자가 들어와 인사했다.

필리어스 포그는 그 사람을 향해 물었다.

"프랑스 사람이고, 이름이 존이라고 했나?"

"죄송합니다만 제 이름은 장입니다. 장 파스파르투Passepartout, 프랑스 말로 '어디든지 지나다닌다'는 뜻. 워낙 어느 상황에서든 잘 빠져나온다고 붙은 별명인데, 지금까지 죽 사용하고 있죠. 전 원래 진실한 편이라 솔직히 말씀드리자면 지금껏 별의별 일을 다 해보았답니다. 길거리를 떠돌며 노래를 부르기도 했고, 서커스단에서는 곡마사로 일하며 레오타르처럼 곡예도 부리고, 블롱딘처럼 외줄타기도 했었죠. 그 후엔 제가 가진 재능을 좀더 그럴듯하게 사용하기 위해 체조 선생을 하다가 파리로 건너가 소방대원이 되었죠. 덕분에 꽤나 큰 화재도 몇 번 진압한 적이 있습니다. 그러다 오 년 전, 파리를 떠나 영국으로 건너와 어느 집 하인으로 들어갔죠. 평온한 가족생활을 좀 맛보고 싶었거든요. 그 후 이 일마저 관두려던 차에 필리어스 포그 씨가 영국에서 가장 정확하고 규칙적인 생활을 한다는 소문을 듣고 이분 곁에서 조용한 생활을 하며, 파스파르투라는 이름까지도 잊고자 하는 바람으로 이렇게 찾아왔습니다."

"파스파르투, 난 그 이름이 좋네. 누군가 자네를 추천한 데다 자네에 대한 소문도 좋더군. 내 조건은 알고 있지?"

"네. 알고 있습니다."

"좋아. 그런데 지금 몇 시지?"

"열한 시 이십이 분입니다, 나리."

호주머니 속에서 커다란 은시계를 꺼내 보며 파스파르투가 대답했다.

"자네 시계가 조금 늦는데?"

"죄송합니다만 그럴 리가 없는데요."

"사 분이 늦네. 하지만 상관없어. 서로의 시계에 시간차가 난다는 것을 아는 게 중요하니까. 아무튼 지금 이 순간, 그러니까 천팔백칠십이 년 시 월 이일 수요일 오전 열한 시 이십구 분부터 자네는 나의 하인이네."

말을 마친 필리어스 포그는 마치 로봇과 같은 움직임으로 자리에서 일어나 왼손으로 모자를 집어 머리에 썼다. 그러고는 한 마디 말도 덧붙이지 않고 자리를 떠났다. 파스파르투는 거리 쪽으로 향한 출입문이 닫히는 소리를 들었다. 새 주인이 나가는 소리였다. 곧이어 두 번째 문소리를 들었다. 해고당한 하인 제임스 포스터가 떠나는 소리였다. 이제 새빌로 가의 집에 남은 건 파스파르투뿐이었다.

Ⅱ. 파스파르투,
드디어 맘에 쏙 드는 일자리를 찾았다고
확신하다

"와우! 새 주인은 마담 투소네 그 녀석들보다 더 생기가 넘치는걸!"

아직 조금은 얼떨떨해하며 파스파르투가 혼잣말로 중얼거렸다.

여기서 잠깐, 마담 투소네 그 녀석들이란 바로 영국의 명소 중 하나인 마 담 투소 박물관의 밀랍인형들로, 이들은 말을 못한다는 사실만 제외하면 살 아 있는 사람과 별반 다를 게 없다.

비록 단 몇 분간의 대면이었지만 이 짧은 시간 동안 파스파르투는 새 주인 을 재빠르면서도 유심히 관찰했다. 마흔 남짓한 나이에 기품 넘치는 외양과 약간 통통하게 살이 붙긴 했지만 훤칠한 키는 전혀 손색이 없었다. 게다가 머리칼과 구레나룻은 금빛으로 빛났고, 이마는 세월을 무색케 할 만큼 주름 하나 없이 반듯했으며, 얼굴은 핏기 없이 창백했고, 치아는 훌륭했다. 흔히 관상학자들이 말하는 '동중정動中停', 즉 말없이 행동으로 보여주는 사람들에게서 공통적으로 나타나는 자질 그 자체였다. 침착함과 냉정함, 깨끗한 눈동자, 움직임 없는 눈꺼풀. 한마디로 안젤리카 카우프만Angelika Kauffmann, 스위스의 화가이 붓끝으로 표현해내던 아카데믹한 모습을 한 차가운 영국 신사의 결정판이었다. 또한 생활의 모든 단면들을 살펴볼 때, 이 신사는 마치 르루아나 언쇼의 크로노미터Chronometer, 정밀한 휴대용 태엽시계처럼 모든 면에서 정확히 균형 잡힌 사람이었다. 실제로 필리어스 포그는 걸어다니는 시계처럼 정확했다. 이는 그가 취하는 손과 발의 포즈를 통해서도 정확히 드러나는데, 사람이든 동물이든 모두 손과 발의 자세를 보면 그가 지닌 열정이 어떤지 알 수 있기 때문이다.

수학 공식처럼 정확한 필리어스 포그는 결코 서두르지 않으면서도 언제나 준비가 되어 있었고, 절대 헛걸음을 하지 않으며, 필요 없이 행동을 낭비하는 사람이 아니었다. 그는 불필요한 발걸음을 내딛지 않기 위해 지름길로만 다녔다. 엉뚱한 곳에 눈길을 던지는 일도 없으며, 필요 없는 동작을 취하는 일도 없었다. 결코 감정에 휩싸여 흔들리는 일도 없었다. 절대 서두르지 않으면서도 늦는 법이 없는 그런 사람이었다. 그 비밀은 바로 이 신사가 모든 인간관계의 그물망을 벗어나 '독존獨存'한다는 사실에 있다. 사람들과의 관계가 삶에서 마찰을 일으켜 때로는 일을 지연시킨다는 사실을 너무나 잘 알고 있었던 그는 어느 누구와도 접촉하지 않고 살기로 한 것이다.

한편 장 파스파르투는 누구인가? 파리 토박이 중에서도 진짜 파리 토박이인 그는 5년 전 영국으로 건너와 런던에서 가정집 하인으로 전전하며, 평생 안착할 수 있는 주인을 찾아 헤매왔다. 그렇다고 그가 프랑스 희극에 등장하는 프롱탱이나 마스카리유와 같이 우스꽝스럽고 거만하며 교활한 하인의 모습일 거라고 생각하면 오산이다. 그의 성격은 용감하고, 외모는 친근하며,

입은 금방이라도 무언가 맛볼 준
비가 된 것처럼 약간 돌출해 있
었다. 누구나 친구 삼고 싶어 할
만큼 유순하고 둥글둥글한 얼굴,
푸른 눈, 발그레하게 상기된 낯
빛, 그리고 자신이 직접 내려다
볼 수 있을 정도로 통통하게 살
이 찐 두 뺨, 딱 벌어진 어깨에다
늠름한 체격까지 갖춘 이 젊은이
는 과거의 삶을 통해 멋지게 다
져진 근력으로 인해 그 힘이 장
사와 같았다. 단, 그의 갈색 머리
카락만은 조금 헝클어져 있었다.
고대 조각가들은 미네르바 조각
상의 머리 모양을 무려 열여덟
가지로 연출해내기도 했건만, 파
스파르투가 알고 있는 머리 손질
법은 단 한 가지뿐이었다. 빗으
로 세 번 빗어 내리면 끝이었다.

이 젊은 하인의 외향적 성격이
그 주인의 성격과 잘 맞을 거라
말하는 사람이 있다면 너무나 어
처구니없는 발언일 것이다. 파스

<19

파르투가 과연 주인에게 딱 어울릴 만한 천성을 가진 하인일까? 두고 보면
알겠지. 하지만 과거의 이력으로도 짐작할 수 있듯 이곳저곳을 떠돌며 젊은
시절을 보낸 그는 휴식이 필요했다. 그러던 차에 영국 신사들의 규칙적이고
정확한 성향에 대한 소문이 자자한 것을 듣고 '브리티쉬 드림'을 안은 채 영
국으로 건너왔지만 아직까지는 운명의 여신이 그를 돕지 않았다. 그 어느 곳
에서도 뿌리내릴 만한 곳을 찾지 못했던 것이다. 열 가정이나 전전했지만 모
두 괴상하거나 편협하고, 모험을 좋아해 이곳저곳 여행하는 걸 즐기는 등 파
스파르투가 그리던 가정은 없었다. 가장 최근에 모시던 젊은 주인 롱페리 씨
만 해도 의회 멤버였음에도 불구하고 그는 헤이마켓의 굴 요리점에서 밤새
퍼마신 후 경찰의 등에 업혀 들어오기 일쑤였다. 참다못한 파스파르투가 주
인을 존경할 수 있길 기대하며 몇 차례에 걸쳐 정중하게 의견을 피력했지만
주인의 심기를 불편하게 만들 뿐이었다. 그러던 차에 필리어스 포그라는 신
사가 하인을 구한다는 소문을 듣고, 그가 어떤 사람인지 알아보았다. 외박도
없고, 여행도 없고, 단 하루라도 집을 비우는 일 없이 규칙적인 생활을 하는
이 신사, 바로 그가 찾던 사람이었다. 이렇게 해서 파스파르투는 포그 씨의
집을 찾게 되었고 앞서 본 장면대로 그의 하인이 된 것이다.

　시계가 11시 30분을 알리는 종을 친 시점에서 새빌로 가의 이 집에 우두커
니 남겨진 파스파르투는 집 안 곳곳을 다니며 살피기 시작했다. 집 안은 엄
격할 정도로 정확하게 정돈되어 있었고, 청결했으며 무엇보다도 집안일을
하기에 편리하도록 구성되어 있었다. 달팽이 집처럼 아늑했다. 조명과 난방
시설이 되어 있는 달팽이 집이랄까? 그의 집은 탄화수소 가스로 모든 조명
및 난방을 가동시키고 있었다. 3층에 올라선 파스파르투는 한눈에 자신의
방을 알아보았다. 안성맞춤인 방이었다. 이 방은 전기 초인종과 음향관을 통

해 1, 2층에 있는 방들과 교신할 수 있게 되어 있었다. 벽난로 위의 전자 벽시계는 포그 씨 침실의 벽시계와 한 치의 차이도 없이 똑같은 시간을 가리키고 있었다.

"딱이군. 딱이야!"

파스파르투가 탄성을 질렀다.

그는 벽시계 위에 붙어 있는 메모를 발견했다. 그가 수행해야 할 임무의 일과표였다. 여기에는 포그 씨의 변함없는 기상 시간인 오전 8시부터 클럽에 가기 위해 집을 나서는 오전 11시 30분까지 하인이 해야 할 일들이 꼼꼼하게 기록되어 있었다. 8시 23분에는 차와 토스트, 9시 37분에는 면도를 위한 더운물, 9시 40분에는 머리 손질에 필요한 시중 등……. 그리고 오전 11시 30분부터 포그 씨가 어김없이 잠자리에 드는 시간인 밤 12시까지 수행해야 할 업무도 치밀하고 정확하게 짜여 있었다. 파스파르투는 이 일과표를 읽으며 하나하나 기억에 새기는 일 자체만으로도 너무나 즐거웠다.

포그 씨의 의상 역시 기막히게 정돈되어 있었다. 바지, 슈트, 조끼 등 하나하나의 옷가지마다 번호가 붙어 있었는데, 포그 씨가 계절에 맞게 하나씩 번갈아가며 입는 의상들의 순서가 의류 장부 안에 번호로 적혀 있었다. 신발도 같은 방식이었다.

방탕한 셰리던이 집주인으로 있던 시절에는 난장판이었을 이 집이 필리어스 포그를 주인으로 맞이하면서 가구 배치는 편리해졌고, 쾌적한 모습으로 새로이 단장된 것이다.

하지만 이 집에 책장이나 서재는 없었다. 왜냐하면 혁신 클럽이 회원들을 위해 문학 전용 도서관과 정치·법률 전용 도서관을 마련해두었기 때문이다. 포그 씨의 침실에는 중간 정도 크기의 금고가 있었는데 이것은 화재나 강도의 위협에도 안전하도록 만들어져 있었다. 전쟁이나 사냥에 쓰는 무기나 도구 역시 찾아볼 수 없었다. 모든 것이 집주인의 평화로운 일상을 대변하고 있었다.

집 안 곳곳을 세밀히 살펴본 파스파르투의 넓적한 얼굴에 희색이 넘쳤다.

그는 만족스러운 듯 두 손을 비비며 외쳤다.

"좋았어! 이제야 내가 일할 곳을 찾았군! 주인님과 나는 환상의 콤비가 될 거야. 주인님은 절대 외박도 안 하고, 규칙적인 생활을 하는 분이지. 암, 완전 기계라니까. 기계의 시중을 들며 사는 것도 나쁘진 않지."

Ⅲ. 필리어스 포그,
비싼 대가를 치를지도 모를
위험한 내기를 감행하다

오전 11시 30분 새빌로 가의 자택을 나선 필리어스 포그는 오른발을 575번, 왼발을 576번 내디디며 마침내 팰맬 가에 있는 혁신 클럽에 도착했다. 혁신 클럽은 적어도 12만 파운드 이상의 건축비가 든 어마어마한 건물이었다.

클럽에 도착한 포그 씨는 곧장 아홉 개의 창문 너머로 나뭇잎이 가을을 알리는 듯 붉게 물든 멋진 정원이 내다보이는 식당으로 향했다. 그가 늘 앉는 테이블은 이미 세팅이 된 채 주인이 오길 기다리고 있었다. 포그 씨는 전채 요리를 시작으로 최고급 리딩 소스가 가미된 생선찜, 버섯이 곁들여진 선홍빛 로스트비프, 대황大黃과 구스베리로 만들어진 파이, 그리고 체스터 치즈 한 조각으로 점심 식사를 들었다. 여기에 클럽 식당이 특별히 제공하는 차를 간간이 곁들여 요리의 맛을 더했다.

12시 47분이 되자 자리에서 일어난 포그 씨는 화려한 액자에 담긴 그림들이 호화로움을 더하는 그랜드 홀로 이동했다. 그런 뒤 클럽 직원이 가져다 준 『타임스』지 한 부를 읽기 시작했다. 페이지가 나누어져 있지 않은 이 신문을 접어가며 읽는 일은 제법 까다로운 작업이지만 포그 씨에겐 이미 익숙해진 일인 듯 손놀림이 매우 능숙했다. 3시 45분까지 『타임스』지를 모두 읽은 후, 이번에는 『스탠더드』지를 집어 들어 저녁 식사 때까지 읽었다. 그리고 점심과 똑같은 코스로 진행되는 저녁 식사를 했다. 단, 저녁에는 '로얄 브리티쉬 소스'가 추가되었다.

5시 40분이 되면 다시 그랜드 홀로 돌아와 이번에는 『모닝 크로니클』지 읽기에 집중했다. 이렇게 약 30여 분이 지나면 클럽 회원들이 하나 둘씩 입장해 석탄이 타고 있는 벽난로 근처로 모여들었다. 이들 역시 휘스트 게임의 열렬한 마니아들로서 평소 포그 씨와 함께 카드 놀이를 즐기는 파트너들이었다. 엔지니어인 앤드루 스튜어트, 은행가인 존 설리번과 새뮤얼 팔렌틴, 양조업자인 토머스 플래너건, 그리고 영국은행의 부지배인 중 하나인 고티에 랄프. 이들 모두 산업계와 금융계의 이름난 거물급들만 모인 클럽 안에서도 특별히 부와 권위를 자랑하는 인물들이었다.

"그런데 랄프, 그 도난 사건은 어떻게 되었나?"

토머스 플래너건이 물었다.

"아마도 은행은 그 돈을 되찾긴 어려울 걸세."

앤드루 스튜어트가 대답했다.

"아니. 난 범인을 잡을 수 있을 거라고 보네. 노련한 경관들을 유럽과 미대륙 주요 항구의 선착장마다 파견해두었으니 녀석이 수사망을 빠져나가긴 어려울 거야."

고티에 랄프가 입을 열었다.

"그럼 도둑의 인상착의라도 알고 있는 건가?"

앤드루 스튜어트가 되물었다.

"근데 그자는 도둑이 아니라네."

고티에 랄프가 진지한 얼굴로 대답했다.

"아니, 오만 오천 파운드의 은행권을 훔친 자가 도둑이 아니라니?"

"암, 아니고말고."

랄프가 대답했다.

"그렇다면 사업가인가?"

존 설리번이 물었다.

"모닝 크로니클에 따르면 범인은 어느 신사 양반이라는군."

이 마지막 말을 한 사람은 다름 아닌 필리어스 포그였다. 그는 주변에 쌓인 신문 더미 사이로 그제야 고개를 내밀며 주위 사람들에게 인사를 건넸고, 다른 사람들도 그에게 답례했다.

신사들이 이렇게 열띤 토론을 벌이는 화젯거리는 영국의 모든 언론이 연일 앞 다투어 보도할 만큼 대단한 사건이었다. 이 도난 사건이 발생한 때는 사흘 전인 9월 29일이었다. 5만 5천 파운드라는 어마어마한 액수의 은행권 뭉치가 영국은행 출납계장의 책상 위에서 사라진 것이다. 어떻게 그렇게 쉽게 도난당할 수 있느냐고 묻는 사람들에게 은행의 부책임자인 고티에 랄프는 당시 출납계장이 어떤 손님으로부터 3실링 6펜스 수금한 것을 기록하느라 정신이 없어 다른 곳에 신경 쓸 여유가 없었다는 대답만 할 뿐이었다.

그런데 이보다 더 근거 있는 설명은 따로 있다는 사실을 언급해 두어야겠다. 사실 영국은행이 최우선으로 추구하는 것은 바로 고객의 명예였다. 그래서 이 훌륭한 기관에는 보초를 서는 경비원이나 퇴역 군인도 없고, 쇠창살도 없었다. 금, 은, 지폐 등이 여기저기 멋대로 널려 있어, 마음만 먹으면 누구든 집어가면 그만이었다. 이 은행은 고객들의 정직성을 신뢰하고자 했던 것이다. 그래서 영국 사회에 관해 연구하는 저명한 학자 중 하나는 다음과 같은 일화를 소개하기도 했다. 어느 날 영국은행에 들른 그는 출납계원 책상 위에 무게가 7~8파운드가량 되어 보이는 금괴가 놓여 있는 것을 보고, 갑자기 호기심이 발동해 좀더 가까이 다가가 구경하고 싶어졌다. 그래서 금괴를 만져보고 이리저리 들여다본 후 옆에 있는 사람에게 건네주었다. 그러자 그 사람이 또 그 옆 사람에게 금괴를 넘겨주었고 이렇게 해서 금괴는 사람들의 손을 거쳐 어두운 복도 끝까지 갔다가 30여 분이 지나서야 제자리로 돌아왔다. 그러나 이러는 동안에도 담당 출납계원은 고개 한 번 들지 않았다는 것이다.

하지만 9월 29일의 사건은 달랐다. 자리를 떠난 지폐가 되돌아오지 않은 것이다. 결국 출납실 벽 위에 걸린 화려한 시계가 폐점시간인 5시를 알리는 종을 쳤을 때 은행은 5만 5천 파운드라는 액수의 손실을 장부에 기록할 수밖에 없었다. 은행이 도난 사건을 공식 발표한 후, 뛰어난 경관 중에서도 특별히 선발된 특급 형사들이 리버풀, 글래스고, 르아브르, 수에즈, 브린디시, 뉴욕 등 전 세계 주요 항구에 파견되었다. 이들은 임무 성공 시 포상금 2천 파운드에 찾은 돈 액수의 5%가 추가된 상금을 받게 된다. 도난 발표 후 즉각 실시된 수사 결과가 나올 때까지 이 형사들은 파송된 항구에서 그곳을 드나드는 모든 여행객들을 유심히 관찰해야 했다.

한편 『모닝 크로니클』지가 언급했던 대로 이번 도난 사건의 범인이 절도범 단체에 등록된 전문 절도범이 아닐 거라고 주장하는 데에는 나름의 이유가 있었다. 사건이 발생한 9월 29일, 말끔한 차림과 세련된 태도의 귀품 있어 보이는 한 신사가 사건 현장인 출납계를 오가며 서성이는 것이 목격되었다. 수사국은 이 신사의 인상착의를 보다 세밀하게 작성하도록 지시했고, 이렇게 작성된 인상착의서를 영국을 비롯한 모든 유럽 대륙에 파견된 형사들에게 배포했다. 따라서 고티에 랄프와 같은 몇몇 사람들은 범인이 결코 수사망을 빠져나갈 수 없을 거라 낙관하고 있었다.

당연히 이 사건은 런던을 비롯한 영국 전역에서 최고의 화젯거리가 되었다. 사람들이 모인 곳이면 어디든 영국 경찰이 수사에 성공할 수 있을지 여부를 둘러싸고 뜨거운 논쟁이 벌어졌다. 그러니 회원 중 하나가 영국은행 부책임자로 있는 혁신 클럽 회원들이야 오죽했겠는가.

누구보다도 랄프 씨는 수사 결과에 대해 의심하려 들지 않았다. 이 사건에 주어진 엄청난 포상금만 보아도 수사관들이 눈에 불을 켜고 범인을 찾아내기에 충분하지 않겠느냐는 것이다. 그리고 이에 대해 스튜어트 씨는 반대의 의견을 내놓고 있었다. 아무튼 스튜어트 씨와 플래너건 씨, 팔렌틴 씨와 포그 씨는 서로 마주보게끔 둘러앉은 휘스트 게임 테이블 위에서 이제 열띤 논쟁을 이어갔다. 일단 게임이 시작되면 이야기는 멈추었지만, 한 게임이 끝나고 다른 게임이 시작되기 전 틈이 날 때면 중단됐던 이야기에 다시 불을 지폈다.

"내 생각에 범인은 보통내기가 아냐. 그가 잡힐 확률은 별로 없을 거라고 봐."

스튜어트 씨가 입을 열었다.

"그가 감쪽같이 숨을 만한 곳이 이 지구상에 있을 것 같은가?"

랄프 씨가 대꾸했다.

"그야 모르지."

"그럼 자넨 범인이 도대체 어디로 도망칠 것 같은가?"

"나야 뭐 그런 것까진 알 수 없지만 아무튼 세상은 넓지 않은가."

스튜어트 씨가 답했다.

"예전엔 그랬지."

포그 씨가 나지막한 소리로 말하곤 플래너건 씨에게 카드를 내밀며 덧붙였다.

"자, 이제 당신이 돌릴 차례요."

게임이 시작되자 대화는 다시 중단됐다. 하지만 곧이어 스튜어트 씨가 입을 열었다.

"근데 예전엔 세상이 넓었다니 그게 무슨 말인가? 지금은 지구가 줄어들기라도 했단 말인가?"

그러자 랄프 씨가 대꾸했다.

"아무렴. 난 포그 씨의 말이 이해가 가네. 지구를 한 바퀴 도는 시간이 백 년 전보다 열 배나 빨라졌으니 지구가 작아졌다고도 할 수 있지. 바로 그렇기 때문에 이번 사건에 대한 수사도 더 빨라질 수밖에 없다는 게야."

"그리고 도둑도 더 빨리 도망가겠지!"

"스튜어트 씨, 당신 차례요."

포그 씨가 말했다.

하지만 스튜어트 씨의 호기심은 끝이 나지 않았고, 일단 게임 한 판이 끝나자 그는 다시 말을 이었다.

"아무튼 랄프, 지구가 작아졌다니 참 재밌는 표현이군. 아무리 요즘 세계 일주를 하는 데 세 달밖에 안 걸린다지만……."

"팔십 일이면 족합니다."

포그 씨가 끼어들었다.

그러자 존 설리반이 덧붙여 설명하기 시작했다.

"사실 로탈에서 알라하바드까지 인도반도 철도가 개통된 이후로 팔십 일이면 세계일주가 가능하게 된 거죠. 모닝 크로니클이 날짜를 계산해놓았는데, 이렇습니다.

런던에서 수에즈까지 : 몽스니와 브린디시 경유, 철도와 배 이용 – 7일

수에즈에서 봄베이까지 : 배 – 13일

봄베이에서 캘커타Calcutta, 콜카타의 옛지명까지 : 철도 – 3일

캘커타에서 홍콩(중국)까지 : 배 – 13일

홍콩에서 요코하마(일본)까지 : 배 – 6일

요코하마에서 샌프란시스코까지 : 배 – 22일

샌프란시스코에서 뉴욕까지 : 철도 – 7일

뉴욕에서 런던까지 : 배와 철도 – 9일

합계 80일."

"정말 팔십 일이군!"

앤드루 스튜어트가 놀라서 소리치다, 실수로 비장의 카드를 잘못 내놓았다.

"단, 날씨도 좋아야 하고, 역풍도 없어야 하고, 배가 난파하거나 철도가 탈선하는 일도 없어야 가능하겠지."

"아니오. 모든 경우를 포함해서 팔십 일이지."

포그 씨가 게임을 계속하며 말했다. 어느덧 신사들은 휘스트 게임을 하면서도 이야기를 이어나가고 있었다.

"그럼 인도인이나 인디언들이 철로를 없애도 말인가? 아니면 열차를 멈춰 세우고 화물을 약탈하거나 승객들을 위협해도?"

스튜어트 씨가 물었다.

"그것도 다 포함해서지."

여전히 같은 대답을 반복하며 포그 씨는 들고 있던 카드를 모두 내려놓고 말했다.

"으뜸패 두 장!"

이제 카드를 돌릴 차례가 된 스튜어트 씨가 모든 카드를 모으며 말을 이었다.

"이론적으로는 포그 씨 당신 말에 동의하지만 실제로는……."

"실제로도 가능하오. 스튜어트 씨."

"그럼 직접 한번 해보시지요."

"그럼 좋소. 다 함께 떠납시다."

"난 싫습니다. 대신 그러한 세계일주는 절대 불가능하다는 쪽에 사천 파운드를 걸겠소!"

"절대 가능하다니까요."

포그 씨가 대답했다.

"그러면 당신이 한번 해보시라니까."

"팔십 일 동안 세계일주를 하라는 말이오?"

"그렇소."

"못 할 것 없지."

"언제 떠나겠소?"

"당장 떠나도록 하겠소."

"그건 너무 무모합니다. 자, 이제 그만하고 게임이나 합시다."

여태껏 포그 씨와 같은 입장을 보이던 스튜어트 씨마저도 포그 씨의 고집스런 주장에 짜증을 내기 시작했다.

"그럼 카드나 다시 돌리시죠. 잘못 돌린 카드가 있습니다."

포그 씨가 대꾸했다.

스튜어트 씨가 떨리는 손으로 카드를 섞다가 갑자기 테이블 위에 내려놓으며 말했다.

"포그 씨, 사천 파운드를 걸겠소!"

"이봐요, 스튜어트 씨. 제발 진정하세요. 그건 너무 경솔한 행동입니다."

팔렌틴 씨가 말했다.

"내가 내기를 하겠다고 말할 때는 신중히 판단하고 난 다음입니다."

"좋습니다."

포그 씨는 내기를 수락하며 모두를 향해 덧붙였다.

"베어링 형제 은행의 내 계좌에는 이만 파운드가 예치되어 있습니다. 원하신다면 기꺼이 저도 그 돈을 걸지요."

"이만 파운드라고! 예상치 못한 일로 인해 조금만 늦게 도착해도 당신은 그 돈을 몽땅 날릴 수 있소."

놀란 존 설리번이 소리쳤다.

"예상치 못한 일이란 없습니다."

포그 씨가 잘라 말했다.

"이봐요, 포그 씨. 팔십 일이라는 숫자는 최소한의 시간입니다."

"정확히만 계산된 거라면 최소한의 시간이라도 충분합니다."

"하지만 팔십 일 안에 여행을 마치려면 철도에서 배로 갈아타거나, 배에서 철도로 갈아탈 때 소요 시간이 수학공식처럼 정확히 맞아떨어지지 않으면 불가능합니다."

"그렇게 하면 되지요."

"농담이겠지."

"훌륭한 영국 신사는 내기처럼 중요한 일을 할 때 농담 같은 건 안 합니다."

포그 씨가 대답했다.

"저는 팔십 일, 즉 시간으로 따지면 천구백이십 시간, 분으로는 십일만 오천이백 분 이내에 세계일주를 끝마친다는 것에 이만 파운드를 걸고 여러분과 내기하겠습니다. 받아들이겠습니까?"

"네, 좋습니다."

스튜어트, 팔렌틴, 설리반, 플래너건 씨가 얼마간 의논한 뒤 내기를 수락했다.

"그럼 저는 오늘 저녁 여덟 시 사십오 분에 도버로 가는 열차를 타고 출발하겠습니다."

포그 씨가 말했다.

"아니, 오늘 저녁에 당장 떠난다고요?"

스튜어트 씨가 반문했다.

"네, 오늘 저녁입니다."

대답을 마친 포그 씨는 수첩을 꺼내 보며 다시 말을 이었다.

"자, 오늘이 시 월 이 일 수요일이니까 정확히 십 월 이십일 일 토요일 저녁 여덟 시 사십오 분에 바로 이곳, 혁신 클럽에 도착하겠습니다. 만약 실패하면 베어링 형제 은행에 예치된 제 이만 파운드는 여러분 차지가 될 겁니다. 여기 이만 파운드짜리 수표가 있으니 받아두세요."

이렇게 해서 내기에 참여한 여섯 명의 신사들은 즉석에서 계약서를 작성해 서명했다. 포그 씨는 시종일관 침착한 태도를 유지했다. 물론 그는 한몫 챙기려는 생각으로 내기를 한 것이 아니었다. 어렵지만 전혀 불가능해 보이지 않는 이번 모험에 많은 비용이 들지만 않는다면 재산의 절반인 2만 파운드가 아닌 전부를 판돈으로 걸었을 것이다. 반면 그의 내기 상대자들은 어딘지 마음이 편치 않았다. 내기에 걸린 돈의 액수가 크기 때문이 아니라 이처럼 터무니없이 유리한 조건으로 내기를 한다는 것이 왠지 양심에 걸려서 라고나 할까?

시계가 7시를 알리는 종을 쳤다. 모두들 포그 씨에게 휘스트 게임을 중단하고 집으로 돌아가 여행 준비를 하는 것이 어떻겠냐고 제안했다.

"전 언제나 준비가 되어 있습니다."

한 치의 동요도 없이 포그 씨가 대답했다. 그러고는 카드를 돌리며 말했다.

"전 다이아몬드입니다. 스튜어트 씨, 당신 차례요."

Ⅳ. 필리어스 포그,
하인 파스파르투를
경악하게 만들다

7시 25분, 휘스트 게임으로 20기니 정도를 딴 포그 씨는 함께 게임을 즐기던 고매한 신사 친구들에게 작별인사를 고한 후 혁신 클럽을 떠났다. 그리고 7시 50분이 되자 현관문을 열고 집 안으로 들어왔다. 하루 일과표를 유심히 들여다보며 암기하던 파스파르투는 주인이 들어오자 놀랄 수밖에 없었다. 이 시간에 집에 돌아오는 건 규칙에 어긋나고 무례한 일이었다. 일과표에는 분명 주인이 귀가하는 시간이 자정이라고 되어 있지 않은가.

포그 씨는 우선 자기 방으로 올라가 하인을 불렀다.

"파스파르투."

파스파르투는 대답하지 않았다. 지금 이 시간에 자신을 호출하는 것은 말도 안 된다.

"파스파르투."

포그 씨는 목소리를 높이지 않고 다시 한 번 하인을 불렀다.

파스파르투가 나타났다.

"두 번이나 불렀다네."

포그 씨가 말했다.

"하지만 아직 자정이 아닌데요."

파스파르투가 시계를 내보이며 대꾸했다.

"알고 있네. 자넬 책망하자는 게 아냐. 십 분 후 도버와 칼레로 출발할 걸세."

순간 이 프랑스인 하인의 얼굴이 찌푸려졌다. 분명 무언가 잘못 들었을 거야.

"주인님, 여행을 떠나시겠다고요?"

"그렇다네. 자네와 세계일주를 할 거야."

파스파르투의 놀란 두 눈은 한없이 커졌고, 두 눈꺼풀과 눈썹은 올라갔고, 두 팔은 축 늘어졌고, 몸은 맥이 죽 빠져버렸다. 기절초풍한 사람에게 나타날 수 있는 모든 증상이 한꺼번에 나타났다.

"세계일주라니……."

파스파르투는 어이가 없는 투로 중얼거렸다.

"그래. 팔십 일 안에 완주하려면 조금이라도 지체할 시간이 없어."

"그럼 짐은요?"

자신도 모르는 사이 고개를 설레설레 저으며 파스파르투가 물었다.

"짐은 필요 없어. 그냥 작은 배낭 하나에 셔츠 두 벌과 양말 세 켤레만 넣도록 하게. 자네 것도 똑같이 꾸리면 돼. 필요한 물건은 그때그때 사도록 하지, 뭐. 내 우비와 여행용 담요도 좀 내려오거나. 참, 신발은 튼튼한 걸로 신게. 별로 걸을 일도 없겠지만. 자, 서둘러!"

파스파르투는 무언가 대구를 하고 싶었지만 입이 떨어지지 않았다. 말없이 주인의 방을 나와 자신의 방으로 올라온 후 소파에 주저앉아 모국어로 거칠게 내뱉었다.

"이런 제길! 완전 잘못 걸렸군. 조용히 좀 살아보려 했더니만……."

그러고는 기계처럼 일어나 여행 준비를 했다. 80일간의 세계일주라……! 이거 완전 정신병자에게 걸린 건 아닌지 모르겠네. 아니면……. 농담인가? 아무튼 도버랑 칼레에 간다고 했지? 그래, 거기까진 좋아. 5년간 고국 땅을 밟지 못한 이 젊은 하인이 꺼릴 이유가 없다. 게다가 잘하면 파리까지 갈 수 있을지도 모른다. 하지만 포그 씨처럼 허튼 발걸음 같은 건 하지 않는 신사라면 그 정도에서 멈추리라……. 암, 그래야지. 그런데 어떻게 지금껏 집에만 틀어박혀 살던 자가 갑자기 세계일주를 하겠다는 건지…… 믿을 수가 없군!

8시. 파스파르투는 여행에 필요한 옷 몇 벌만 담은 간단한 짐을 챙겨 준비를 끝냈다. 여전히 심란한 마음으로 방을 나와 조심스레 문을 닫고 포그 씨에게 건너갔다.

포그 씨도 떠날 준비가 되어 있었다. 겨드랑이에는 여행에 필요한 교통정보가 담긴 『브래드쇼의 대륙 철도교통 안내서』라는 책자를 끼고 있었다. 그는 파스파르투가 꾸려온 여행가방을 집어 들더니 어느 나라에서든 통용되는 은행권 뭉치를 집어넣었다.

"빠뜨린 건 없겠지?"

주인이 물었다.

"없습니다."

"내 우비와 담요도 챙겼지?"

"여기 있습니다."

"좋아. 가방을 들게."

포그 씨가 여행가방을 다시 하인에게 넘겼다.

"이 가방 잘 챙기게. 그 안에 이만 파운드나 들어 있다구."

파스파르투는 순간 가방을 떨어뜨릴 뻔했다. 마치 가방에 2만 파운드의 금화라도 들어 있는 것처럼 무겁게 느껴졌다.

이제 주인과 하인이 나란히 내려온 후, 현관문을 이중으로 걸어 잠갔다.

새빌로 거리 끝에 정류장이 있었다. 필리어스 포그는 하인과 함께 마차에 오른 후 동남선 철도역 중 하나인 체링크로스 역을 향해 황급히 내달렸다.

8시 20분. 마차가 역 앞에 멈춰 섰다. 파스파르투가 먼저 마차에서 껑충 뛰어내리고 주인이 뒤따라 내린 후 삯을 지불했다.

이때 거지 차림의 한 여자가 아이의 손을 잡고 포그 씨에게 다가와 동냥을 했다. 그녀는 맨발로 진흙 속에 서 있었고, 너덜너덜한 모자에는 깃털 하나만 초라하게 달려 있었다. 그리고 누더기나 다름없는 옷 위에 다 떨어진 숄을 걸치고 있었다. 포그 씨는 오늘 휘스트 게임에서 딴 20기니를 주머니에서

꺼내 여인에게 건넸다.

"자, 받으시오, 배짱좋은 여인! 이렇게 돕게 되어 기쁘군!"

그러고는 여인을 지나쳐 갔다. 이 광경을 지켜본 파스파르투는 가슴이 뭉클해지면서 주인을 다시 바라보게 되었다.

기차역의 커다란 대합실로 들어온 필리어스 포그는 하인에게 파리행 1등석 열차표 두 장을 사오도록 했다. 그리고 돌아섰을 때 혁신 클럽 친구 다섯 명의 모습이 보였다.

"이보게들, 난 곧 떠난다오. 나중에 돌아왔을 때 여러분이 여행경로를 확인할 수 있도록 가는 곳마다 여권에 입국도장을 받아오겠소."

"아니, 그럴 필요 없습니다. 우린 당신이 신사로서 명예를 지키리라 믿습니다."

랄프 씨가 정중히 대답했다.

"그게 더 좋긴 하지."

포그 씨가 동의했다.

"아무튼 포그 씨. 당신이 언제까지 돌아와야 하는 줄은 알고 있겠죠?"

스튜어트 씨가 확인차 물었다.

"팔십 일 이내, 그러니까 천팔백칠십이 년 십이 월 이십일 일 토요일 저녁 여덟 시 사십오 분까지 돌아오도록 하죠. 그럼 다들 그때 봅시다."

8시 40분. 필리어스 포그와 하인 파스파르투는 열차의 같은 칸에 자리를 잡았다. 드디어 8시 45분, 호각 소리와 함께 열차가 움직이기 시작했다.

창밖은 이미 어두워졌고, 가는 비까지 내리고 있었다. 포그 씨는 한쪽 구석에 몸을 기댄 채 아무 말도 없었다. 아직도 정신이 얼떨떨한 파스파르투는 은행권 뭉치가 들어 있는 돈가방을 무의식적으로 가슴에 꽉 끌어안았다.

그런데 열차가 미처 시드넘에도 이르지 않았을 때, 파스파르투가 절망의 비명을 지를 만한 일이 발생했다.

"자네 왜 그러나?"

포그 씨가 물었다.

"저기……. 제가 워낙 서두르다보니……. 정신이 없어서 그만……. 깜빡한 게 있어요."

"뭘?"

"제 방 가스등 잠그는 거요."

"가스비는 자네가 부담하게."

포그 씨가 냉정하게 말했다.

V. 런던 주식시장에
새로운 주식이
등장하다

이번 여행이 얼마나 세상을 떠들썩하게 만들지 당사자인 필리어스 포그도 런던을 떠나며 충분히 짐작했을 것이다. 내기에 관한 소문은 먼저 혁신 클럽 안에 파다하게 퍼졌다. 명예로운 혁신 클럽의 회원들을 흥분의 도가니로 몰아넣은 이 소식은 곧이어 기자들을 통해 언론에 공개되었고, 런던 시내와 영국 전역을 떠들썩하게 했다.

세계일주 소식은 '알라바마호 배상사건'을 능가할 만큼 많은 이들의 입에 오르내렸고, 다들 이 사건에 대해 해석하고 분석하는 데 열을 올렸다. 혹자는 필리어스 포그의 승리를 점치기도 했지만 대다수의 사람들은 그 반대였다. 이론적 계산에 의해 산출되었을 뿐인 너무나 빠듯한 기간 안에 아직 충분히 발달하지도 않은 교통수단으로, 이론적으로만 가능한 세계일주를 실제로 하다니……. 이건 불가능의 정도를 넘어서 완전히 미친 짓이었다!

『타임스』, 『스탠더드』, 『이브닝 스타』, 『모닝 크로니클』을 비롯해 그 외 20 여 개의 유력 일간지들은 모두 포그 씨가 승산이 없다고 판단했다. 오직 『데 일리 텔레그래프』만 어느 정도 포그 씨를 지지했다. 아무튼 필리어스 포그에 대한 전반적인 평가는 머리가 돈 정신병자라는 쪽이었다. 게다가 포그 씨와 내기를 건 클럽의 다른 신사들에게까지 정신이 이상한 동료가 제안한 내기 에 응했다는 이유로 질타가 이어졌다.

여러 신문들이 앞 다투어 이 사건에 대한 논리적 설명을 담아 수없이 기사 를 게재했다. 영국인들이 지리 문제라면 얼마나 열을 올리는지 이미 다들 알 고 있을 것이다. 게다가 계층을 막론하고 누구나 필리어스 포그 사건에 대한 기사라면 몽땅 읽을 정도였다. 처음 며칠 동안은 몇몇 과감한 사람들이 포그 씨를 지지하기도 했다. 특히 『일러스트레이티드 런던 뉴스』가 혁신 클럽 자 료실에 보관되어 있던 포그 씨의 인상착의를 토대로 초상화를 만들어 공개 함으로써 많은 여성 팬들이 늘어나기도 했다. 심지어는 신사들, 특히 『데일 리 텔레그래프』의 독자들은 "음…… 안 될 것도 없지. 이보다 더 기적 같은 일도 많았는데, 뭘"이라고까지 말했다. 하지만 얼마 지나지 않아 이 신문도 조금씩 입장을 바꾸기 시작했다.

그 이유는 10월 7일 날짜로 왕립지리연구소 학회지에 실린 장문의 기사 때문이었다. 이 글은 사건을 전면적으로 분석하여, 결국 포그 씨의 모험이 완전히 어리석은 짓임을 극명하게 논증했던 것이다. 이 기사에 따르면 인재 나 자연재해 등의 장애들로 인해 모든 것이 포그 씨에게 불리했다. 실제적으 로는 불가능한 기적 같은 일들, 예를 들어 다음 교통편으로 환승할 때마다 도착시간과 출발시간이 언제나 정확히 맞아떨어져야 하는 기적 같은 일들이 발생하지 않는 한 80일간의 세계일주는 불가능한 것이었다. 유럽 대륙처럼 여행 경로가 그리 길지 않은 곳이야 열차가 연착되는 경우가 그래도 드물 거라고 치자. 하지만 횡단하는 데만 3일이 걸리는 인도나 7일이 걸리는 미국처럼 드넓은 곳에서 열차가 연착하지 않고 언제나 제시간에 도착하고 출발한다고 장담할 수 있을까? 기계장치의 고장, 열차의 탈선, 예상치 못한 만남, 악천후, 폭설 등 포그 씨에게 불리한 요소는 한두 가지가 아니다. 배도 마찬가지다. 특히 겨울에는 바람의 방향이나 안개 등에 따라 얼마든지 변수가 작용할 수 있다. 대서양 횡단선 중에서 가장 성능 좋다는 배들도 2, 3일씩 늦기가 일쑤지 않은가. 게다가 포그 씨의 경우는 단 한 차례라도 연착 사고가 발생하면 모든 사슬이 완전히 끊기고 만다. 만약 포그 씨가 몇 시간 차로 인해 배를 놓칠 경우 다음 출발시간까지 기다려야 하는데 이렇게 되면 여행 일정은 이미 돌이킬 수 없을 정도로 꼬일 것이다.

이 기사는 순식간에 큰 반향을 일으켰고 많은 신문들이 이를 인용해 기사를 게재했다. 이로써 필리어스 포그 주株는 순식간에 폭락했다.

포그 씨가 출발한 후 처음 며칠간은 그의 기적 같은 성공을 놓고 판돈이 큰 내기들이 연달아 생겨났다. 원래 영국인 도박꾼들은 아마추어 노름꾼들보다 훨씬 명석하고 철저하기로 유명하다. 도박이라는 것 자체가 영국인들의 기질과 딱 맞는다. 필리어스 포그의 세계일주 성공 여부에 대한 내기는 이제 혁신 클럽의 회원들뿐 아니라 일반 대중 사이에서도 성행했다. 필리어스 포그란 이름은 이제 혈통서를 갖춘 경주마처럼 취급되었다. 필리어스 포그 주까지 만들어져 런던 주식시장에 상장되어 실물實物 및 선물先物로 거래되었고, 그 액수도 어마어마했다. 하지만 그가 떠난 지 닷새 뒤, 왕립지리연구소 학회지에 문제의 그 기사가 실린 이후로는 포그 주를 팔려는 사람들이 늘었고, 이러한 하락세는 이어졌다. 처음엔 5대 1로 거래되던 주식이 10대 1, 20대 1, 50대 1을 거쳐 100대 1까지 추락했다.

그럼에도 그를 지지하는 사람이 한 명 있었다. 늙은 중풍병자 앨버메일 경이었다. 안락의자에 깊숙이 파묻혀 지내는 이 고매한 노신사는 비록 10년이 걸릴지라도 세계일주를 완주만 할 수 있다면 전 재산을 걸어도 아깝지 않다고 여겼다. 그는 필리어스 포그의 성공에 5천 파운드를 걸었다. 그리고 포그 씨의 세계일주를 통해 대리만족을 느끼는 동안, 주변 사람들은 그가 얼마나 무모한 선택을 했는지 설명하려 했지만 그의 대답은 한결같았다.

"어차피 언젠가 누군가 하게 될 일이라면 영국인이 제일 처음 그 일을 해내는 것이 좋지 않겠소?"

하지만 필리어스 포그의 지지자들은 점점 줄어들었다. 모두들 나름의 이유를 대며 그가 실패할 것이라 예상했다. 포그 씨가 여행을 떠난 지 일주일째 되던 날 150대 1을 거쳐 200대 1까지 떨어진 포그 주를 주식시장에서 완전히 매장시켜버린 사건이 발생했다. 이날 저녁 9시 영국 경찰청장은 아래와 같은 전보 하나를 받았다.

로언 경찰청장 귀하.

은행 절도범 필리어스 포그 추적 중.

봄베이로 즉시 체포영장 발송 바람.

픽스 형사로부터

수에즈에서 런던으로

이 전보의 영향은 즉각적으로 나타났다. 고매한 영국 신사가 순식간에 은행권 절도범이 된 것이다. 혁신 클럽 자료실에 다른 회원들의 사진과 함께 보관되어 있던 포그의 사진을 정밀 연구해보니 수사국에서 이미 작성한 인상착의서의 내용과 일치했다. 사람들은 필리어스 포그가 혼자 살았고, 그의 생활이 베일에 싸여 있었으며 그가 너무 갑작스레 훌쩍 떠나버렸다는 사실을 떠올렸다. 누가 봐도 미친 짓으로 보이는 내기를 하며 세계일주를 빌미로 떠나버린 이 인물의 목적은 단 하나, 경찰의 눈을 피해 달아나는 것이었다.

Ⅵ. 픽스 형사,
이유 있는 조바심에
사로잡히다

그럼 지금부터 위와 같은 전보가 발송된 정황을 설명하도록 하겠다. 10월 9일 수요일은 인도-중동 해운회사 소속의 몽골리아호가 입항하기로 예정된 날이었다. 경갑판과 프로펠러를 갖추고, 2,800톤의 적재량과 500마력의 공칭 출력을 지닌 이 철제 증기선은 수에즈 운하를 통해 브린디시와 봄베이를 정기적으로 오가는 배였다. 브린디시와 수에즈를 오가는 선박의 규정속도는 시속 10노트이고, 수에즈와 봄베이 사이는 9.53노트였지만 이 배는 이런 속도를 뛰어넘어 인도-중동 해운회사의 배들 중에서도 놀라운 스피드를 갖추고 있었다.

그런데 사람들로 북적이는 수에즈 항구의 부두 위에서 몽골리아호가 입항하기를 기다리며 서성이는 두 남자가 있었다. 한때 작은 시골마을에 불과했던 이 도시는 이제 레셉스 프로젝트_{프랑스 외교관 레셉스의 수에즈 운하 건설사업} 덕분에

번창을 눈앞에 두고 있었다.

위의 두 남자 중 하나는 수에즈에 주재하는 영국 영사였다. 그는 영국 정부가 고의로 내놓은 악의적 예측과 과학자 조지 스티븐슨George Stephenson, 최초로 증기 기관차를 제작한 영국의 발명가의 불길한 예언에도 불구하고 하루에도 여러 척의 영국 선박들이 이곳 수에즈 운하를 거쳐 가는 것을 지켜보았다. 사실 영국과 인도를 왕래할 때 이 운하를 통하면 희망봉을 거쳐 갔던 이전의 항로에 비해 운항 거리가 절반으로 줄어들었던 것이다.

다른 한 사람은 작고 깡마른 체구에 똑똑하고 예민한 모습의 사나이였다. 그는 쉴 새 없이 양미간을 찌푸리고 있었는데, 긴 속눈썹 사이로 눈빛이 날카롭게 번득였다. 하지만 이러한 눈빛은 그가 마음만 먹으면 얼마든지 감출 수도 있었다. 이 남자는 지금 초조한 기색을 드러내며 안절부절못하고 있었다.

이 사람이 바로 픽스 형사였다. 그도 영국은행 도난 사건 이후 주요 항구마다 파견된 형사 중 한 사람이었다. 그는 지금 수에즈 운하를 통해 온 여행객들을 하나하나 유심히 관찰하는 임무를 수행하는 중이었다. 만약 수상한 사람이 포착되면 체포영장을 청구하고 그를 미행해야 했다.

픽스 형사는 이틀 전 영국 경찰청으로부터 용의자의 인상착의서를 받았다. 영국은행 출납사무실에서 포착되었던, 특이한 외모를 가진 바로 그 사람의 인상착의서였다.

이제 용의자의 인상착의까지 알게 된 만큼 픽스 형사는 임무 성공 시 받게 될 엄청난 액수의 포상금을 생각하며 몹시 흥분된 마음으로 몽골리아호의 입항만 초조하게 기다리고 있었다.

"영사님, 몽골리아호는 분명 연착되지 않는다고 말씀하셨죠?"

벌써 두 번째 이 같은 질문을 던졌다.

"그렇습니다, 형사 양반. 어제 포트사이드 앞바다에 있었다고 연락이 왔는데, 그곳은 여기서 백육십 킬로미터밖에 떨어져 있지 않은 곳입니다. 그렇게 빠른 배의 경우 이 정도 거리는 아무것도 아니죠. 다시 말씀드리지만 몽골리아호는 규정속도로 달렸을 때보다 스물네 시간 일찍 도착하는 선박에 주어지는 이십오 파운드의 상금을 놓친 적이 없습니다."

"이 배가 브린디시에서 곧장 오는 것이 맞습니까?"

픽스 형사가 질문했다.

"그렇습니다. 브린디시에서 인도행 수화물을 선적한 후 토요일 저녁 다섯 시에 그곳을 출발했다고 합니다. 절대 늦을 리가 없으니 조금만 기다려보십시오. 그런데 궁금한 게 하나 있습니다. 몽골리아호에 용의자가 탑승해 있다 하더라도 당신이 받았다는 그 인상착의서 하나로 어떻게 그를 알아볼 수 있다는 겁니까?"

"영사님, 이런 작자들은 눈으로 알아보는 게 아니라 직감으로 느끼는 것입니다. 이 직감이란 오감으로 느껴지는 특별한 감각인데 바로 이것으로 범인을 알아보는 거죠. 전 이런 종류의 범인을 이미 몇 차례나 검거한 적이 있습니다. 이번에도 범인이 배에 타고만 있다면 절대로 제 레이더망을 피할 수 없을 겁니다."

"부디 그렇게 되길 바랍니다, 픽스 형사. 이번 사건은 매우 중요한 절도 사건이잖소."

"그렇죠. 환상의 절도 사건이죠."

흥분에 사로잡힌 픽스 형사가 대답했다.

"오만오천 파운드나 없어졌으니까요. 이 정도 규모의 사건도 드뭅니다. 사실 요즘 절도범들은 너무 좀스러워서 말이죠. 셰퍼드 같은 대단한 도둑은 이미 옛말이고, 요즘은 겨우 몇 실링 훔치는 게 고작이라니까요."

"형사 양반, 워낙 열의를 갖고 계시니 저도 당신이 꼭 성공하길 바라지만 사실 이런 조건에서는 수사하기가 쉽지 않을 겁니다. 그 인상착의서를 보면 용의자는 너무나 반듯한 신사의 모습이 아닙니까?"

영사가 말했다.

"영사님!"

픽스 형사가 단호한 어투로 대꾸했다.

"원래 진짜 도둑들은 모두 선량한 신사의 모습을 하고 있습니다. 오히려 흉악하게 생긴 사람일수록 착하게 살 수밖에 없습니다. 왜냐하면 그런 자들이 범죄를 저지르면 금방 잡힐 테니까요. 하지만 선량한 양의 탈을 쓴 사람들은 쉽게 드러나지 않기 때문에 더 무섭습니다. 물론 이번 사건은 단순한 직업적 기술을 뛰어넘어 특별한 노하우를 필요로 하는 어려운 일임은 인정합니다."

이 정도면 독자들도 이미 픽스 형사의 자만심이 어느 정도인지 짐작할 수 있을 것이다. 부두는 이미 점점 늘어난 사람들로 더욱 붐비기 시작했다. 다양한 국적의 선원들을 비롯해 상인, 중개인, 짐꾼, 일꾼들이 모여들었다. 이제 얼마 안 있으면 배가 도착할 것이 분명했다.

날씨도 그런대로 맑았고, 공기도 동풍이 불어 선선했다. 희부연 태양 광선 사이로 이슬람 사원의 첨탑들이 마을 위로 솟아나 있었다. 남쪽으로는 2킬로미터 정도의 기다란 방파제가 수에즈 만 위로 긴 팔처럼 뻗어 있었다. 홍해의 수면 위에는 여러 척의 낚싯배와 내항선이 떠다니고 있었는데, 그중에는 나름대로 고대 갤리선의 우아한 모습을 간직한 것도 있었다.

수많은 인파 속을 오가며 픽스 형사는 직업적 버릇대로 지나가는 사람들의 모습을 재빠르게 관찰했다.

시간은 10시 30분이 되었다.

"배가 도착할 분위기가 아닌데요?"

부두의 커다란 시계에서 울려 퍼지는 소리를 들으며 참다못한 형사가 소리쳤다.

"곧 도착할 겁니다."

영사가 안심시켰다.

"그럼 이 배는 수에즈 항구에 얼마나 정박할 예정입니까?"

픽스 형사가 물었다.

"네 시간이요. 석탄을 실어야 하거든요. 수에즈에서 홍해 끝에 있는 아덴까지의 거리가 천삼백십 해리나 되기 때문에 이곳에서 연료를 보충하는 겁니다.”

“그럼 수에즈에서 봄베이로 곧장 가나요?”

“네. 하역 작업도 없이 바로 갑니다.”

“도둑이 만약 이 배를 타고 왔다면 이곳 수에즈에서 내려 아시아에 있는 네덜란드나 프랑스령 식민지로 가기 위해 다른 교통편으로 갈아타겠군요. 왜냐하면 영국 통치하에 있는 이곳 인도 땅에서는 결코 안전하지 않다는 것을 잘 알고 있을 테니까요.”

“웬만한 강심장이 아니라면 그렇겠죠.”

영사가 대꾸했다.

“이봐요, 형사 양반. 그런데 범죄를 저지른 영국인이 가장 안전하게 숨을 곳은 사실 외국이 아닌 런던 시내가 아니겠습니까?”

영사는 형사에게 무언가 생각할 만한 말을 남기고 부두에서 가까운 사무실로 돌아갔다. 이제 혼자 남겨진 픽스 형사는 왠지 범인이 몽골리아호에 있을 것만 같은 야릇한 예감 때문에 더욱 흥분되어 초조해졌다. 사실 도둑이 영국을 피해 새로운 땅으로 도피할 예정이라면 대서양 항로보다는 감시가

어려워 허술한 이곳 인도 항로를 택할 것이 분명했다.

하지만 픽스 형사가 긴 생각에 잠길 틈도 없이 곧바로 몽골리아호의 입항을 알리는 경적이 울렸다. 짐꾼과 일꾼 무리들이 부두를 향해 황급히 달려가느라 부둣가는 아수라장이 되었고 행인들은 이들과 부딪혀 옷이 찢기고 팔다리를 다치기까지 했다. 선착장에 정박되어 있던 10여 척의 작은 보트들이 몽골리아호를 맞으러 나갔다.

곧이어 몽골리아호가 커다란 선체를 드러내며 운하의 연안 사이로 미끄러지듯 들어왔다. 마침내 11시를 알리는 종이 칠 때에야 배는 요란한 소리로 증기를 내뿜으며 항구에 정박했다.

탑승객의 수는 매우 많았다. 이중 몇몇은 그림처럼 아름답게 펼쳐진 도시의 풍경을 감상하기 위해 갑판 위에 그대로 머물러 있었다. 하지만 대부분의 승객은 몽골리아호를 마중 나온 작은 배 위로 올라탔다.

픽스 형사는 뭍으로 올라서는 승객 한 사람 한 사람을 유심히 관찰했다.

이때 도와주겠다며 귀찮게 달라붙는 짐꾼들을 뿌리치며 힘겹게 그에게 다가서는 한 승객이 있었다. 그는 형사에게 영국 영사관의 위치가 어디인지를 매우 정중하게 물었다. 그와 동시에 영국 사증을 받으려 한다는 듯이 여권 하나를 보여주었다.

그런데 무의식적으로 여권을 받아들어 살펴본 형사는 거기서 자신이 찾던 인물의 인상착의를 보게 되었다.

너무 놀라 하마터면 비명을 지를 뻔했다. 여권을 든 손이 부르르 떨렸다. 여권에 붙은 인상착의는 영국 경찰청으로부터 받은 범인의 것과 동일했다.

"이 여권은 당신 것이 아닌 듯한데?"

형사는 자신에게 여권을 내민 그 승객에게 물었다.

"네, 아닙니다. 주인 것이지요."

"당신 주인 것이라고요?"

"네. 배 안에 계십니다."

"하지만 신분 확인을 위해 본인이 직접 영사관으로 가야 합니다."
형사가 말했다.

"그래요? 꼭 그렇게 해야 합니까?"

"그럼요. 꼭 그래야 합니다."

"그럼 영사관이 어딥니까?"

"저기 광장 모퉁이에 있습니다."
약 200걸음 정도 떨어진 곳에 보이는 건물을 가리키며 형사가 대답했다.

"그럼 저는 주인을 모시러 가야겠네요. 분명 번거로워하실 텐데……."
말을 마친 승객은 픽스 형사에게 인사한 뒤 배로 돌아갔다.

VII. 여권이
경찰 수사에서 무용지물이라는 사실이
재증명되다

픽스 형사는 다시 부두로 내려가 영사관 사무실을 향해 황급히 내달렸다. 그리고 긴급 면담을 신청해 곧바로 영사에게 안내되었다.

"영사님."

형사는 거두절미하고 본론부터 말했다.

"그자가 틀림없이 몽골리아호에 승선해 있습니다."

"그래요? 놈의 얼굴을 한번 좀 보고 싶군요. 하지만 그자가 형사님의 말대로 진짜 범인이라면 이곳에 나타나지 않을 겁니다. 세상에 어떤 범인이 흔적을 남기고 달아나겠습니까? 게다가 이제는 사증을 받는 절차가 의무도 아닌데."

영사가 대답했다.

"영사님. 우리 추측대로 그놈이 정말 예사로운 자가 아니라면 분명 이곳에 올 것입니다."

"여권에 사증 받으려요?"

"그렇죠. 무고한 사람들에게는 여권이 귀찮은 애물단지에 불과하지만 도주범들에겐 제법 유용한 도구가 될 수 있죠. 그자가 들고 올 여권은 아마도 하자가 없을 테지만 영사님께서 사증을 내주시지 않길 부탁……."

"문제가 없는 여권이라면 저로서는 사증을 거절할 권리가 없습니다."

"하지만 영사님. 전 체포영장이 도착할 때까지 놈을 이곳에 붙잡아둬야 합니다."

"그거야 당신 사정이지요, 형사 양반. 저로서는……."

영사가 말을 마치기도 전에 누군가 방문을 두드렸다. 사무실 직원이 두 명의 손님을 방 안으로 안내했다. 그중 한 명은 픽스 형사와 마주쳤던 바로 그 하인이었다. 그리고 나머지 한 명은 그의 주인임이 분명했다. 주인은 영사를 향해 여권을 내밀며 사증을 내줄 것을 정중하고도 간단하게 부탁했다. 여권을 받아 든 영사가 이를 유심히 검사하는 동안 사무실 한쪽 구석에서는 픽스 형사가 용의자의 얼굴을 뚫어지게 관찰하고 있었다.

여권을 살펴본 영사가 말했다.

"필리어스 포그 씨 맞습니까?"

"네, 맞습니다."

신사가 대답했다.

"함께 온 분은 당신의 하인입니까?"

"맞습니다. 국적은 프랑스인이고 이름은 파스파르투입니다."

"출발지가 런던 맞습니까?"

"네."

"목적지는?"

"봄베이요."

"알겠습니다. 그런데 이제 더이상 이런 사증 수속은 의무 규정이 아니라서 굳이 여권에 사증을 받으러 오실 필요가 없다는 사실을 알고 계십니까?"

"네, 잘 알고 있습니다."

포그 씨가 대답했다.

"하지만 제가 수에즈를 거쳐 갔단 사실을 증거로 남기고 싶어서요."

"잘 알겠습니다."

영사는 여권에 날짜를 적고 서명한 후 날인을 했다. 그러자 포그 씨는 사증 수수료를 지불한 후 간단히 인사하고 하인과 함께 사무실을 나왔다.

"영사님!"

형사가 황당하다는 듯 불렀다.

"이봐요, 형사 양반. 저자는 정말 아무 죄가 없는 얼굴이오."

"그렇겠죠. 하지만 그건 중요치 않습니다. 이것 보세요. 저 수수께끼 같은 자의 인상착의와 여기 제가 가진 인상착의서의 내용이 완전히 일치하지 않습니까?"

"네, 그건 인정합니다만 원래 모든 인상착의서가 다……."

"전 제 예상이 확실하다고 믿습니다. 그 하인이라는 자는 주인보다는 좀 쉬워 보이더군요. 게다가 그는 프랑스인 아닙니까? 아마 말을 안 하고는 못 견딜 겁니다. 조만간 또 뵙지요, 영사님."

형사는 이 말을 마치고 방을 나가 파스파르투를 찾아 나섰다.

한편 포그 씨는 영사관을 나온 후 부두로 향했다. 거기서 하인에게 몇 가지 일을 지시한 후 작은 보트를 타고 몽골리아호에 승선해 선실로 들어갔다.

그런 다음 수첩을 꺼내 들고 메모를 시작했다.

> 10월 2일 수요일 오후 8시 45분 런던 출발
>
> 10월 3일 목요일 오전 7시 20분 파리 도착
>
> 오전 8시 40분 파리 출발
>
> 10월 4일 금요일 오전 6시 35분 토리노 도착(몽스니 경유)
>
> 오전 7시 20분 토리노 출발
>
> 10월 5일 토요일 오후 4시 브린디시 도착
>
> 오후 5시 몽골리아호 승선
>
> 10월 9일 수요일 오전 11시 수에즈 도착
>
> 총 소요 시간 : 158시간 30분, 즉 6일 반

포그 씨는 칸을 나누어 만든 자신의 일정표에 이같이 꼼꼼하게 날짜를 기록해두었다. 그의 일정표에는 칸을 나누어 10월 2일부터 12월 21일까지 날짜와 요일을 비롯해 파리, 브린디시, 수에즈, 봄베이, 캘커타, 싱가포르, 홍콩, 요코하마, 샌프란시스코, 뉴욕, 리버풀, 런던 등 주요 경유지마다 예상 도착시간 및 실제 도착시간을 기록해 각 지점마다 시간을 얼마나 절약했는지 혹은 얼마나 잃었는지 한눈에 알아볼 수 있도록 해두었다.

이렇게 효율적으로 기록된 일지를 통해 포그 씨는 자신의 여행이 목표시간보다 빠르게 진행되는지 혹은 늦어지는지를 알 수 있었다.

10월 9일 수요일, 이날도 그는 수에즈 도착시간을 기록해두었다. 현재로서는 여행이 예정보다 늦지도 빠르지도 않게 진행되고 있었기 때문에 잃은 시간도 얻은 시간도 없었다.

기록을 마친 포그 씨는 선실로 점심을 주문했다. 그는 여행지를 둘러보며 구경할 생각 같은 건 하지도 않았다. 원래 영국인은 관광도 하인을 시켜 대신하는 민족 아닌가.

VIII. 파스파르투, 지나치게 말을 많이 하다

픽스 형사는 부둣가에서 어슬렁거리던 파스파르투를 곧바로 찾아냈다. 이 하인은 '관광도 못 할 건 없지'라는 생각으로 이것저것 구경하고 있었다.

"아, 당신!"

픽스 형사가 다가가 말을 걸었다.

"여권에 사증은 받았나요?"

"아! 당신이군요. 덕분에 규정대로 수속을 잘 끝냈습니다."

프랑스인 하인이 대답했다.

"그럼 지금은 시내 구경 중인가요?"

"네. 하지만 너무 급하게 여행하는 중이라서 꿈인지 생시인지 아직도 얼떨떨합니다. 근데 여기가 수에즈 맞죠?"

"그렇소. 수에즈요."

"이집트의 수에즈?"

"그렇소. 이집트의 수에즈."

"그럼 아프리카?"

"그래요. 아프리카."

"아프리카라……. 세상에!"

파스파르투가 같은 단어를 또 내뱉었다.

"전 정말 우리가 파리보다 더 멀리 갈 거라고는 생각지도 않았거든요. 근데 그 멋진 도시를 아침 일곱 시 이십 분에서 여덟 시 사십 분 사이에 북역에서 리옹 역으로 이동하며 마차 안 유리창을 통해 쏟아지는 비 사이로 내다본게 다였어요. 얼마나 서운하던지! 페르라셰즈 공동묘지와 샹젤리제 광장을 다시 봤으면 좋았을 뻔했는데."

"굉장히 급하셨던가보죠?"

픽스 형사가 물어보았다.

"제가 아니라 제 주인이요. 그나저나 양말과 셔츠를 좀 사야 하는데. 저희는 여행 짐도 안 꾸리고 그냥 배낭 하나만 달랑 들고 나왔거든요."

"그럼 제가 시장으로 안내해드리죠. 거기 가면 다 살 수 있어요."

"정말 감사합니다. 정말 친절하시군요."

이렇게 두 사람은 길을 걷기 시작했다. 파스파르투는 계속해서 지껄여댔다.

"근데 배 출발 시간을 놓치면 안 되는데."

"걱정 마요. 시간은 충분하니까. 이제 겨우 열두 시인데, 뭐."

형사가 안심시켰다.

이내 파스파르투가 큼직한 회중시계를 꺼내 내려다봤다.

"열두 시라고요? 이제 겨우 아홉 시 오십이 분인데요?"

"당신 시계가 늦나보군."

픽스 형사가 대답했다.

"제 시계가 늦다고요? 이 시계는 증조부 때부터 가보로 내려온 시계예요. 일 년에 오 분 이상 시간 차가 안 난다고요. 얼마나 정확한데."

"아! 이제 알겠군요."

픽스 형사가 뭔가 알았다는 듯 말했다.

"시간을 안 맞추셨군요. 런던은 수에즈보다 두 시간 느립니다. 이제부터는 도착하는 곳마다 열두 시에 맞추어놓고 시간을 조절하도록 하세요."

"제 시계에 손을 대라고요? 절대 그럴 수 없습니다."

파스파르투가 몸을 소스라치며 펄쩍 뛰었다.

"그렇지 않으면 태양의 일주와 맞지 않게 됩니다."

"태양한테는 안된 일이지만, 태양이 잘못된 겁니다."

이 용감한 젊은이는 의기양양한 태도로 시계를 호주머니에 다시 넣었다.

잠시 후 픽스 형사가 말을 꺼냈다.

"그럼 당신들은 황급히 런던을 떠났던 거군요?"

"그런 셈이죠. 지난 수요일 저녁 여덟 시 포그 씨가 이례적으로 일찍 귀가했고, 그로부터 사십오 분 뒤에 우린 출발했으니까요."

"그럼 당신 주인은 어딜 가려는 거요?"

"무조건 전진하는 겁니다. 세계일주 중이거든요."

"세계일주?"

픽스 형사의 눈이 휘둥그레졌다.

"네. 팔십 일간의 세계일주죠. 제 주인이 내기를 했거든요. 근데 사실 우리끼리 얘기지만 전 그 내기라는 게 말이 안 되는 것 같아요. 뭔가 다른 게 있는 듯합니다."

"포그 씨라는 분은 참 독특한 양반 같군요."

"네, 제가 봐도 그래요."

"그 사람 부자입니까?"

"그럼요. 이번 여행에도 빳빳한 은행권 뭉치를 잔뜩 가지고 왔는걸요. 그리고 여행 중에도 돈을 아끼지 않아요. 글쎄 몽골리아호를 타고 오는 동안에도 선원에게 봄베이까지 예정시간보다 훨씬 빨리 가주기만 한다면 엄청난 돈을 준다고 약속했다니까요!"

"당신은 주인을 안 지 오래됐소?"

"오래됐냐고요? 떠나던 당일에 그 집에 취직됐답니다."

이 정도면 그렇지 않아도 흥분했던 픽스 형사의 마음이 얼마나 더 들뜨게 되었는지 가히 상상할 만할 것이다.

황급히 런던을 출발했던 일, 그것도 도난 사건이 발생하고 얼마 지나지 않은 시점에서 포그 씨가 가져왔다는 엄청난 금액의 돈, 서둘러 멀리 떠나려 한다는 점, 그 기묘한 내기를 핑계 삼아 떠난 사실 등 모든 것이 픽스 형사의 추측을 더욱 확증하고 있었다. 파스파르투에게 좀더 말을 시켜본 픽스 형사는 이 하인은 정말 주인에 대해 거의 아는 게 없다는 사실과 포그라는 자가 런던에서 혼자 살고 있고, 아무도 그의 고향이나 재산의 출처에 대해 알지 못하는, 한마디로 베일에 싸인 인물이라는 사실을 다시 한 번 확인했다. 반면 포그 씨가 봄베이까지 가는 대신 수에즈에서 내릴 거라는 예상은 빗나갔다.

"봄베이는 여기서 아주 먼가요?"

파스파르투가 물었다.

"꽤 멀죠. 배를 타고 십여 일은 더 가야 합니다."

"봄베이는 어디에 있는 도시입니까?"

"인도요."

"그럼 아시아네요?"

"그렇죠."

"오, 세상에! 정말 큰일이군. 실은 가스등 때문에 걱정이 태산이에요."

"가스등이라뇨?"

"제 방 가스등을 잠그는 걸 깜빡했거든요. 그 경비를 제가 다 지불해야 해요. 계산해봤는데 하루에 이 실링 정도예요. 제 월급보다 육 펜스나 더 비싸다고요. 그러니 여행이 길어질수록……."

픽스 형사가 하인의 이러한 고민을 이해나 할까? 그렇지 않을 것이다. 이미 결론이 난 만큼 더이상 하인의 말 따위에 귀 기울일 필요가 없는 것이다. 두 사람은 마침내 시장에 도착했고, 픽스 형사는 배 시간을 놓치지 않도록 조심하라는 말과 함께 하인을 떠났다. 그리고 영사가 있는 사무실로 급히 달려왔다.

드디어 자신의 추측에 확신을 갖게 된 형사는 그제야 이성을 되찾았다.

"영사님, 제 생각이 맞았습니다. 그가 범인이 맞아요. 놈은 지금 팔십 일간의 세계일주를 한다는 터무니없는 내기를 핑계 삼아 연기를 하고 있는 거라고요."

"꽤 영리한 자로군."

영사가 대답했다.

"그럼 그는 유럽과 인도의 경찰들을 그렇게 따돌린 후 다시 런던으로 돌아갈 생각을 하고 있단 겁니까?"

"두고 보면 알겠죠."

형사가 대답했다.

"그가 범인이라는 게 확실합니까?"

영사가 재차 확인했다.

"확실합니다."

"그럼 범인이 무엇 때문에 구태여 사증 수속을 밟아 자신의 이동경로를 노출하려는 겁니까?"

"그거야 모르죠. 하지만 제 말을 들어보세요, 영사님."

형사는 방금 전 그 포그라는 자의 하인과 나누었던 대화 중 핵심 부분만을 요약해 영사에게 들려주었다.

"얘길 들어보니 일리는 있군요. 그럼 이제부터 어쩔 작정입니까?"

"런던에 있는 경찰청으로 속히 전보를 보내 봄베이로 체포영장을 발송해 달라고 한 뒤 저도 몽골리아호에 탑승해, 놈을 따라 인도로 가야지요. 인도에 도착하면 정중한 태도로 그자를 따라다니다가 영장을 받는 즉시 체포할 겁니다. 인도도 영국령에 있어 체포가 가능하니까요."

똑 부러진 태도로 말을 마친 형사는 영사에게 작별인사를 하고 전보를 보내러 사무실로 왔다.

그러고는 앞서 소개한 대로 그 전보를 영국 경찰청에 발송했다.

그로부터 15분 후 간단한 여행가방을 손에 들고 여행비용까지 마련한 픽스 형사는 몽골리아호에 승선했고, 증기선은 곧바로 홍해를 쾌속질주했다.

IX. 홍해와 인도양에서의 항해가
포그의 일정대로
순조롭게 진행되다

수에즈에서 아덴까지의 거리는 정확히 1,310해리인데, 회사 규정상 모든 소속 선박들은 이 거리를 138시간에 완주해야 했다. 몽골리아호는 규정된 도착시간을 앞당기기 위해 속도를 최고로 높였다.

브린디시에서 탑승한 승객들의 대부분은 목적지가 인도였는데, 봄베이 혹은 봄베이를 거쳐 캘커타로 가는 사람들이었다. 사실 인도반도를 횡단하는 철로가 개통된 후부터는 캘커타까지 갈 때 배를 타고 실론 끝까지 내려갔다가 다시 올라올 필요가 없게 되었다.

몽골리아호에는 각종 계급의 관료와 장교들이 탑승하고 있었다. 이들 장교 중에는 순수 영국군대 소속도 있었고, 세포이라 불리는 인도 원주민으로 구성된 부대를 통솔하는 사람도 있었는데, 이들은 모두 상당한 보수를 받고 있었다. 심지어 영국 정부가 동인도회사의 모든 권리와 책임을 인수한 지금까지도 액수는 여전히 높아서, 소위가 280파운드, 여단장이 2,400파운드, 장군이 4,000파운드를 받았다.

여기에 멀리서 사업을 시작할 꿈을 안고 주머니에 거금을 쥐고 떠나는 영국 젊은이들까지 가세해, 몽골리아호에서의 생활은 말 그대로 초호화판이었다. 해운회사의 전적인 신뢰를 받아, 선장과 동등한 지위를 가진 사무장은 모든 일을 호화롭게 진행시켰다. 조식, 오후 2시의 중식, 오후 5시 30분의 식사, 오후 8시의 저녁 만찬 때마다 식탁에는 푸줏간과 식당이 제공하는 신선한 육류 요리와 디저트가 차려졌다. 그리고 여자 승객들은 하루에 두 차례씩 옷을 갈아입었다. 바다의 상황이 허락하는 한 몽골리아호에는 언제나 음악과 춤이 있었다.

하지만 홍해는 좁고 길쭉한 만들처럼 매우 변덕스러웠고 기상 상태도 대개는 좋지 않았다. 아시아나 아프리카 대륙 쪽에서 불어온 바람이 프로펠러가 장착된 기다란 몽골리아호를 측면에서 강타할 때면 선채가 심하게 흔들렸다. 그러면 여성들은 몸을 피했고, 피아노 소리도 사라졌다. 모든 춤과 노래가 동시에 중단되는 것이다. 하지만 어떤 강풍과 폭우가 몰려와도 강력한 엔진을 장착한 이 배는 조금도 주저하지 않고 바브엘만데브 해협을 향해 전력질주했다.

한편 필리어스 포그는 항해 시간을 어떻게 보내고 있을까? 아마도 독자들은 그가 배의 진로에 방해가 되는 역풍이 불지 않을지, 혹은 폭우가 거세게 불어 닥쳐 선체에 문제를 일으키고 인근 항구에 잠시 정박해 쉬어야 하는 불상사가 발생해 결국 일정에 차질을 빚게 되진 않을지 노심초사하며 안절부절못하고 있으리라 생각할 수도 있을 것이다.

하지만 천만의 말씀이다. 물론 이 신사도 위와 같은 불상사에 대해 전혀 생각지 않는다고 할 수는 없지만, 최소한 이를 드러내진 않았다. 그 어떤 사건이나 사고도 혁신 클럽의 회원이자 절대 속내를 드러내지 않는 이 냉정한 신사를 동요시킬 수 없었다. 그는 선박의 정밀한 계기판만큼 냉엄한 사람이었다. 포그 씨는 갑판 위에도 잘 나오지 않았다. 인류 역사의 서막이 펼쳐진 무대로서 수많은 추억을 담고 있는 이 역사적인 바다를 구경하는 일에는 관심도 없었다. 홍해를 끼고 건설된 이국적인 도시들이 멀리 수평선 너머로 그림 같은 형체를 드러내고 있었지만 이 역시 포그 씨의 관심을 끌지는 못했다. 뿐만 아니라 아라비아 만은 과거에 어느 누구도 제물을 바치지 않고는 감히 항해를 떠날 엄두도 내지 못했고, 스트라본, 아리아누스, 아르테미도로스, 이드리시 같은 고대 역사학자들도 두려움에 치를 떨던 공포의 바다였지만 포그 씨는 아랑곳하지 않았다.

그렇다면 이 괴짜 같은 신사는 도대체 배 안에 틀어박혀 무엇을 하며 지내는 걸까? 우선 그는 매일 어김없이 네 끼의 식사를 했다. 아무리 심한 선체의 요동도 이토록 훌륭하게 구성된 기계처럼 움직이는 그를 막기엔 역부족이었다. 그리고 휘스트 게임을 했다.

그렇다. 여기서도 그는 자신과 똑같은 휘스트 게임 마니아들을 만났던 것이다. 그중 하나는 고아라는 곳에서 근무하는 세금 징수원이었고, 또 하나는 봄베이로 돌아가는 데시머스 스미스라는 목사였으며, 나머지 한 사람은 바라니시에 주둔해 있는 자신의 군대에 합류하러 가는 영국군 소속 여단장이었다. 이 세 사람 모두 휘스트 게임에 포그 씨 못지않게 열광하는 사람들로, 몇 시간이고 말없이 게임에만 열중하는 것도 포그 씨와 비슷했다.

한편 파스파르투는 어떻게 지낼까? 우선 그는 뱃멀미 같은 고생은 하지 않았다. 배의 앞쪽에 위치한 그의 선실에서 주인과 마찬가지로 푸짐한 식사

MONGOLIA

를 하며 지냈다. 이번 여행에 대해 탐탁지 않게 여기던 마음도 사라졌고, 오
히려 여행을 즐기고 있었다. 잘 먹고, 좋은 곳에서 잘 자면서 이곳저곳 구경
하는 것도 그리 나쁘지만은 않았다. 게다가 이 정신없는 여행도 봄베이에서
모두 끝나게 될 거라 장담하고 있었다.

10월 10일, 즉 수에즈 항구를 출발한 다음 날 갑판 위에 나간 파스파르투
는 이집트에 정박했을 때 만났던 그 사람을 우연히 다시 만나고 보니 기쁘지
않을 수 없었다.

파스파르투는 가장 친근한 미소를 띠며 그에게 다가가 인사했다.

"아니, 이런! 혹시 지난번 수에즈에서 친절하게 절 안내해주셨던 그분 아
니신가요?"

"네. 기억합니다. 당신은 그 괴팍한 영국인의 하인이죠?"

"네. 맞아요. 그런데 성함이……?"

"픽스라고 합니다."

"네, 픽스 씨. 여기서 다시 만나니 너무 반갑군요. 그런데 어디까지 가세
요?"

파스파르투가 물었다.

"저도 봄베이에 갑니다."

"그거 잘 됐군요. 전에도 이렇게 배 타고 인도까지 여행한 적이 있나요?"

"종종 있지요. 사실 저는 이 선박회사 직원이거든요."

"그럼 인도를 잘 아시겠네요?"

"그렇긴 하죠……."

픽스 형사는 더이상의 언급을 피하기 위해 대충 얼버무렸다.

"인도는 볼거리가 많은 곳이죠?"

"그럼요. 무척 재미있는 곳이죠! 이슬람 사원, 뾰족탑, 불교 사원, 탁발승, 불탑, 호랑이, 뱀, 무희! 그런데 인도에 도착하면, 구경할 시간은 있는 겁니까?"

"저도 그랬으면 좋겠어요, 픽스 씨. 하지만 팔십 일 만에 세계일주를 하겠다는 명목하에 배에서 열차로, 또 열차에서 배로 정신없이 이동만 하려는 사람의 머릿속에 관광 따윈 안중에도 없다니까요! 하지만 이 힘든 노동도 분명 봄베이에서 다 끝이 날 겁니다."

"포그 씨는 잘 지내고 계십니까?"

픽스 형사가 최대한 자연스러운 어투로 물었다.

"아주 잘 계십니다. 저도 그렇고요. 전 정말이지 굶주린 사자처럼 원 없이 먹고 있다니까요. 아마도 바닷바람을 쐬어서 그런가봐요."

"그런데 당신 주인은 갑판 위에 잘 안 나오나보죠?"

"절대 안 나옵니다. 별로 관심이 없어요."

"그런데 파스파르투 씨, 혹시 당신들이 하고 있다는 그 여행에 무언가 비밀스러운 목적이 있는 것 같지는 않습니까? 예를 들면 외교적 임무라든가요."

"솔직히 전 잘 모릅니다. 실은 별로 알고 싶지도 않아요."

이렇게 다시 만나게 된 두 사람은 이후에도 종종 만나 이야기를 나누었다. 픽스 형사는 포그 씨의 하인과 이렇게 계속 만나는 일이 중요하다고 생각했다. 왜냐하면 언젠가는 쓸모가 있을 것이기 때문이다. 그래서 그는 몽골리아 호의 바에 하인을 데려가 위스키나 맥주를 대접했다. 파스파르투 역시 그의 초대에 사양하지 않고 흔쾌히 응했을 뿐 아니라, 신세만 질 수는 없다고 생각해 가끔은 자신이 대접을 하기도 했다. 그는 픽스라는 사람을 정말 좋은 사람이라고 믿었다.

그러는 동안 몽골리아호는 계속해서 전진했다. 13일에는 모카라는 도시가 무너진 성벽과 그 위로 삐죽이 자라난 푸른 야자나무 몇 그루와 함께 모습을 드러냈다. 멀리 보이는 산자락에는 광대한 커피농장이 펼쳐져 있었다. 파스파르투는 이 유명한 도시를 직접 바라보고 있다는 사실에 가슴이 벅찼다. 둥근 성벽 옆에 붙은 무너진 요새 하나가 손잡이 모양을 하고 있어 도시 전체가 마치 거대한 커피 잔처럼 보였다.

이날 밤 몽골리아호는 드디어 바브엘만데브 해협을 지났는데, 이 지명은 아랍어로 '눈물의 문'이라는 뜻을 가지고 있었다. 다음 날인 14일에는 연료를 다시 보충하기 위해 아덴의 정박항 북서쪽에 있는 스티머포인트라는 곳에 잠시 머물렀다.

사실 석탄 산지에서 이토록 멀리 떨어진 지역에서 기선에 연료를 보충한다는 것은 어마어마한 비용이 드는 일이었다. 선박회사에서도 이를 위해 지출하는 액수가 연간 80만 파운드에 달했다. 왜냐하면 여러 항구에 석탄 저장소를 세워야 했고, 이렇게 먼 지역의 경우 석탄값이 톤당 3파운드가 조금 넘었기 때문이다.

봄베이까지 가기 위해 아직 1,650해리를 더 달려야 하는 몽골리아호는 선창에 석탄을 가득 채우기 위해 이곳에 무려 네 시간을 정박해야 했다.

하지만 이렇게 지연되는 시간들도 포그 씨의 일정에는 전혀 차질을 빚지 않았다. 왜냐하면 이것 또한 원래 예상했던 시간이기 때문이다. 게다가 몽골리아호는 10월 15일 아침에나 아덴에 도착할 계획이었지만 예상보다 이른 14일 저녁에 도착해 15시간이나 벌지 않았는가.

포그 씨는 하인을 데리고 배에서 내렸다. 여권에 사증을 받기 위해서였다.

픽스 형사는 슬그머니 이들 뒤를 미행했다. 사증 수속을 마친 포그 씨는 다시 승선해 잠시 중단했던 휘스트 게임을 계속했다.

파스파르투는 늘 하던 대로 도시 구경을 위해, 소말리아인, 인도 상인, 페르시아계 조로아스터교도인 파르시, 유대인, 아랍인, 유럽인 등이 섞여 있는 인파 속을 쏘다녔다. 사실 이 도시는 이렇게 여러 인종들이 거주하며 2만 5천 명의 인구를 형성하고 있었다. 파스파르투는 이 도시를 인도양의 지브롤터로 만들어준 웅장한 요새와 저수조들을 바라보며 감탄을 금치 못했다. 이 저수조들은 솔로몬 왕의 토목기사들이 공사를 시작한 이래 2천 년이 지난 지금까지도 영국인 기사들이 손질을 가하고 있었다.

"대단하군! 대단해!"

기선으로 돌아오며 파스파르투가 중얼거렸다.

"새로운 것을 보고 싶을 때에는 역시 여행을 하는 게 좋아."

오후 6시, 몽골리아호는 프로펠러의 날개로 아덴 항의 물살을 가르기 시작했다. 곧 인도양의 수면 위를 달릴 준비를 하는 것이다. 이곳 아덴에서 봄베이까지 가는 데 허락된 시간은 168시간이다. 다행히 인도양의 물결은 잔잔했다. 바람도 북서풍이 불고 있어, 순풍을 만난 돛이 증기기관에 더욱 힘을 실어주었다.

몽골리아호는 이제 안정적으로 질주했다. 산뜻한 옷차림을 한 여성 승객들이 갑판 위에 다시 모습을 드러내었고, 음악과 춤이 시작되었다.

항해가 최적의 조건 속에서 진행되고 있었다. 게다가 파스파르투는 우연이 그에게 보내준 픽스라는 좋은 동반자까지 얻어 기쁘기 그지없었다.

10월 20일 일요일 정오쯤 인도 해안이 보였다. 그로부터 두 시간이 지나자 수로 안내인이 몽골리아호에 올라탔다. 멀리 수평선에는 하늘을 배경 삼아 낮은 언덕들이 조화롭게 늘어서 있었고, 도시를 뒤덮고 있는 야자나무들이 솟아나 있었다. 기선은 살세트, 콜라바, 엘레판타, 바처 등의 섬들로 이루어진 이곳 정박항을 통과하기 시작했고, 4시 30분이 되자 봄베이 항구의 부두에 접안했다.

이 무렵 필리어스 포그는 서른세 번째 게임을 마친 참이었다. 그는 파트너와의 대담한 공동작전 덕택에 열세 개의 패를 가져오면서 완승으로 항해를 마무리했다.

몽골리아호는 원래 10월 22일에야 봄베이에 도착할 예정이었지만, 이날은 겨우 20일이었다. 런던 출발 이래 이틀의 시간을 벌게 된 셈이다. 포그 씨는 일정표 이익란에 이를 정확히 기입해두었다.

X. 파스파르투,
신발만 잃어버린 걸
다행으로 여기다

북쪽이 넓고, 남쪽이 좁은 역삼각형 모양의 인도 대륙이 면적 360만 제곱 킬로미터의 영토 위에 1억 8천만 명의 인구가 불균일하게 분포해 사는 땅이라는 사실을 모르는 사람은 없을 것이다. 이토록 거대한 영토 중에서 영국 정부가 실질적인 지배권을 행사하는 지역은 일부에 불과하다. 영국 정부는 캘커타에 총독을 파견했고, 마드라스, 봄베이, 뱅골에는 주지사를, 아그라에는 총독대리를 파견했다.

하지만 인도 땅에서 순수한 영국령 지역의 면적은 180만 제곱킬로미터, 인구 규모는 1억에서 1억 1천만 사이일 뿐이다. 영토의 상당 부분은 영국 여왕의 지배권 밖에 있다는 말이다. 즉, 내륙을 지배하는 잔혹하고 무시무시한 지방 영주들이 관할하는 곳은 절대적으로 독립을 유지하고 있었다.

현재 마드라스 시 관할 하에 있는 그 자리에 최초의 영국 상관商館, 주로 외국인이 경영하는 상점 건물이 세워진 1756년부터 세포이 반란이 일어났던 해까지 그 유명한 동인도회사는 막강한 힘을 발휘했다. 지방 영주들에게 연금을 지불하겠다는 조건으로 그들의 땅을 사들임으로써 지방의 영토를 조금씩 병합한 동인도회사는 이들 지역에 총독과 여러 민관 및 무관들을 배치했다. 그리고 영주들에게 약속한 연금은 거의 지불하지 않았다. 하지만 이제 동인도회사는 없어졌고, 그 소유지는 영국 왕실의 직접적인 지배를 받게 되었다.

이러는 사이 인도라는 나라의 모습과 풍속, 그리고 인종 분포도 날마다 변해갔다. 과거에는 말이나 수레, 가마, 마차 등을 이용하거나 도보 혹은 남의 등에 업혀서 이동하는 등 전통적인 운송수단에 의지했었다. 하지만 이제는 증기선들이 인더스 강과 갠지스 강 위를 쾌속질주했고, 인도 대륙을 횡단하는 철도가 그물처럼 얽히며 뻗어 있어 봄베이와 캘커타 사이를 사흘 만에 이동할 수 있게 해주었다.

인도 대륙을 횡단하는 이 철도는 직선으로 뻗어 있지는 않다. 사실 직선거리는 1,000에서 1,700킬로미터 정도밖에 안 되기 때문에 열차가 중간 속도로만 달려도 횡단하는 데 사흘이 채 걸리지 않는다. 하지만 실제로는 철도가 반도 북부의 알라하바드까지 올라가 우회하기 때문에 거리가 3분의 1 정도 길어졌다.

인도반도 철도가 통과하는 주요 지점을 요약하면 다음과 같다. 봄베이 섬을 출발한 열차는 살세트 섬을 지난 후 타나 맞은편 본토에 상륙한 뒤 서고츠 산맥을 넘어 부르한푸르까지 동북쪽으로 내달리다가 독립국에 가까운 분델칸드 영토를 지나 알라하바드까지 올라간다. 이곳에서 동쪽으로 우회해 내려온 열차는 바라나시에서 갠지스 강과 만난 뒤 잠시 강줄기와 살짝 멀어졌다가 남동쪽을 향해 내려오며 부르드완과 프랑스령 도시인 찬데르나고르를 지나 종착역인 캘커타에 도착한다.

몽골리아호의 승객들이 봄베이에 발을 디딘 시각은 오후 4시 30분이었고, 이곳에서 캘커타행 열차가 출발하는 시각은 저녁 8시 정각이었다.

포그 씨는 휘스트 게임을 즐기던 파트너들에게 작별인사를 한 뒤 배에서 내렸다. 그리고 하인에게 구입해야 할 물품에 대해 자세히 이르며, 8시 전까지 반드시 기차역에 도착해야 한다는 당부의 말을 잊지 않았다. 그런 뒤 천문시계의 시계추처럼 정확한 발걸음으로 여권 사무소로 향했다.

그는 시청, 웅장한 도서관, 요새, 부두, 시장, 이슬람 사원, 유대교 회당, 아르메니아 교회, 쌍둥이 다면탑으로 장식된 말라바르 언덕의 멋진 사원 등 봄베이의 기막힌 명소들을 구경할 생각조차 하지 않았다. 그뿐인가. 엘레판타 섬에는 항구 남동쪽에 숨겨진 신비로운 지하묘지를 비롯한 여러 걸작들이 있었고, 살세트 섬에는 불교의 영향을 받은 멋진 건축 유적도 많았건만 그 어떤 것 하나도 포그 씨의 마음을 끌지 못했다.

여권 사무소를 나선 필리어스 포그는 기차역을 향해 유유히 걸어가 그곳에서 저녁 식사를 했다. 식당 매니저는 토종 토끼로 요리한 찜 요리가 일품이라며 이를 추천했다.

그의 추천대로 요리를 주문한 포그 씨는 음식이 나오자 조심스레 맛을 음미했다. 그런데 양념이 풍족하게 들어갔음에도 음식에서 역겨운 맛이 느껴졌다. 그는 매니저를 불렀다.

"이보게! 이게 정말 토끼 요리 맞소?"

포그 씨는 매니저의 눈을 똑바로 응시한 채 물었다.

"그럼요, 나리. 밀림에서 잡은 토끼입니다요."

매니저가 천연덕스럽게 대답했다.

"그럼 이 토끼가 죽을 때 혹시 '야옹' 하며 죽지 않았소?"

"오, 세상에! 그럴 리가요. 맹세코 아닙니다."

"맹세는 그만두고 이거 한 가지만 알아두시오."

포그 씨가 차갑게 말했다.

"예전에 인도에서는 고양이를 매우 신성한 동물로 여겼었다오. 그때가 좋았지."

"고양이를 신성시했다고요?"

"그리고 여행객들도 말이오."

말을 마친 포그 씨는 유유히 식사를 계속했다.

한편 픽스 형사는 포그 씨의 뒤를 따라 곧바로 배에서 하차한 뒤 봄베이 경찰서를 향해 쏜살같이 내달렸다. 그곳에서 자신이 형사이며 현재 용의자 한 명을 추적 중인 상황이라고 설명한 뒤 런던 경찰청으로부터 체포영장을 받지 못했냐고 물었다. 하지만 영장은 도착해 있지 않았다. 사실 포그 씨보다 늦게 런던을 출발한 체포영장이 벌써 도착해 있을 리 없었다.

픽스 형사는 안절부절못했다. 그는 봄베이 경찰서장이라도 설득해 포그라는 인물에 대한 체포영장을 받아내려 애썼지만 서장은 이를 거절했다. 이 사건은 런던 경찰청 관할이므로 런던 경찰청만이 영장을 발부할 권한이 있다는 것이다. 이토록 엄격하게 정해진 법과 이를 충실히 지키려는 태도만 보아도 개인의 자유를 존중하기 위해 그 어떤 임의적 조치를 취하는 일도 허락하지 않는 영국인들의 신념을 엿볼 수 있다.

픽스 형사도 더이상 주장하지는 않았다. 영장이 도착하기를 조용히 기다리는 수밖에 없다는 사실을 깨달은 것이다. 하지만 추적 중인 먹잇감이 봄베이에 체류하는 동안에는 잠시라도 그에게서 눈을 떼지 않기로 마음먹었다.

픽스 형사는 필리어스 포그가 봄베이에 머물 것이라는 사실을 의심하지 않았다. 그의 하인인 파스파르투도 그렇게 말하지 않았는가. 그러는 사이 영장도 도착할 것이다.

하지만 몽골리아호에서 내린 뒤 주인이 내린 명령을 들은 파스파르투는 봄베이 역시 수에즈나 파리처럼 그들 여행의 종착역이 아니라는 사실을 깨달았다. 최소한 캘커타까지, 아니 더 멀리까지 가게 될지도 몰랐다. 어쩌면 주인이 얘기하는 그 내기라는 것이 정말 사실이고, 운명의 여신이 조용히 지내고자 하는 자신을 80일간의 세계일주를 완주하도록 몰아가고 있는 것은 아닐까!

몇 벌의 셔츠와 양말을 구입한 파스파르투는 약속시간을 기다리며 봄베이 시내를 구경했다. 거리는 다양한 국적의 유럽인들이 인산인해를 이루며 북적대고 있었다. 거기에다 뾰족한 모자를 쓴 페르시아인, 둥근 터번을 두른 인도 상인, 네모난 모자의 파키스탄인, 기다란 옷을 두른 아르메니아인, 검은 모자를 쓴 파르시까지 다양한 인종이 모여 있었다. 이날은 때마침 파르시의 축제일이었다. 이들은 조로아스터교도의 직계후손들로 인도에서 가장 근면성실하고, 똑똑하고, 엄격하며, 교육이 잘된 사람들이었고, 봄베이에서 가장 부유한 상인층을 형성하고 있었다. 그리고 이날은 그들의 종교적 축제일이자 볼거리가 가득한 흥겨운 카니발이었다. 금은으로 장식된 분홍빛 망사 옷 차림의 무희들이 비올라와 탐탐 연주에 맞추어 현란하면서도 품위 있게 몸을 움직였다.

파스파르투는 이 광경을 구경하느라 정신이 없었다. 조금이라도 더 보고 듣기 위해 눈과 귀를 활짝 열었다. 넋을 잃고 바라보는 그 모양새가 얼마나 얼뜨기 같았을지 설명하지 않아도 충분히 짐작할 수 있을 것이다.

그런데 불행하게도 그의 호기심이 자신을 이 여행에 끌어들인 주인과 자기 자신 모두를 위험에 빠뜨릴 지경에까지 몰고 가 버렸다.

사건이 발생한 것은 파르시들의 흥겨운 카니발을 엿본 파스파르투가 기차역으로 가는 길에 말라바르 언덕의 멋진 사원을 지나갈 때였다. 그의 머릿속에 사원 내부를 들여다보고 싶다는 좋지 않은 충동이 발동했던 것이다.

그런데 불행히도 그가 모르는 두 가지 사실이 있었다. 그중 하나는 바로 힌두교 사원 중 일부는 기독교인의 출입이 완전히 금지되어 있다는 것이고, 또 하나는 힌두교도라 할지라도 이곳에 입장할 때에는 신발을 벗어야 한다는 것이었다. 당시 영국 정부는 정치적인 이유를 들어 인도 종교에서 지키는 아주 사소한 부분까지도 모두 존중해 지키도록 하고 있었기 때문에 누구든 종교적 관례를 어기는 자에게는 엄중한 처벌을 가했다.

이러한 사실을 알지 못했던 파스파르투는 여행객으로서 단순히 구경을 하러 사원 안으로 들어갔다. 번쩍번쩍 빛나는 브라만의 휘황찬란한 장식들을 보며 입이 딱 벌어져 있을 때 별안간 그는 사원의 신성한 바닥 위로 내동댕이쳐졌다. 세 명의 승려가 눈을 부릅뜨고 달려들더니 그의 신발과 양말을 벗기고는 괴성을 지르며 그를 두들겨 패기 시작했다.

다행히도 기운 세고 민첩한 이 프랑스인 하인은 재빨리 일어나 두 주먹과 두 발을 날려 긴 복장 때문에 행동이 둔한 적군 두 명을 쓰러뜨리고 쏜살같이 사원 밖으로 뛰쳐나왔다. 주변 사람

들까지 불러 모으며 마지막까지 그를 뒤쫓던 세 번째 승려도 멀찌감치 따돌렸다.

열차 출발을 불과 5분 정도 남겨놓은 7시 55분, 파스파르투는 구입한 물건이 들어 있는 가방을 비롯해 신발이며 양말까지 모두 잃고 정신없이 역에 도착했다.

이 시각 픽스 형사도 기차역의 승강장에 서 있었다. 포그 씨의 뒤를 쫓아 여기까지 온 그는 자신의 사냥감이 곧 봄베이를 떠날 예정이라는 것을 알게 되었다. 그 순간 결심이 섰다. 포그라는 자를 쫓아 캘커타까지, 아니 더 멀리라도 갈 것이다. 파스파르투는 그늘에 숨어 있는 픽스 형사의 모습을 볼 수 없었지만, 픽스 형사는 파스파르투가 주인에게 방금 전 일어난 엄청난 사건에 대해 몇 마디 말로 설명하는 소리를 엿들었다.

"이제 다시는 그런 일이 없길 바라네."

필리어스 포그는 열차 안에 자리를 잡으며 간단히 말했다.

아직 정신이 얼떨떨한 이 가엾은 젊은이는 맨발로 말없이 주인을 쫓아갔다.

픽스 형사도 열차 안으로 들어가 이들 두 사람과 다른 객차에 자리를 잡으려 했다. 하지만 순간 그의 머릿속에 좋은 생각이 스쳐 지나가는 바람에 계획을 바꾸게 되었다.

"잠깐, 난 여기 남는 게 좋겠어. 인도 땅에서 범법을 했으니 저놈은 어차피 내 손안에 있어."

힘찬 기적과 함께 열차가 어둠 속으로 사라졌다.

XI. 필리어스 포그,
어마어마한 값을 치르고
교통수단을 구매하다

열차는 정시에 출발했다. 열차에 탑승한 승객 중에는 군 장교 및 문관을 비롯해 사업상 인도 동부 지역을 방문하는 아편이나 인디고 염료 중개상인들도 있었다.

파스파르투는 주인과 같은 객차에 나란히 자리를 잡고 앉았다. 이 객차 안에는 또 한 명의 승객이 이들 맞은편에 앉아 있었다.

그는 바로 수에즈에서 봄베이까지 오는 배 안에서 포그 씨와 휘스트 게임을 함께 즐겼던 군 여단장 프랜시스 크로마티 경이었는데, 바라나시에 주둔해 있는 군대에 복귀하러 가던 중이었다.

휜칠한 키와 금발에 쉰 살쯤 되어 보이는 프랜시스 크로마티 경은 지난 세포이 반란 진압작전 때 혁혁한 공을 세운 인물인데, 사실 그는 인도 사람이라 해도 과언이 아니다. 왜냐하면 젊은 시절부터 인도에서 쭉 거주하며, 고국에는 가끔 한 번씩 들르는 정도였기 때문이다. 그는 교육수준이 높기 때문에 만약 포그 씨가 질문만 한다면 인도인들의 관습이나 역사, 사회구조 등에 관해 자세히 설명해줄 수 있는 인물이었다. 하지만 포그 씨는 아무것도 묻지 않았다. 왜냐하면 그는 여행을 하는 것이 아니라 그저 일주를 하고 있을 뿐이기 때문이다. 역학 법칙에 따라 지구궤도를 돌고 있는 무게를 지닌 몸뚱이였을 뿐이다. 그는 지금 이 순간에도 머릿속으로 런던 출발 시점부터 지금까지 소요한 총시간을 계산하고 있었다. 그러고는 만족스러운 듯 두 손을 맞비볐다. 이것이 아마도 그가 유일하게 행하는 불필요한 동작일 것이다.

프랜시스 크로마티 경은 포그 씨와 휘스트 게임을 하며 양손에 카드를 쥐고 있거나 다음 판이 시작되길 기다리는 짧은 시간 동안 외에는 포그 씨를 관찰할 기회가 없었지만, 그가 매우 독특한 인물이라는 사실은 충분히 간파했다. 그래서 이토록 냉정한 인간의 몸속에도 과연 인간의 심장이 뛰고 있는지, 혹은 그도 자연의 아름다움이나 도덕적 열망에 반응할 만한 영혼을 소유하고 있는지 궁금해하기도 했다. 크로마티 경에게는 이것이 정말 궁금한 문제였다. 사실 그가 지금껏 만나본 그 어떤 괴짜도 치밀한 과학의 산물과 같은 이 괴팍한 사람과는 견줄 수가 없었기 때문이다.

필리어스 포그는 크로마티 경에게 자신이 지금 세계일주를 하고 있다는 사실과 그와 관련된 배경 등에 관해 숨기지 않고 이야기했다. 그 말을 들은 크로마티 경은 포그 씨의 내기는 아무짝에도 쓸모없는 괴팍한 일이며, 이성적인 사람을 이끄는 유익한 점이라고는 찾아볼 수 없는 일이라 판단했다. 이 괴상한 사람은 자신을 위해서도 남을 위해서도 아무런 도움이 되지 않는 삶을 사는 것이었다.

봄베이를 출발한 열차는 철교를 지나 살세트 섬을 가로지른 후 인도반도를 달려 칼리안 역에 도착했다. 이 역에서 칸달라와 푸나를 지나 남동부로 내려가는 지선이 오른쪽으로 뻗어간다. 기차는 파울레 역을 지나 서고츠의 복잡한 산맥으로 접어든다. 현무암으로 이루어진 이 산들은 꼭대기가 울창한 숲으로 뒤덮여 있다.

프랜시스 크로마티 경과 필리어스 포그는 간간이 몇 마디 말을 주고받았다. 크로마티 경은 끊어진 대화를 다시 잇기 위해 이런 말을 던졌다.

"포그 씨. 만약 당신이 바로 몇 년 전 지금 같은 여행을 했더라면 분명 이곳에서 문제가 발생해 일정에 차질이 빚어졌을 것입니다."

"왜 그렇습니까?"

"왜냐하면 철로가 이 산맥 기슭에서 끊겼기 때문에 여기서부터 건너편 산기슭에 있는 칸달라 역까지는 가마나 말을 타고 가야 했거든요."

"그런 정도라면 제 일정에 별로 차질을 빚지 않습니다."

포그 씨가 대답했다.

"어느 정도의 장애에 대해서는 이미 예상을 하고 계획을 짰으니까요."

"하지만 포그 씨."

크로마티 경이 말을 이었다.

"당신은 저 젊은이가 저지른 일 때문에 골치 아픈 일에 휘말릴 뻔하지 않았습니까?"

여행용 담요로 발을 휘감고 깊이 잠들어 있는 파스파르투는 누군가 자신에 대해 얘기하리라고는 꿈에도 생각지 못할 터였다.

"영국 정부는 그런 종류의 범죄에 대해 매우 엄중한 처벌을 내리고 있죠."

프랜시스 크로마티 경이 말을 이었다.

"정부는 인도인들의 아주 사소한 종교적 관례까지도 최대한 존중하려 하고 있습니다. 만약 당신 하인이 붙잡혔더라면……."

"그랬다면 제 하인은 유죄판결을 받고 형을 치른 후 아무 문제없이 유럽으로 돌아가게 되겠죠. 그런데 하인이 사건을 저지르는 것과 주인의 여행이 늦어지는 것 사이에 무슨 관계가 있다는 건가요?"

대화가 다시 끊겨버렸다. 밤사이 열차는 서고츠 산맥을 넘어 나시크를 지나 다음 날인 10월 21일에는 비교적 평원 지대에 가까운 칸데시 지방으로 진입했다. 이곳의 들판은 잘 경작되어 있었고, 작은 촌락들이 군데군데 형성되어 있었다. 그리고 유럽에서 볼 수 있는 교회의 종탑 대신 힌두교 사원의 뾰족탑이 우뚝 솟아 있었다. 대부분 고다바리 강에서 흘러나온 수많은 물줄기가 이 비옥한 토지에 물을 대고 있었다.

잠에서 깨어나 창밖을 내다본 파스파르투는 자신이 지금 인도반도 열차를 타고 인도라는 나라를 지나고 있다는 사실이 믿어지지 않았다. 마치 꿈을 꾸고 있는 듯했다. 하지만 이것은 실제보다 더 실제 같은 현실이었다. 기관차는 영국산 석탄을 태우며 영국인 기관사가 이끄는 대로 몸을 맡긴 채 목화, 커피, 육두구, 정향, 후추나무 등이 자라고 있는 들판으로 연기를 내뿜으며 달리고 있었다. 기관차에서 나오는 증기가 빙빙 돌면서 주변 야자나무 숲을 휘감았다. 이 야자나무 숲 사이로는 그림같이 아름다운 방갈로와 버려진 사원, 그리고 인도 건축양식이 지닌 휘황찬란한 장식으로 인해 더욱 호화로운 절들의 모습이 보였다. 잠시 후에는 끝이 보이지 않는 광활한 대지와 뱀과 호랑이가 우글거리는 밀림이 펼쳐졌다. 밀림 속 동물들은 요란한 열차 소리에 소스라치게 놀라 도망쳤다. 철로가 놓여 군데군데 끊겨버린 울창한 숲도 보였는데 이곳에는 아직도 코끼리가 살고 있었다. 이 코끼리들은 연기를 뿜으며 지나가는 열차를 신기한 듯 바라보았다.

이날 아침, 열차는 말레가온 역을 통과한 뒤 칼리 여신을 신봉하는 교도들이 종종 피를 흩뿌렸던 그 무시무시한 지역을 지나갔다. 이곳에서 멀지 않은 곳에는 기막히게 멋진 사원들이 있는 엘로라 마을도 있었고, 포악한 아우랑제브 황제의 통치 당시 수도였던 아우랑가바드도 있었다. 이곳은 이제 니잠 왕국에서 분리된 지방의 중심 도시 중 하나일 뿐이었다. 그리고 '살인마들의 왕'이라 불렸던 페링게아가 무시무시한 암살집단 투그를 이끌고 위세를 떨쳤던 곳도 바로 이 지역에 있었다. 좀처럼 소탕하기 어려웠던 이 살인마 집단은 죽음의 여신께 충성을 다하고자 연령에 관계없이 닥치는 대로 지나는 행인들의 목을 졸라 죽였으나 피는 한 방울도 나지 않게 했다. 그래서 한때는 이곳을 지날 때마다 곳곳에서 사람의 시체가 발견되곤 했다. 다행히 영국 정부가 나서서 이 살인마 집단을 거의 소탕하긴 했지만 이들은 여전히 남아서 활동하고 있었다.

12시 30분이 되자 열차가 부르함푸르 역에 정차했다. 파스파르투는 가짜 진주가 달린 가죽신을 터무니없이 비싼 가격에 구입해 신고는 자랑스러운 듯 우쭐댔다.

승객들은 서둘러 점심 식사를 한 후 아세르구르 역을 향해 출발했다. 열차는 한동안 탑티 강을 따라 달렸는데, 이 강은 수라트 부근에서 캄베이 만으로 흘러들어가는 조그만 강이었다.

이쯤에서 현재 파스파르투의 머릿속을 메우고 있는 생각들이 무엇인지 밝혀두는 것이 좋겠다. 사실 봄베이에 도착했을 때, 그는 이 모든 여행이 거기서 끝나리라고, 아니 끝날 수밖에 없다고 믿었다. 하지만 기관차를 타고 인도 대륙을 질주한 이후로 그의 마음에는 급반전이 일어나고 말았다. 그의 타고난 본성이 순식간에 다시 깨어나 젊은 시절 꿈꾸던 환상적인 생각들을 일깨웠다. 이제 그는 주인의 계획을 진지하게 받아들이기 시작했고, 그가 말한 내기나 세계일주, 그리고 절대 초과해서는 안 되는 80일이라는 제한된 시간 등을 진실한 것으로 믿게 되었다. 벌써부터 여행 중에 일어날지 모르는 돌발 상황이나 이로 인한 시간적 지연 등을 미리 걱정하며 안절부절못하기 시작했다. 자신도 이제는 내기에 깊이 관여된 것만 같았고, 어제 저지른 용서할 수 없는 실수가 일을 크게 망칠 뻔했던 것을 생각하면 몸이 부르르 떨렸다. 포그 씨처럼 냉정하지 못한 파스파르투는 그만큼 걱정이 더 많았다. 지금까지 얼마의 시간을 소요했는지 계산하고 또 계산해보았다. 열차가 속도를 조금이라도 늦추면 심하게 투덜거렸고, 가끔 멈추기라도 하면 욕을 퍼부어 대며 주인이 기관사에게 미리 보상금을 약속하지 않은 것을 탓했다. 이 단순한 젊은이는 열차가 배와 달리 속도가 제한되어 있기에 배에서 했던 것과 같은 일은 할 필요가 없다는 사실을 몰랐던 것이다.

저녁이 되자 칸데시 지역과 분델칸드 지역의 자연경계선 역할을 하는 수트푸르 산맥으로 접어들었다.

다음 날인 10월 22일, 시간을 묻는 크로마티 경에게 파스파르투는 자신의 시계를 꺼내어 오전 3시라고 알려주었다. 그의 자랑스러운 시계는 아직도 서쪽으로 경도가 77도나 떨어진 그리니치 천문대에 맞추어져 있어서 네 시간이나 늦게 가고 있었다. 크로마티 경도 언젠가 픽스 형사가 했던 것과 같은 지적을 했다. 그는 자신들이 지금 동쪽, 그러니까 해가 뜨는 곳을 향해 나아가고 있고, 경도 1도를 지날 때마다 날이 4분씩 짧아지는 원리를 설명하며, 자오선이 바뀔 때마다 시계를 다시 맞추어야 한다는 사실을 파스파르투에게 이해시키려 노력했다. 하지만 헛수고였다. 고집 센 젊은이가 크로마티

경의 말을 이해했는지 못 했는지는 알 수 없지만 절대 시계에 손대는 일은 하지 않겠다고 버텼다. 아무에게도 피해를 주지 않는 괴벽이었다.

오전 8시, 열차는 로탈 역을 24킬로미터 앞두고, 방갈로와 인부들의 오두막 몇 채가 늘어서 있는 방대한 개간지 한복판에 멈추어 섰다. 기관사가 객차 옆 통로를 지나며 큰 소리로 외쳤다.

"승객 여러분! 모두 내리십시오."

필리어스 포그는 프랜시스 크로마티 경을 쳐다보았다. 그 역시 열차가 타마린느와 카주르의 숲 한가운데 멈추어 선 이유를 도무지 모르겠다는 표정이었다.

파스파르투 역시 놀라서 열차 밖으로 뛰쳐나가더니 곧이어 소리치며 되돌아왔다.

"나리! 철로가 끊겼어요."

"그게 무슨 소리인가?"

크로마티 경이 물었다.

"열차가 더 갈 수 없다니까요."

크로마티 경은 황급히 객차 밖으로 나갔고, 필리어스 포그도 그를 뒤따랐다. 하지만 그는 서두르지 않았다. 두 신사는 기관사에게 다가갔다.

"여기가 어디요?"

크로마티 경이 물었다.

"콜비 마을이지요."

기관사의 대답이었다.

"여기서 멈추겠다는 거요?"

"네. 철로가 아직 완성되지 않았어요."

"철로가 아직 완성되지 않았다니?"

"여기서부터 알라하바드까지 팔십 킬로미터 정도 되는 구간이 아직 미완성이에요. 알라하바드부터는 철로가 다시 놓여 있지요."

"하지만 신문에서는 분명 철도의 전 구간이 개통되었다고 했는데?"

"제가 어찌 알겠어요. 신문이 잘못 보도한 거죠."

"하지만 당신들은 분명 봄베이에서 캘커타까지 가는 표를 판매했잖소?"

크로마티 경이 흥분하기 시작했다.

"물론 그랬죠."

기관사가 대꾸했다.

"하지만 승객들 모두가 콜비에서 알라하바드까지는 각자 알아서 가야 한다는 사실을 알고 있습니다."

크로마티 경이 노발대발했다. 기관사도 이런 상황에선 별 도리가 없었지만, 파스파르투는 그를 때려눕히기라도 하고 싶었다. 그는 주인의 얼굴을 바라볼 용기가 없었다.

"크로마티 경, 알라하바드까지 갈 방법을 함께 모색해봅시다."

포그 씨가 침착하게 말했다.

"포그 씨, 이렇게 지연이 발생하면 당신 일정에 치명적인 차질이 생기지 않겠소?"

"그렇지 않습니다, 프랜시스 경. 다 예상했던 일이니까요."

"뭐라고요? 철로가 끊긴 것을 다 알고……."

"철로가 끊긴 것은 몰랐죠. 하지만 언제든 돌발상황이 벌어지리라는 건 알고 있었습니다. 하지만 별로 문제될 건 없습니다. 이미 이틀이라는 시간을 벌어놓았거든요. 캘커타에서 이십오 일 정오에 출발하는 홍콩행 증기선을 타야 하는데 오늘은 겨우 이십이 일이니 캘커타에는 제시간에 도착할 것입니다."

이렇게 똑 부러지는 대답 앞에 덧붙일 말은 없었다.

철로가 이곳에서 멈춘다는 것은 너무나 자명한 사실이었다. 무슨 사건이든 앞서 터뜨려버리는 괴상한 버릇을 가진 언론이 이번에도 인도반도 철도의 완전개통 소식을 미리 보도한 것이 틀림없었다.

이 구간이 미완성되었다는 것을 알고 있던 대부분의 승객들은 열차에서 내리자마자 마을에서 구할 수 있는 온갖 종류의 탈것을 마련했다. 네 바퀴가 달린 팔키가리, 등에 혹이 난 황소가 이끄는 수레, 이동식 사원처럼 보이는 여행용 마차, 가마, 조랑말 등. 포그 씨와 크로마티 경도 서둘러 탈것을 구해 보았지만 헛수고였다.

"난 걸어가야겠소."

필리어스 포그가 말했다.

이때 파스파르투가 주인에게 돌아왔다. 멋진 모양새는 갖추었지만 오래 걷기에는 뭔가 부족한 새 신 때문에 얼굴이 일그러져 있긴 했지만, 다행히 뭔가 방도를 찾아가지고 왔다. 그는 약간 주저하며 말을 꺼냈다.

"주인님, 탈 만한 것을 하나 찾긴 찾았는데요⋯⋯."

"뭔데?"

"코끼리요! 여기서 백 걸음 정도 떨어진 곳에 살고 있는 인도인이 키우는 거예요."

"그럼 한번 보러 가지."

포그 씨가 대답했다.

5분 후 필리어스 포그, 프랜시스 크로마티 경, 파스파르투는 어느 오두막에 도착했다. 그리고 높은 울타리로 둘러싸인 우리가 보였는데 오두막 안에는 인도인이, 우리 안에는 코끼리가 살고 있었다. 포그 씨 일행의 간청으로 인도인은 세 사람을 우리로 안내했다.

그곳에 인도인이 기르는 코끼리가 있었다. 사실 그는 이 동물을 이동수단보다는 싸움용으로 키웠다. 이런 이유 때문에 그는 천성이 온순한 이 짐승의 성격을 인도어로 '무트쉬'라고 불릴 만한 극도의 포악한 성질로 바꾸고 있었다. 방법은 바로 세 달 동안 설탕과 버터를 먹이는 것이었다. 이런 방법이 정말 그가 원하는 결과를 가져다줄지 알 수 없었지만 여러 코끼리 사육자들이 이 방법으로 성공을 거두기는 했다. 하지만 포그 씨에게는 무척 다행스럽게도 이 코끼리가 그 같은 식이요법을 시작한 지 얼마 안 되어 아직 무트쉬의 단계에 이르지 않은 상태였다.

키우니—이 코끼리의 이름이었다—도 다른 코끼리들처럼 장시간 빠른 속도로 걸을 수 있었다. 다른 교통수단이 없는 관계로 포그 씨는 이 짐승을 이용하기로 결정했다.

하지만 인도에서는 코끼리 수가 줄어들고 있었기 때문에 값이 매우 비쌌다. 특히 서커스 극단에서 격투에 이용되는 수컷은 그 수요가 엄청났다. 게다가 가정에서 사육되는 코끼리들은 거의 번식하지 않기 때문에 코끼리를 구하려면 사냥을 해야 했다. 뿐만 아니라 코끼리는 세심하게 돌봐야 하는 동물이다. 그래서 포그 씨가 코끼리를 빌리고 싶다고 말하자 주인은 단호하게 거절했다.

포그 씨는 계속 조르며 시간당 10파운드라는 파격적인 가격을 제안했으나 거절당했다. 그럼 20파운드는 어떤가? 역시 안 된다. 그럼 40파운드? 여전히 주인의 대답은 거절이었다. 파스파르투는 주인이 부르는 어마어마한 값에 소스라칠 지경이었지만, 코끼리 주인은 완강했다.

포그 씨가 부른 값은 결코 적지 않았다. 알라하바드까지 열다섯 시간 걸린다고 치더라도 코끼리 주인은 600파운드라는 거금을 손에 쥐게 된다.

포그 씨는 아무런 동요도 없이 이번엔 코끼리를 천 파운드에 사겠다고 제안했다. 하지만 주인은 이번에도 거절했다. 아마도 횡재를 맞을 수 있는 냄새를 맡은 게 분명했다.

크로마티 경은 포그 씨를 따로 불러내어 경솔하게 일을 벌이지 말고 한 번 더 신중히 생각하도록 설득했다. 하지만 필리어스 포그는 자신은 절대 생각 없이 행동하지 않으며, 이번 내기는 2만 파운드라는 거금이 걸려 있고, 내기

에 이기려면 이 코끼리가 반드시 필요하다는 사실을 설명했다. 그리고 설사 실제 가격보다 20배를 더 주어야 하더라도 반드시 코끼리를 살 거라고 말했다.

포그 씨는 다시 코끼리 주인에게 돌아왔다. 주인은 번쩍이는 탐욕의 작은 눈으로 이 거래는 이미 성사된 것이나 다름없으므로, 남은 건 가격문제라는 사실을 감지했다. 필리어스 포그는 1,200파운드, 1,500파운드, 1,800파운드, 그리고 2,000파운드까지 가격을 불렀다. 파스파르투의 불그스름한 낯빛이 놀라서 새파랗게 질려버렸다.

2,000파운드에서 마침내 주인이 항복했다.

"제 가죽신을 걸고 맹세하건대, 이제 이 코끼리 고기가 젤 비싼 고기가 될 겁니다."

파스파르투가 소리쳤다.

이제 거래가 성사되었으니 남은 것은 안내인을 구하는 일이었다. 다행히 이 일은 한결 수월했다. 영특해 보이는 젊은 파르시 하나가 안내를 자처했다. 포그 씨는 이를 받아들이며 높은 보수까지 약속했으니 파르시의 영리한 두뇌가 두 배로 효과를 발휘할 것이었다.

파르시는 코끼리를 밖으로 끌고 나와 서둘러 장비를 갖추었다. 그는 코끼리를 부리는 '마후트'라는 일을 능숙하게 해냈다. 우선 코끼리 등에 안장을 얹고, 양옆에는 약간 불편하긴 하지만 두 개의 가마를 매달았다.

포그 씨는 가방에서 은행권을 꺼내 대금을 지불했다. 파스파르투는 자신의 내장을 몽땅 꺼내주는 느낌이었다. 포그 씨는 크로마티 경에게 알라하바드 역까지 태워주겠다고 제안했고, 그도 이를 받아들였다. 몸집이 어마어마하게 큰 짐승에게 승객이 하나 더 늘어난다고 해서 크게 문제될 것은 없었다.

콜비 마을에서 식량을 구입한 포그 씨와 크로마티 경은 가마 양쪽에 나란히 올라탔고, 파스파르투는 그들 사이의 안장 위에 자리를 잡았다. 파르시 안내인은 코끼리 목 위에 올라탔다. 9시, 코끼리가 마을을 떠나 지름길인 울창한 야자나무 숲으로 들어갔다.

XII. 필리어스 포그와 두 동반자,
위험천만한
인도의 밀림을 경험하다

    안내인은 거리를 단축하기 위해 아직 공사가 진행 중인 철로를 두고 왼쪽으로 향했다. 사실 철로를 따라가면 빈디아 산맥의 변덕스러운 길을 따라 꼬불꼬불 돌아가야 하므로 필리어스 포그가 택하기에 적당한 지름길은 아니었다. 이 지역의 도로나 작은 오솔길까지도 훤히 꿰뚫고 있는 파르시 안내인은 숲을 가로질러 가면 거리를 32킬로미터는 줄이게 된다고 주장했고, 모두가 그의 말을 들었다.

    필리어스 포그와 프랜시스 크로마티 경은 뻣뻣하면서도 상당히 빠른 걸음으로 내달리는 코끼리의 움직임 때문에 심하게 흔들리며 가마 속에 깊숙이 파묻혀 있었다. 두 신사는 가장 영국인다운 침착함을 보이며 말없이 상황을 버텨내고 있었다. 서로 얼굴을 바라보기도 어려웠다.

    파스파르투는 코끼리 등에 찰싹 달라붙어 등 근육의 움직임을 그대로 받고 있었다. 주인이 경고한 대로 혀를 깨물어 싹둑 잘리지 않도록 잘 버티고 있었다. 이 용감한 젊은이는 코끼리의 목과 엉덩이 사이를 오가면서 뜀틀 위에서 펄쩍 뛰며 묘기를 부리는 광대처럼 들썩들썩 움직였다. 그러면서도 농담을 하고, 웃기도 했다. 가방에서 설탕을 꺼내 코끼리에게 주기도 했다. 영리한 키우니는 발걸음을 늦추지 않으면서 코끝으로 설탕을 잘도 받아먹었다.

두 시간 정도가 지나자 안내인이 잠시 길을 멈추고 코끼리가 한 시간 정도 쉴 수 있게 해주었다. 코끼리는 근처에 있는 웅덩이에서 목을 축인 후 나뭇가지와 잎사귀를 마구 먹어치웠다. 프랜시스 크로마티 경은 잠시 쉬면서 지체하는 시간에 대해 불평하지 않았다. 사실 그는 지쳐 있었다. 하지만 포그 씨는 방금 잠자리에서 일어난 사람처럼 멀쩡했다.

"저 양반은 정말 철인이군."

크로마티 경은 포그 씨의 팔팔한 모습에 감탄을 금치 못했다.

"강철이 따로 없다니까요."

간단한 점심거리를 준비하던 파스파르투가 거들었다.

정오가 되자 안내인이 출발신호를 보냈다.

곧이어 주변에 야생적인 밀림 풍경이 펼쳐졌다. 커다란 숲을 지나자 이번에는 키 작은 야자나무와 덤불들이 보였고, 곧이어 비쩍 마른 관목과 섬장암 덩어리가 점점이 박혀 있는 널따랗고 메마른 황야도 나타났다. 이 지역은 모두 분델칸드 고지인데 섬뜩한 종교적 행위를 일삼는 힌두교 광신도들이 살고 있어서 여행객들의 발길은 거의 닿지 않는 곳이다. 빈디아 산맥에서도 접근하기 힘든, 이토록 깊은 곳에 은둔해 있는 지방 영주들의 관할지는 영국 정부도 완전히 제압하기가 어려웠다.

간간이 사나운 인도 원주민 무리와 마주치기도 했는데 이들은 네 발 달린 짐승이 빠르게 지나가는 모습을 보며 성난 몸짓을 했다. 파르시 안내인은 이들과 마주치는 것이 위험하다고 생각해 가능한 한 빨리 내달렸다. 이날은 야생동물을 거의 구경할 수 없었다. 간혹 이들의 모습을 보고는 찡그린 표정으로 도망치는 원숭이만 보였는데 파스파르투는 이 모습을 흉내 내며 마냥 즐거워했다.

그런데 파스파르투에게 의문이 하나 생겼다. 과연 포그 씨는 알라하바드역에 도착하면 이 코끼리를 어떻게 처분할까? 여행에 끌고 갈까? 말도 안 되는 생각이다! 그렇지 않아도 터무니없이 비싸게 샀는데, 운송비까지 지불해야 한다면 아마 파산할 것이다. 그럼 팔아버리든가, 아니면 풀어주려나? 사실 이렇게 비싼 코끼리는 마땅히 대우받을 자격이 있지. 그런데 만약 포그 씨가 저 코끼리를 나한테 주면 어쩌지? 파스파르투는 이 생각 때문에 걱정이 되기 시작했다.

저녁 8시, 빈디아의 가장 큰 산맥을 무사히 통과한 그들은 북쪽 사면의 아래쪽에 있는 다 무너진 방갈로를 찾아가 쉬었다.

이날 움직인 거리가 대략 40킬로미터 정도. 알라하바드 역까지 가려면 이만큼의 거리를 더 가야 한다.

밤 기온이 쌀쌀했다. 파르시 안내인이 마른 가지를 모아다가 방갈로 안에 불을 피우자 제법 따뜻해졌다. 콜비에서 구입한 식량으로 저녁 식사를 준비했다. 피로에 지치고 온몸이 멍든 상태에서 밥을 먹었다. 간간이 짧은 대화가 오갔지만 곧이어 요란하게 코를 고는 소리로 바뀌었다. 안내인은 커다란 나무 기둥에 기대어 서서 잠든 코끼리 옆에서 불침번을 섰다.

이날 밤은 아무런 일도 일어나지 않았다. 이따금씩 치타나 표범 같은 야수의 울음소리가 날카롭게 끽끽대는 원숭이 소리와 뒤섞여 한밤의 정적을 깨왔다. 하지만 이 육식동물들은 으르렁대는 소리만 낼 뿐 방갈로를 찾은 손님들에게 그다지 적대감을 보이지는 않았다. 크로마티 경은 피로로 녹초가 된 젊은 병사처럼 곤히 잠들었다. 파스파르투는 전날 온종일 코끼리 등 위에서 펄쩍대던 꿈을 꾸며 잠을 설쳤다. 포그 씨는 새빌로 가에 있는 자신의 집에서 자듯 단잠을 잤다.

다음 날 아침 6시, 이들은 다시 행군을 시작했다. 안내인은 바로 이날 저녁 알라하바드 역에 도착하길 바라고 있었다. 그렇게만 된다면 포그 씨는 비축해둔 시간의 일부만 소비하게 된다.

이들은 빈디아 산맥의 마지막 사면을 내려오고 있었다. 키우니가 다시 속력을 내기 시작했다. 정오 무렵, 갠지스 강의 지류인 카니아 강가에 위치한 칼링거라는 작은 마을이 나오자 안내인은 이곳을 돌아갔다. 그는 사람이 거주하는 곳보다는 차라리 황량한 벌판이 안전하다고 믿고는 갠지스 강의 저지대 쪽을 택했다. 이제 알라하바드 역은 20킬로미터도 채 남지 않았다. 포그 씨 일행은 바나나 나무 아래서 잠시 휴식을 취했다. 여행자들이 이 과일을 크림보다 달콤하고 빵과 비교해도 영양 만점이라고 극찬하며 맛있게 먹었다.

오후 2시, 울창한 숲에 진입했다. 이제부터는 울창한 숲 속을 수 킬로미터나 행군해야 한다. 안내인은 이렇게 빼곡한 나무들 속에 몸을 숨기고 이동하는 것을 선호했다. 어쨌든 아직까지는 아무런 사고도 없었고, 여행은 순탄하게 끝날 것 같았다. 적어도 코끼리가 불안한 기색을 드러내며 갑자기 걸음을 멈추었을 때까지는 그랬다.

오후 4시였다.

"무슨 일인가?"

가마 위로 고개를 내밀며 프랜시스 크로마티 경이 물었다.

"저도 모르겠습니다, 장군님."

울창한 수풀 사이로 희미하게 들려오는 소리에 귀를 쫑긋 세우며 파르시 안내인이 대답했다.

잠시 후 소리는 더욱 분명하게 들려왔다. 아직은 꽤 멀리 떨어진 곳에서 들려오는 이 소리는 징과 사람의 소리가 뒤섞인 노랫소리였다.

파스파르투도 두 눈과 귀를 활짝 열고 집중했다. 포그 씨는 한 마디 말도 없이 조용히 기다렸다. 파르시 안내인이 펄쩍 뛰어내리더니 코끼리를 나무 기둥에 묶어두고 는 덤불숲으로 뛰어 들어갔다. 잠시 후 그가 돌아오며 말했다.

"브라만 승려들의 행렬인데, 이쪽으로 오고 있어요. 그들의 눈에 띄지 않는 게 좋겠어요."

말을 마친 안내인은 묶어두었던 코끼리를 풀더니 잡목이 우거진 덤불로 끌고 갔다. 그런 다음 일행에게 절대 땅으로 내려오지 말라고 말하고는 자신도 여차하면 코끼리 위로 잽싸게 올라탈 자세를 취했다. 하지만 숲이 제법 우거져 있어 행렬하는 힌두교도들의 눈에 띄지 않고 숨을 수 있을 것이라 생각했다.

사람의 목소리와 악기 소리가 뒤죽박죽 섞인 불협화음이 점점 다가왔다. 단조로운 노랫소리가 북과 징 소리에 뒤섞여 들려오더니 잠시 후 나무 아래로 행렬 선발대의 모습이 보였다. 포그 씨 일행이 숨어 있는 곳에서 불과 50걸음 정도 떨어진 탓에 나뭇가지 사이로 이 괴상한 종교 행렬의 주인공들을 잘 볼 수 있었다.

선발대에는 긴 모자에 수가 놓인 기다란 도포를 걸친 승려들이 걷고 있었다. 그리고 승려 주변으로 남녀 어른들과 아이들이 음울한 장례곡을 부르며 따라왔다. 노래는 징과 북의 박자에 맞추어 이따금씩 규칙적으로 끊어지곤 했다. 이 뒤로 커다란 바퀴가 달린 수레가 따라왔는데, 수레의 바퀴살과 테에는 뱀이 뒤얽힌 모습의 무늬가 새겨져 있었고, 수레 위에는 등에 혹이 나고 화려한 장식으로 뒤덮인 두 마리 소가 이끄는 섬뜩한 모습의 신상이 놓여 있었다. 팔이 네 개 달린 이 신상의 몸은 검붉은 색으로 칠해져 있었고, 눈은 광기로 번득였으며, 머리는 헝클어진 채 혀를 축 늘어뜨리고 있었다. 입술은 헤나와 빈랑자 열매로 물들여 갈색빛을 띠었다. 목에는 해골을 엮은 다발을 두르고 허리에는 잘려 나간 손목으로 엮은 띠를 찬 이 신상은, 머리가 잘린 채 땅에 엎드린 거인의 등을 밟고 서 있었다.

프랜시스 크로마티 경은 이 신상의 정체를 알아채고는 작은 소리로 말했다.

"칼리 여신이군. 사랑과 죽음의 여신이지."

"죽음의 여신은 맞는 것 같지만 사랑의 여신이라는 건 말도 안 돼요. 저 늙은 마녀가!"

이때 파르시 안내인이 조용히 하라는 신호를 보냈다.

신상 주변에는 늙은 광신도 그룹이 몸을 뒤흔들고, 이리저리 비틀고, 발작을 하는 등 난리법석을 떨며 따라왔다. 황토색 줄무늬로 치장한 이들의 몸뚱이는 십자가 모양의 상처로 뒤덮여 있었는데 상처에서 방울방울 핏방울이 떨어졌다. 아직도 커다란 힌두교 예식이 있을 때마다 크리슈나 신상을 태운 수레의 바퀴 밑으로 몸을 던지는 광신도들이 바로 이들이었다.

이들 뒤에는 오리엔트풍의 화려한 의상을 입은 브라만 승려들이 몸을 가누지도 못하는 한 젊은 여인을 질질 끌고 가고 있었다.

유럽인처럼 하얀 피부를 가진 이 젊은 여인은 머리와 목, 어깨, 귀, 팔, 손,

손톱 등 온몸에 목걸이, 팔찌, 귀고리, 반지 등 온갖 종류의 장신구를 치렁치렁 매달고 있었다. 금실로 짠 망사 위에 덧입은 얇은 모슬린 아래로 그녀의 허리선이 드러나 있었다.

젊은 여인 뒤에는 그녀와 너무나 대조적인 모습의 사나운 병사들이 칼집도 없이 칼을 찬 채, 보석 장식이 박힌 긴 총을 들고는 시체가 놓인 가마를 운반하고 있었다. 지방 영주의 화려한 의상을 입은 어느 늙은이의 시체였다. 이 송장은 살아생전에 늘 입던 대로 머리에는 진주로 수놓은 터번을 쓰고, 비단과 금실로 짠 도포를 입고, 보석이 박힌 캐시미어를 허리에 두르고, 인도의 군주들이 소장하는 멋드러진 무기까지 차고 있었다.

뒤를 이어 악사들의 행렬이 이어졌고, 마지막으로 요란스러운 악기 소리를 무색케 할 만큼 높은 괴성을 지르며 걷는 광신도 무리가 최후방을 장식했다.

이 광경을 바라보던 프랜시스 크로마티 경은 씁쓸한 표정으로 안내인을 바라보며 한마디했다.

"서티로군."

파르시 안내인이 그렇다는 표시를 한 후 손가락을 입에 갖다 대었다. 긴 행렬이 천천히 나무숲을 지나갔고, 얼마 후 행렬 끝자락까지 모두 깊은 숲속으로 자취를 감추었다. 곡소리도 점점 멀어져갔다. 멀리서 간간이 들려오던 찢어질 듯한 굉음마저 뚝 끊기고 이내 고요한 정적이 감돌았다.

필리어스 포그는 행렬이 사라지자마자 방금 전 크로마티 경이 내뱉은 단어에 대해 물었다.

"서티라는 게 뭡니까?"

"서티란 인간 제물을 말합니다."

크로마티 경이 설명했다.

"스스로 자원해서 몸을 제물로 바치는 거죠. 아까 본 그 여인은 아마도 내일 아침 일찍 불에 태워질 것입니다."

"맙소사. 이런 나쁜 놈들!"

파스파르투가 분노를 참지 못하고 내질렀다.

"그럼 그 시체는 뭡니까?"

포그 씨가 다시 질문했다.

"그 여인의 남편이지요. 분델칸드의 독립된 지방 영주입니다."

"뭐라고요?"

포그 씨가 결국 놀란 마음을 드러냈다.

"그렇게 야만적인 관습이 아직도 인도 땅에서 자행된다는 말입니까? 영국 정부가 이를 근절시키지 못한 건가요?"

"대부분의 지역에는 더이상 이런 풍습이 남아 있지 않습니다."

크로마티 경이 대답했다.

"하지만 이곳 분델칸드 지역처럼 미개한 곳까지는 진압하지 못했습니다. 빈디아 산맥의 북부 사면 지역은 아직도 살상과 약탈이 창궐하는 곳이지요."

"맙소사! 산 채로 불에 태워지다니!"

파스파르투가 혀를 찼다.

"그렇죠. 불에 태워지는 거죠."

크로마티 경이 말을 이었다.

"하지만 그녀가 만약 이 길을 선택하지 않을 경우 일가친척들에게 드리워질 고통이 어떨지 당신은 짐작도 못할 겁니다. 사람들은 그녀의 머리를 빡빡 깎은 후, 쌀 몇 줌을 던져주고는 밖으로 내칠 겁니다. 무슨 부정한 피조물이라도 되는 듯 취급받으며 결국엔 한쪽 구석에서 개처럼 비참한 죽음을 맞게 되지요. 여인들은 남편에 대한 사랑이나 종교적 신념에서라기보다는 이처럼 비참한 앞날을 맞이하느니 차라리 불 속에 몸을 던지는 길을 택하는 것입니다. 하지만 가끔은 정말로 원하는 경우도 있긴 하죠. 이런 경우 영국 정부의 강력한 개입이 필요합니다. 사실 몇 년 전, 제가 봄베이에 있을 때 젊은 과부한 사람이 남편을 따라 불에 몸을 던지도록 허락해달라고 영국 정부에 요청해왔습니다. 물론 정부에서는 이를 기각했죠. 그러자 과부는 봄베이를 떠나어느 독립 영주의 땅으로 들어가 결국 자기 몸을 제물로 바쳤다는군요."

고개를 절레절레 흔들며 크로마티 경의 설명을 듣고 있던 안내인이 이야기가 끝나자 입을 열었다.

"그런데 내일 아침 동틀 무렵 죽게 될 저 여인은 자원한 것이 아닙니다."

"그걸 어떻게 알지?"

"분델칸드 지역 사람이라면 누구나 다 아는 사실이죠."

안내인이 말했다.

"하지만 그 불행한 여인은 전혀 저항도 하지 않고 있던걸?"

크로마티 경이 말했다.

"그건 사람들이 그녀를 대마초와 아편 연기에 마취시켜서 그래요."

"그녀를 어디로 데려가는 거지?"

"필라지 사원으로요. 여기서 삼 킬로미터 정도 떨어져 있어요. 거기서 내일 아침 운명의 순간이 다가올 때까지 묵게 될 거예요."

"의식이 진행되는 시간은?"

"내일 아침 동이 트자마자요."

대답을 마친 안내인이 덤불숲에서 코끼리를 끌고 나와 목에 올라탔다. 그리고 특이한 휘파람 소리로 코끼리에게 출발신호를 보내려던 찰나, 포그 씨가 이를 말리더니 크로마티 경에게 말했다.

"그 여인을 구해주는 게 어떻소?"

"그 여인을 구출하자는 말입니까, 포그 씨?"

크로마티 경이 놀라서 물었다.

"제가 비축해둔 여유시간이 아직 열두 시간이나 있습니다. 이 시간을 여인을 구출하는 데 쓸 수 있을 겁니다."

"당신이 그렇게 따뜻한 마음을 지닌 사람인지 몰랐군요."

크로마티 경이 말했다.

"가끔 시간이 허락할 때는요."

포그 씨가 간단히 대꾸했다.

XIII. 파스파르투, 행운의 여신은 용기 있는 자에게만 미소 짓는다는 사실을 다시 한 번 입증하다

그들의 계획은 대담무쌍했다. 여러 난관이 도사린 거의 불가능한 임무였다. 어쩌면 포그 씨는 목숨을 잃게 될지도 모른다. 최소한 자유로운 삶을 빼앗기고, 결국 그의 내기도 물거품이 되어버릴지 모르는 상황이었으나 그는 주저하지 않았다. 게다가 뜻을 함께한 프랜시스 크로마티라는 든든한 지원군까지 얻지 않았는가.

파스파르투 역시 계획에 동참할 준비가 되어 있었다. 사실 주인의 계획은 이 하인의 마음을 들뜨게 만들었다. 차가운 얼음장 같은 모습 속에서 따뜻한 마음과 영혼을 느낀 것이다. 갑자기 필리어스 포그라는 사람이 파스파르투의 마음에 들기 시작했다.

남은 건 안내인이다. 그는 과연 누구의 편을 택할까? 같은 인도인의 편을 들지는 않을까? 그의 적극적인 협력까지는 얻지 못하더라도 중립을 지키리라는 약속만은 받아야 할 필요가 있었다. 프랜시스 크로마티 경이 솔직하게 물어보자 안내인이 대답했다.

"장군님, 전 파르시입니다. 그리고 그 여인도 파르시죠. 저도 당신들을 돕겠습니다."

"아주 잘 되었군."

포그 씨가 말했다.

"하지만 이것만은 각오하셔야 합니다."

파르시 안내인이 말을 이었다.

"만약 붙잡힐 경우 목숨을 잃는 것은 물론이고, 끔찍한 형벌을 받게 될 것입니다."

"알았네."

포그 씨가 답했다.

"그럼 우선 밤이 되길 기다렸다가 행동을 개시해야겠지?"

"네. 그래야 할 것 같습니다."

안내인도 동의했다.

정의감 넘치는 인도인 안내인은 그 여인에 대해 몇 가지 정보를 제공했다. 그녀는 봄베이의 부유한 상인의 딸로 태어났으며, 파르시이고, 미모가 출중한 여인이었다. 봄베이에서 영국식 교육을 받고 자라나 말씨나 태도 등이 모두 유럽인이나 다름없었다. 그녀의 이름은 아우다라고 했다.

하지만 부모를 여의고 고아가 되는 바람에 분델칸드의 늙은 영주에게 강제로 시집을 갔고, 그로부터 세 달 후 과부가 되었다. 자신을 기다리고 있는 운명에 대해 잘 아는 그녀는 탈출을 시도했지만 붙잡히고 말았다. 그녀를 죽이는 것이 자신들에게 득이 된다고 생각한 영주의 친척들이 그녀를 남편과 함께 화장시키기로 결정한 것이다.

이야기를 들은 포그 씨 일행의 의협심이 더욱 불타올랐다. 그들은 필라지 사원과 최대한 가까운 곳까지 코끼리를 끌고 가기로 결정했다.

그로부터 30분 후 일행은 사원에서 500걸음 정도 떨어진 풀숲에 몸을 숨기고 있었다. 이곳에 있으니 광신도들이 울부짖는 소리가 생생하게 들려왔다.

그들은 희생양이 있는 곳까지 접근할 방법을 논의했다. 파르시 안내인은 여인이 감금된 필라지 사원의 구조를 알고 있었다. 그런데 어떻게 안으로 들어가야 할까? 모두 마약에 취해 깊은 잠에 빠져 있는 사이 문으로 들어갈까? 아니면 벽에 구멍을 뚫을까? 이 문제는 사원 앞에 도착하면 결정하기로 했다. 한 가지 확실한 사실은 바로 오늘 밤 안으로 여인을 구출해내야 한다는 것이다. 날이 밝으면 이미 희생양은 사형대에 올라 있을 것이다. 그렇게 되면 인간의 힘으로는 더이상 구해낼 방법이 없다.

포그 씨 일행은 밤이 되기만 기다렸다. 저녁 6시경 주변이 어둑어둑해지자 이들은 사원 주변을 정찰했다. 힌두교 신자들의 울부짖던 소리도 차츰 줄어들었다. 인도인들의 관례에 따라 '향'이라 불리는, 대마초를 우려낸 물과 함께 섞은 아편차를 마시고 모두 깊은 잠에 빠지게 되면, 이를 틈타 사당까지 접근할 수 있을지도 모른다.

파르시 안내인이 앞장서서 일행을 인도했다. 그는 조용히 숲 속을 걸었다. 이렇게 10분 정도 살금살금 걸어가자 작은 강가에 이르렀고, 거기에서는 송진이 발라진 쇠막대 횃불 아래 장작더미가 보였다. 진귀한 백단나무에 향유를 바른 후 쌓아놓은 화장용 장작더미였다. 그 꼭대기에는 역시 향유가 발라진 영주의 시체가 얹혀 있었다. 내일 부인과 함께 화장될 것이다. 사원에서 이 장작더미까지는 약 100걸음 정도 떨어져 있었다. 사원의 뾰족탑이 나무 꼭대기를 뚫고 어둠 속에 윤곽을 드러냈다.

"자, 갑시다."

안내인이 작은 소리로 말했다.

그는 최대한 주의를 기울이며 길쭉하게 자란 수풀 사이를 조심스레 지나갔고, 일행이 그를 따랐다.

이제 나뭇가지 사이를 오가는 잔잔한 바람 소리만 이따금씩 들릴 뿐이었다.

얼마 후 안내인이 숲 속 빈 터의 끝자락에서 멈춰 섰다. 송진 횃불이 그곳을 밝히고 있었다. 마약에 취해 곤한 잠에 빠져들던 무리들의 몸뚱이가 이곳저곳에 널브러져 있었다. 시체가 잔뜩 뒹구는 전쟁터를 방불케 했다. 남자와 여자, 아이들이 한데 섞여 있었다. 몇몇은 아직도 끙끙대며 신음소리를 냈다.

그 뒤로는 울창한 나무 숲 사이로 우뚝 솟아 있는 필라지 사원이 어렴풋이 보였다. 영주의 호위병들이 그을음 나는 횃불을 들고, 칼집 없는 칼을 찬 채 문 앞을 서성이며 보초 서는 모습도 보였다. 포그 일행의 실망은 이루 말할 수 없었다. 아마도 사당 내부는 승려들이 지키고 있으리라. 파르시 안내인은 더이상 진입하지 않았다. 사당 정면을 뚫고 가는 것은 불가능하다는 사실을 깨닫고 일행을 데리고 물러났다.

필리어스 포그와 프랜시스 크로마티 경 역시 이쪽으로 진입하는 것이 어렵다는 것을 파악했다.

일행은 잠시 멈추어 서서 낮은 목소리로 논의했다.

"자, 이제 겨우 여덟 시인데요. 조금만 더 기다려보면 보초병들도 잠이 들 겁니다."

크로마티 경이 말했다.

"그럴 수도 있지요."

파르시 안내인도 동의했다.

필리어스 포그 일행은 나무 아래 숨어 조용히 기다렸다.

시간은 느리게만 지나갔다! 간간이 안내인이 일행 곁을 떠나 숲의 외곽 부분까지 정찰하러 갔다. 보초를 서는 영주의 호위병들은 여전히 횃불을 밝힌 채 서성거렸고, 사원의 창문에서는 희미한 불빛이 새어 나오고 있었다.

일행은 자정까지 기다렸다. 하지만 상황은 바뀌지 않았다. 여전히 바깥은 보초가 삼엄했다. 호위병이 잠들기를 기다리는 것은 무리인 듯했다. 이들은 다른 사람들처럼 '향'에 취하지 않아 보였다. 사원 담장에 구멍을 만들어 들어가는 등 다른 방도를 찾아야 할 것 같았다. 그런데 문제는 사당 내부에서도 승려들이 이만큼 삼엄하게 보초를 설 가능성이 있다는 것이다.

마지막으로 논의를 끝낸 뒤 파르시 안내인이 출발신호를 보냈고, 필리어스 포그, 프랜시스 크로마티, 파스파르투가 그의 뒤를 따라갔다. 그들은 사원의 후면에 접근하기 위해 멀리 돌아갔다.

12시 30분쯤 일행은 사원 뒷담에 도착했다. 그 사이 어느 누구와도 마주치지 않았다. 이 부분은 창문이나 출입문이 전혀 없는 곳이어서 호위병이 배치되어 있지 않았다.

어두움이 짙게 깔려 있었다. 이제 막 떠오른 가느다란 초승달은 짙은 구름에 거의 가려져 있었고, 커다란 나무까지 드리워져 있어 더욱 깜깜한 밤이었다.

담장 아래까지 무사히 접근한 일행은 이제 입구를 만들어야 했다. 포그 일행이 가진 도구라고는 포켓용 칼자루뿐이었다. 너무나 다행스럽게도 사원 담장은 벽돌과 목재로 되어 있어 구멍을 뚫기가 수월했다. 일단 벽돌 하나를 빼내는 데 성공하면 나머지는 쉽게 진행될 터였다.

이들은 최대한 소리를 내지 않고 작업을 시작했다. 한쪽에서는 파르시 안내인이, 다른 한쪽에서는 파스파르투가 60센티미터 너비의 입구를 만들기 위해 벽돌을 드러내는 작업을 했다.

일이 한참 진행될 무렵 갑자기 사원 내부에서 누군가 크게 소리쳤다. 그러자 사원 밖에서도 이에 응답하듯 크게 외치는 소리가 들렸다.

파스파르투와 안내인은 하던 일을 중단했다. 우리가 작업하는 소리를 들은 걸까? 모두들 잠이 깬 걸까? 일단은 이곳을 피하는 것이 안전할 듯했다. 일행은 모두 다시 숲 속으로 들어가 몸을 피했다. 그리고 경보가 해제되는 즉시 작업을 재개할 작정으로 동정을 살폈다.

하지만 불행하게도 호위병들이 사원 뒷담 쪽으로 몰려와 자리를 잡고 서더니 어떠한 접근도 할 수 없도록 막아섰다.

계획에 차질이 생기자 포그 일행의 실망은 이루 말할 수 없을 정도로 컸다. 희생될 여인이 있는 곳까지 접근도 못하는데 그녀를 어떻게 구출해낸다는 말인가. 크로마티 경은 초조함으로 인해 손톱을 깨물었다. 파스파르투는 화가 치밀어 날뛰었고, 파르시 안내인은 이를 말리느라 애썼다. 냉정한 포그 씨는 여전히 감정을 드러내지 않은 채 가만히 기다렸다.

"이대로 포기하고 돌아가야 하는 겁니까?"

크로마티 경이 목소리를 낮추며 물었다.

"그럴 수밖에 없겠어요."

안내인이 말했다.

"잠깐만요."

포그 씨가 나섰다.

"저는 알라하바드에 내일 오전 중에만 도착하면 됩니다."

"그럼 어떡할 작정이십니까? 곧 날이 밝아올 텐데요."

크로마티 경이 물었다.

"우릴 떠난 행운이 마지막 순간에 한 번 더 나타날 겁니다."

크로마티 경은 속을 알 수 없는 포그 씨의 눈에서 무언가 읽어내려 애썼다. 도대체 이 냉정한 영국인의 속셈은 무엇일까? 화형이 시작되는 순간에 달려들어 사형집행인의 눈앞에서 여자를 빼앗아 오기라도 할 작정인가?

하지만 이건 미친 짓이다. 이 냉정한 신사가 그 정도로 정신이 나가지는 않았을 것이다. 아무튼 크로마티 경은 이 공포스런 영화의 실마리가 풀릴 때까지 기다리기로 했다. 안내인은 일행이 은둔해 있는 장소도 안전하지 못하다고 판단해 빈 터의 다른 쪽으로 데려갔다. 그들은 그곳 나무 덤불 속에 몸을 숨긴 채 여기저기 잠들어 있는 무리들을 바라보았다.

한편 맨 아래 나뭇가지 위에 걸터앉은 파스파르투는 방금 전 번개처럼 머릿속에 나타난 후로 뇌리를 떠나지 않는 한 가지 생각에 대해 고심하는 중이었다. 처음에는 그도 "그건 미친 짓이야"라고 중얼대며 고개를 설레설레 흔들었지만 차츰 '안 될 것도 없지? 어쩌면 이게 마지막 남은 기회일지도 몰라. 저런 야만적인 놈들한테는······'이라는 생각으로 기울었다.

이렇게 떠오른 생각에 대해 아무런 내색도 하지 않은 채 뱀이 기어가듯 나뭇가지 끝으로 스르륵 미끄러져 내려왔다. 나뭇가지 끝이 휘어져 땅바닥에 닿았다.

시간은 계속해서 흘렀고, 어느덧 주변이 어슴푸레해지기 시작했다. 하지만 아직도 날은 어두컴컴했다.

이제 때가 이르렀다. 깊은 잠에 빠져 있던 무리들이 부활했다. 그들이 일어나 움직이기 시작했다. 북소리가 다시 울렸다. 노래와 괴성도 다시 시작됐다. 불행한 여인에게 운명의 시간이 다가온 것이다.

사원의 문이 열리자 강한 불빛이 새어 나왔다. 포그 씨와 크로마티 경은 이제 두 명의 승려의 손에 끌려 나오는 여인의 모습을 환한 불빛으로 똑똑히 볼 수 있었다. 여인은 초인적인 생존본능을 발휘해 마약의 기운을 떨쳐버리려고 사형집행인의 손에서 발버둥치고 있는 듯했다. 이 모습을 지켜보는 크로마티 경의 심장이 심하게 두근거렸다. 거의 발작과 같은 움직임으로 포그 씨의 손을 움켜쥔 크로마티 경은 퍼뜩 포그 씨의 손에 칼자루가 들려 있는 것을 느꼈다.

이때 무리가 움직이기 시작했다. 젊은 여인은 대마초 향으로 인해 다시 혼수상태에 빠져버렸다. 그녀는 종교적인 관습으로 괴성을 지르며 자신을 호위하는 신자들 사이를 지나갔다.

필리어스 포그 일행도 행렬 맨 뒤에 섞여 그들을 쫓아갔다. 2분 뒤 물가에 도착했다. 그곳에서 약 50걸음 떨어진 곳에 영주의 시체가 안치된 화장용 장작더미가 보였다. 어두움이 반쯤 깔린 가운데 완전히 무기력한 채 죽은 남편 곁에 누워 있는 여인의 모습이 또렷하게 보였다. 곧이어 장작더미에 불을 붙이자, 기름을 흠뻑 머금은 장작이 활활 타오르기 시작했다.

바로 그 순간, 광기와 같은 의협심이 발동한 필리어스 포그가 불 속으로 뛰어들려 하는 것을 크로마티 경과 파르시 안내인이 서둘러 말렸다.

하지만 포그 씨가 이들의 만류를 뿌리치고 앞으로 돌진하려던 찰나 장면이 갑자기 바뀌었다. 공포에 젖은 비명 소리가 들리더니 무리 전체가 벌벌 떨며 땅에 납작하게 엎드렸다. 늙은 영주는 죽지 않았던 것이다. 그가 유령처럼 벌떡 일어서더니 두 팔로 여인을 번쩍 안아 들고는 소용돌이치는 연기

사이를 헤치며 장작더미에서 내려왔다.

신도들과 호위병, 승려들은 너나없이 모두 공포에 질려 땅에 엎드린 채 감히 고개를 들어 이 마법 같은 장면을 쳐다볼 엄두도 내지 못했다.

완전히 기진맥진한 여인은 억센 팔에 안긴 채 아무런 무게도 없는 종이처럼 보였다. 포그 씨와 크로마티 경은 서서 이 광경을 지켜봤고, 파르시 안내인은 고개를 숙인 채 있었다. 파스파르투 역시 겁에 질려 있을 것이다……

이때, 부활한 유령이 포그 씨와 크로마티 경이 있는 곳으로 다가와 급히 말했다.

"도망쳐요, 어서!"

이 유령의 정체는 다름 아닌 파스파르투였다. 바로 그가 연기가 자욱이 번지는 동안 재빨리 장작더미로 기어간 것이다. 바로 그가 아직 짙은 어둠을 틈타 불쌍한 여인을 사선에서 구해낸 것이다. 바로 그가 대담한 유령의 역할을 완벽히 소화해내며 겁에 질린 무리를 뚫고 지나온 것이다.

네 명의 일행은 재빨리 숲 속으로 달아났다. 코끼리가 빠른 걸음으로 이들을 운송했다. 하지만 얼마 지나지 않아 괴성과 함께 총성이 울려 퍼지며 총알 하나가 포그 씨의 모자를 뚫고 지나갔다. 녀석들이 모든 상황을 알아챈 것이다.

그들은 화염에 휩싸인 장작더미 위에 영주의 시체가 그대로 묶여 있는 것을 발견했다. 한동안 공포에 사로잡혔던 승려들이 정신을 차린 뒤 여인이 납치당한 것을 알아채고는 일제히 숲으로 뛰어들었다. 호위병들도 그들을 뒤쫓았다. 추격이 시작되었다. 하지만 워낙 재빠른 납치범들은 얼마 안 가 총알과 화살의 사정거리를 벗어나는 데 성공했다.

XIV. 필리어스 포그, 갠지스의 아름다운 골짜기를 쳐다보지도 않고 지나가다

대담한 구출작전이 대성공을 거두었다. 한 시간이 지났음에도 여전히 파스파르투는 웃음을 멈추지 못했다. 프랜시스 크로마티 경은 배짱 좋은 젊은 이의 손을 잡고 칭찬해주었다. 포그 씨의 입에서 나온 말은 "잘했어"라는 한마디가 전부였지만 사실 이 신사의 '잘했다'라는 말은 그 어떤 칭찬의 말과도 비교할 수 없는 것이었다. 파스파르투는 모두 다 주인님의 공이고 자신은 그저 엉뚱한 생각을 하나 해낸 것뿐이라며 겸손을 떨었다. 그리고 전직 체조 선생이자 파리 소방대원 출신인 자신이 잠깐이나마 아름다운 여인의 남편이자 향유로 방부처리가 된 늙은 영주의 송장으로 둔갑했던 일을 떠올리며 키득거렸다.

젊은 인도 여인은 아직도 무슨 일이 벌어지고 있는지 알지 못한 채 코끼리 몸에 달린 가마 위에 여행용 담요를 덮고 기대어 있었다.

파르시 안내인은 최대한 조심스럽게 코끼리를 몰아 아직 어둠이 가시지 않은 숲 속을 빠르게 달렸다. 필라지 사원에서 탈출한 지 한 시간이 지난 지금, 코끼리는 드넓은 평야 지대를 달리고 있었다. 7시가 되자 잠시 휴식을 취했다. 젊은 여인은 아직도 극도의 탈진 상태에서 헤어나지 못했다. 안내인이 물에 브랜디를 조금 섞어 몇 모금 마시게 했지만 그녀를 짓누르는 마약의 힘은 몇 시간 더 지속될 것 같았다. 프랜시스 크로마티 경은 사람이 대마초 향을 맡고 취한 경우에 대해 잘 알고 있던 터라 그다지 걱정하지는 않았다. 인도 여인이 몸을 회복하는 것은 시간문제였다. 크로마티 경이 염려하는 것은 바로 그녀의 앞날이었다. 그녀가 인도 땅을 떠나지 않는 한 언젠가는 그녀를 죽이려던 사람들의 손에 다시 붙잡힐 것이 뻔했기 때문이다. 크로마티 경은 필리어스 포그에게 이 고민을 솔직하게 털어놓았다. 인도 땅에는 곳곳에 광신도들이 퍼져 있기 때문에 마드라스든 봄베이든 혹은 캘커타든 어디에서건 그녀를 사로잡을 것이다. 크로마티 경은 이와 유사한 사건 몇 가지를 예로 들었다. 그의 생각에 여인이 안전하게 피신하는 방법은 오직 인도를 떠나는 것뿐이었다.

포그 씨는 그의 조언을 깊이 생각해보겠다고 대답했다.

10시쯤 안내인이 알라하바드 역에 도착했다고 알렸다. 바로 이곳에서 열차를 다시 타면 된다. 그러면 열차는 하루도 채 안 걸려 캘커타에 도착한다.

따라서 필리어스 포그는 다음 날, 즉 10월 25일 정오에 출발하는 홍콩행 여객선 출발시간에 맞추어 캘커타에 도착하게 될 것이다.

일행은 여인을 역 대합실의 어느 방 안에 눕혀놓았다. 이제 파스파르투는 여인에게 필요한 옷가지와 숄, 장신구 등을 보이는 대로 구입하러 가야 했다. 그의 주인은 돈은 얼마든지 써도 좋다고 허락했다.

파스파르투는 즉시 역을 떠나 시내 거리로 나왔다. 알라하바드, 이곳은 신의 도시다. 갠지스와 자무나라는 신성한 두 강줄기가 합류하는 지점에 자리잡고 있어 이 강을 따라 인도에서도 가장 많은 순례자들이 모여든다. '라마야나'의 전설에 의하면 갠지스는 원래 천상에서 시작되는 강인데 브라만 신의 은총으로 이 땅에 내려왔다고 한다.

파스파르투는 쇼핑을 하는 짧은 시간 중에도 틈틈이 도시를 구경했다. 이도시는 지금은 정치범 수용소로 사용되는 웅장한 요새로 둘러싸여 있었다. 한때 상업과 공업이 발달했었지만 이제는 더이상 상업도 공업도 찾아볼 수없었다. 파스파르투는 영국의 리젠트 거리에서처럼 최신 옷가게를 찾아 헤매었지만 헛수고였다. 간신히 발견한 곳이 고작 무뚝뚝한 유대인 노인이 운영하는 작은 가게였는데, 거기서 스코틀랜드산 직물로 된 원피스와 커다란 망토, 수달 가죽으로 만든 고급 외투를 75파운드라는 거금을 덥석 주고 구입했다. 그러고는 의기양양해져서 역으로 돌아왔다.

아우다 부인이 조금씩 정신을 차리기 시작했다. 필라지 사원 승려들이 그녀에게 처방해 정신을 잃게 만든 마약 성분이 조금씩 사라져갔고, 여인의 아름다운 두 눈은 인도 여인 특유의 온화한 빛을 조금씩 되찾기 시작했다.

국왕이자 시인이었던 유수프 아딜 왕은 아마드나가르 여왕의 아름다움을 이렇게 시로 노래한 바 있다.

가지런히 양 갈래로 묶인 윤기 나는 머리카락이 생기로 빛나는 부드럽고 하얀 두 뺨의 균형 잡힌 윤곽을 감싸고 있다네. 흑단같이 까만 눈썹은 사랑의 신 카마의 활과 같은 모양과 힘을 지녔고, 비단처럼 부드러운 긴 속눈썹 아래에 있는 커다랗고 촉촉한 검은 눈동자 속에는 히말라야 산맥의 신비한 호숫가에 반짝이는 빛처럼 밝은 천상의 빛이 헤엄치고 있도다. 반쯤 열린 석

<125

류꽃 속에 맺힌 이슬방울처럼 미소 짓는 입술 사이로 하얗고 고른 치아가 환하게 빛나고 있다네. 정확히 대칭을 이루며 휘어진 앙증맞은 두 귀와 발그레한 두 손, 연꽃 봉오리처럼 부드럽게 봉긋 솟은 두 발은 실론의 가장 아름다운 진주와 골콘다의 다이아몬드처럼 찬란하게 빛나고 있구나. 한 줌밖에 안 되는 가녀리고 부드러운 허리선은 싱싱한 꽃잎이 보물을 감춰 놓은 듯한 두 가슴과 볼록한 엉덩이를 더욱 돋보이게 하도다. 주름 잡힌 비단 저고리를 입은 그녀의 모습은 불멸의 조각가 빅바카르마공예를 담당하는 인도의 신가 신성한 손을 가지고 순은으로 빚은 조각상 같도다.'

하지만 분델칸드 영주의 미망인 아우다 부인의 아름다

움은 이렇게 장황한 시로 표현할 것까지 없이 '매력적이다'라는 단어 하나면
족했다. 그녀는 완벽한 표준어로 영어를 구사했다. 영국식 교육이 이 파르시
여인을 완전히 바꾸었다고 말한 안내인의 말은 허풍이 아니었다.

열차 출발시간이 다가왔다. 포그 씨는 파르시 안내인에게 약속했던 금액
에서 조금도 보태지 않고 정확하게 대금을 지불했다. 이를 본 파스파르투는
다소 놀라지 않을 수 없었다. 사실 파르시 안내인은 필라지 사원에서 목숨
걸고 포그 씨를 돕지 않았던가. 만약 인도인들이 그가 이번 사건에 공모했던
사실을 알게 된다면 그는 복수를 면치 못할 것이다.

이제 키우니를 어떻게 처분할 것인가에 대한 문제가 남았다. 그토록 엄청
난 돈을 지불하고 구입한 코끼리를 어떻게 할 것인가?

필리어스 포그는 이 문제에 대해 이미 마음을 정했다.

"이보게, 파르시 양반."

포그 씨가 안내인을 불렀다.

"자네는 맡은 임무를 잘 수행했을 뿐 아니라 나를 위해 희생해주었네. 그
런데 임무 수행에 대한 대가는 지불했지만 자네의 헌신에 대한 대가는 아직
보상하지 못했군. 자, 괜찮다면 이 코끼리를 받게나."

안내인의 눈이 반짝거렸다.

"아이구, 나리! 저한테는 과한 선물이죠."

흥분한 채 안내인이 말했다.

"내 선물을 받아주게나. 이걸 준다 해도 내가 진 빚은 다 갚지 못할 걸세."

포그 씨가 대답했다.

"자, 어서 받아!"

파스파르투가 거들었다.

"키우니는 정말 용감하고 멋진 놈이야."

말을 마친 파스파르투는 코끼리 옆으로 다가가 설탕 덩어리 몇 개를 내밀었다.

"자, 키우니. 이거 먹어."

그러자 코끼리가 기분 좋은 듯 쿵쿵거리는 소리를 내고는 기다란 코로 파스파르투의 허리를 감싸 쥐고 자신의 머리 위로 들어 올렸다. 파스파르투는 전혀 무서워하지 않고 코끼리를 쓰다듬어주었다. 키우니는 들어 올렸던 파스파르투를 조심스럽게 다시 내려놓았다. 충성스러운 코끼리 키우니와 충성스러운 젊은이 파스파르투는 각각 긴 코와 억센 손을 맞잡고 악수를 했다.

몇 분 후 필리어스 포그와 프랜시스 크로마티 경, 파스파르투가 열차에 올라타 자리를 잡고 앉았다. 그들은 가장 편안한 자리를 아우다 부인에게 양보했다. 열차는 바라나시를 향해 전속력으로 달렸다.

알라하바드와 바라나시는 130킬로미터 정도 떨어져 있었는데 열차로는 두어 시간이면 갈 수 있는 거리였다.

그동안 젊은 여인은 완전히 정신을 차렸다. 그녀를 완전히 녹초로 만들어버렸던 '향'의 기운은 깨끗이 사라졌다.

완전히 낯선 사람들로 가득한 열차 안에 유럽식 옷을 입고 앉아 철로 위를 질주하고 있는 자신을 바라보며 이 여인이 얼마나 놀랐을지는 충분히 짐작할 수 있으리라.

우선 포그 일행은 그녀를 정성껏 돌봐주며 리큐어 몇 모금을 마시게 했다. 그 후 크로마티 경이 그동안 있었던 일을 들려주기 시작했다. 그는 필리어스 포그 씨가 그녀를 구출하기 위해 기꺼이 위험을 감수했던 일과 파스파르투가 대담무쌍하고 기발한 작전을 펴 그녀를 구출해낸 일들을 자세히 들려주었다.

크로마티 경이 이야기하는 동안 포그 씨는 그저 잠자코 있을 뿐이었다. 파스파르투는 몹시 수줍어하며 "별거 아닌데요, 뭐"라는 말만 연신 내뱉었다.

아우다 부인은 목숨을 구해준 은인들에게 말 대신 눈물을 펑펑 쏟으며 감사를 표했다. 그녀의 아름다운 두 눈이 입보다 감사의 마음을 더 잘 표현하고 있었다. 잠시 후 끔찍했던 사형집행 순간을 다시 떠올린 그녀는 차창 밖으로 보이는 인도 땅을 바라보며 앞으로 그녀를 기다리고 있을 험난한 일들을 생각하며 두려움에 몸서리쳤다.

필리어스 포그는 아우다 부인의 머릿속을 스치는 생각이 무엇인지 알아차렸다. 그는 단조로운 말투로 그녀에게 홍콩에 데려다줄 테니 그곳에서 이번 사건이 잠잠해질 때까지 은둔해 있는 것이 어떠냐고 제안하며 그녀를 안심시켰다.

아우다 부인은 포그 씨의 제안을 기쁘게 받아들였다. 사실 홍콩에는 그녀의 친척이 살고 있었다. 그 친척 역시 파르시인데, 중국 연안에 자리 잡고 있으면서도 완전히 영국화된 이 도시에서 가장 이름난 상인 중 하나였다.

12시 30분이 되자 열차가 바라나시 역에 정차했다. 브라만교의 전설에 따르면 이 도시는 카시 왕국의 옛터인데, 카시 왕국은 마호메트의 무덤처럼 하늘과 땅 사이에 매달려 있었다고 한다. 하지만 현재 인도의 아테네라는 별칭으로 불리는 바라나시는 너무나 평범한, 땅 위에 있는 한 도시일 뿐이었다. 파스파르투는 벽돌로 된 집과 나뭇가지를 엮어 만든 오두막을 잠시 바라보았다. 지방색이라고는 찾아볼 수 없는 밋밋한 풍경이었다.

바로 이곳이 프랜시스 크로마티 경이 내릴 곳이었다. 이 도시에서 북쪽으로 몇 킬로미터 떨어진 곳에 그의 부대가 주둔해 있었기 때문이다. 크로마티 경은 필리어스 포그에게 작별인사를 건네며, 성공적인 여행이 되길 바란다고 했다. 그러면서 앞으로의 여행은 덜 위험하고 순조롭게 진행되길 바란다는 말도 덧붙였다. 포그 씨는 친구의 손을 살짝 잡는 것으로 인사를 대신했다. 반면 아우다 부인의 인사는 좀더 따뜻했는데, 크로마티 경이 베푼 은혜를 결코 잊을 수 없을 것이라고 했다. 마지막으로 파스파르투도 크로마티 경의 진심 어린 악수를 받는 영광을 얻었다. 감정이 북받친 파스파르투는 언제다시 크로마티 경을 만나 그를 위해 일할 영광을 얻게 될까 생각해보았다. 그들은 이렇게 헤어졌다.

바라나시부터는 열차가 갠지스 강의 계곡을 따라 달렸다. 열차의 차창 밖으로 제법 화창한 하늘 아래 다채롭게 펼쳐지는 비하르 지역의 풍경이 보였다. 그리고 녹음으로 덮인 산들, 보리밭, 옥수수밭, 밀밭 그리고 푸르스름한악어가 서식하는 늪지대, 깔끔하게 정돈된 마을, 아직 푸르름을 자랑하는 숲이 지나갔다. 신성한 강의 물가에는 등에 큰 혹이 나 있는 소와 코끼리 몇 마리가 찾아와 멱을 감았다. 게다가 예년보다 일찍 찾아온 추위에도 불구하고강가로 나와 경건하게 목욕재계하는 남녀 힌두교 신자들의 모습까지 보였다. 불교에서 가장 적대시하는 라이벌인 이들은 태양신 비슈누, 자연의 신시바, 승려들과 입법자들의 통치자인 브라마의 삼신일체를 숭배하는 브라만교의 열성 신자들이었다.

그런데 증기선들이 갠지스 강의 신성한 물살을 가르고 달리면서 수면 위를 유유히 나는 갈매기와 강둑 위를 몰려다니는 거북이 떼, 그리고 강변에누워 있는 신자들을 깜짝 놀라게 하는 이때, 과연 브라마, 시바, 비슈누는 점점 영국화되어 가는 인도 땅을 어떤 눈길로 바라보고 있을까?

이 모든 파노라마가 차창 밖으로 섬광처럼 빠르게 지나갔다. 종종 하얀 연기구름이 시야를 가리기도 했다. 승객들은 차창 밖 풍경을 제대로 볼 수가 없었다. 바라나시에서 남동쪽으로 32킬로미터 정도 떨어진 추나르 요새도, 비하르 지역 영주들의 옛 요새도, 장미향수 공장으로 유명한 가지푸르도, 갠지스 왼편에 불쑥 솟은 콘월리스 경의 무덤도, 북사르의 요새도시도, 인도에서 가장 큰 아편시장이 있는 상공업 중심지 파트나도, 인도의 맨체스터나 버밍엄이라 할 수 있는 유럽형 도시 몽기르도 마찬가지였다. 주물 공장과 검공장이 잔뜩 들어선 몽기르의 우뚝 솟은 공장들은 브라마의 하늘 위로 시커먼 매연을 뿜어내고 있었다. 꿈의 나라 인도에 먹칠을 하는 골칫거리가 아닐 수 없다.

밤이 찾아왔다. 기관차가 지나는 소리에 놀라 도망치는 호랑이, 곰, 늑대들의 울부짖는 소리를 뒤로 하고 열차는 전속력으로 돌진했다. 이제 더이상 경이로운 풍경들을 감상할 수 없었다. 벵골도, 골콘다도, 구르의 유적도, 옛 수도 무르시다바드도, 부르드완도, 후글리도, 그리고 프랑스령 땅인 찬데르나고르도 말이다. 파스파르투는 찬데르나고르에 펄럭이는 조국의 국기를 바라보니 벅찬 마음을 달랠 길이 없었다.

아침 7시, 드디어 캘커타에 도착했다. 홍콩행 배는 정오에나 닻을 올릴 것이다. 따라서 필리어스 포그는 다섯 시간이나 여유가 있는 셈이다.

원래 그의 일정에서도 인도의 수도 캘커타에 도착하는 날은 런던을 출발한 지 23일 만인 10월 25일이었으므로, 그는 정확한 날짜에 도착한 것이다. 늦지도 빠르지도 않았다. 런던에서 봄베이까지의 여정 속에서 확보한 이틀이라는 여유분은 아쉽게도 우리가 이미 알고 있는 그 사건으로 인해 모두 소비했지만 포그 씨는 이를 후회하지 않았다.

XV. 포그 씨의 돈가방에서
몇천 파운드가
또 줄어들다

열차가 역에 정차했다. 파스파르투가 먼저 객차에서 나오고 그 뒤를 포그 씨가 따라나왔다. 새로운 길동무가 된 젊은 여인이 플랫폼으로 내려오는 것을 부축해준 포그 씨는 곧장 홍콩행 기선으로 가 그녀가 편안하게 자리 잡을 수 있도록 해줄 예정이었다. 그는 이 위험한 인도 땅에 머무는 동안에는 잠시라도 그녀 곁을 떠나지 않을 작정이었다.

그런데 포그 씨가 역을 떠나려 할 때 경찰 한 명이 다가와 물었다.

"필리어스 포그 씨입니까?"

"네. 그렇소만……."

"그리고 이 사람이 당신 하인입니까?"

경찰관이 파스파르투를 가리키며 물었다.

"맞소."

"두 분 다 저를 따라와 주십시오."

포그 씨는 전혀 놀란 내색을 하지 않았다. 이 경찰관은 법의 대리인이고, 영국인들에게 법이란 신성한 것이었다. 파스파르투는 프랑스인답게 따지려 들었지만 경찰관이 들고 있던 지휘봉으로 그를 저지하자 포그 씨도 잠자코 따라오라는 신호를 보냈다.

"이 여인도 우리와 함께 가도 되겠소?"

포그 씨가 물었다.

"네, 그렇게 하십시오."

경찰관이 대답했다.

경찰관은 포그 씨와 파스파르투, 아우다 부인을 두 필의 말이 이끄는 4인승 사륜마차의 일종인 팔키가리에 태우고는 바로 출발했다. 약 20여 분의 이동 시간 동안 아무도 입을 열지 않았다.

팔키가리는 우선 비좁은 거리마다 판잣집이 늘어선 음침한 '암흑가'를 지나갔다. 이곳에는 세계 각지에서 몰려 온 빈민들이 누더기를 걸친 채 지저분한 몰골로 나다니고 있었다. 얼마 후 마차는 다시 유럽인 거주 지역으로 들어섰다. 이곳에는 야자나무와 돛대가 빽빽이 들어차 있었고 벽돌집이 늘어서 있었다. 아직 이른 시각이었음에도 불구하고 멋진 말을 탄 위풍당당한 기사들이 거리를 지나다녔다.

팔키가리가 어느 건물 앞에 멈춰 섰다. 단순한 건물이었지만 언뜻 보기에 가정집은 아닌 것 같았다. 경찰관이 '죄수들'을 내리게 했다. 사실 포그 씨 일행은 죄수라는 말이 딱 어울리는 상황이었다. 경찰관은 다시 유리창에 쇠창살이 달린 방으로 일행을 안내했다.

"여덟 시 반에 오바디아 판사 앞에 출두해야 합니다."

말을 마친 경관은 문을 닫고 나갔다.

"세상에! 우리가 지금 갇힌 건가요?"

파스파르투가 소리치며 의자에 털썩 주저앉았다.

아우다 부인도 포그 씨에게 다가가 떨리는 목소리로 말했다.

"절 그냥 버리세요. 저 때문에 이런 일을 당하신 거예요. 절 구해주시다가 이렇게 되신 거라고요."

이에 대해 필리어스 포그는 그럴 리가 없다는 말로 짧게 답했다. 서티 사건 때문에 기소되다니! 말도 안 된다! 무슨 배짱으로 그런 사건을 고소한단 말인가? 분명 오해가 있는 것이다. 아무튼 포그 씨는 어떠한 경우에라도 절대 여인을 내버려 두지 않을 것이며 그녀를 꼭 홍콩으로 데려가겠다고 덧붙였다.

"하지만 배는 정오가 되면 출발하는데 어쩌죠?"

파스파르투가 말했다.

"열두 시 전에 승선해 있을 걸세."

속을 알 수 없는 신사의 간략한 대답이었다.

딱 잘라 말하는 포그 씨의 대답 앞에서 더이상 다른 생각은 할 수 없었다.

'그래, 틀림없이 열두 시 이전에 우린 배에 타 있을 거야.'

하지만 불안한 마음을 거둘 수는 없었다.

8시 30분이 되자 방문이 열렸다. 경관이 다시 나타나 일행을 옆방으로 인도했다. 그곳은 바로 법정이었다. 이미 방청석은 유럽인 및 인도인들로 가득 차 있었다.

필리어스 포그, 아우다 부인, 파스파르투는 판사와 서기의 좌석 맞은편 자리에 앉았다.

곧이어 오바디아 판사가 들어왔고, 서기가 뒤따라 들어왔다. 판사는 뚱뚱하고 땅딸한 사람이었다. 그는 벽에 걸린 가발을 재빨리 집어 들어 머리에 썼다.

"첫 번째 사건!"

판사가 입을 열었다.

그리고 머리에 손을 가져간 판사는 다시 입을 열었다.

"아니, 이건 내 가발이 아니잖아."

"네, 판사님. 그건 제 것입니다."

서기가 대답했다.

"이봐, 오이스터푸프 서기! 판사가 서기의 가발을 쓰고 어떻게 좋은 판결을 내리겠나!"

가발이 교환되었다. 그러는 사이 파스파르투는 방청석 벽에 걸린 커다란 벽시계의 바늘이 무서운 속도로 움직이는 것을 보며 안절부절못했다.

"첫 번째 사건."

오바디아 판사가 재판을 시작했다.

"필리어스 포그 씨."

오이스터푸프 서기가 말했다.

"네. 접니다."

포그 씨가 대답했다.

"파스파르투 씨?"

"예, 저입니다."

파스파르투가 대답했다.

"우린 피고들을 붙잡기 위해 이틀 전부터 역에서 기다리며 도착하는 열차마다 일일이 살피고 있었소."

"그런데 우리가 무슨 죄를 지었단 겁니까?"

파스파르투가 참지 못하고 소리쳤다.

"곧 알게 될 겁니다."

"판사님."

포그 씨가 말했다.

"전 영국 시민으로서……."

"그런데요? 부당한 대우라도 받았단 말입니까?"

오바디아 판사가 물었다.

"아닙니다."

"좋습니다. 원고를 들어오게 하시오."

판사의 명에 따라 문이 열리고 집행인의 안내에 따라 세 명의 힌두교 승려가 입장했다.

"결국 그거였군! 젊은 여인을 불에 태워 제물로 바치려 했던 나쁜 놈들!"

파스파르투가 작은 소리로 말했다.

승려들이 판사 앞에 섰고, 서기가 포그 씨와 그의 하인에 대해 청구한 고소장을 큰 소리로 낭독했다. 기소한 죄목은 바로 브라만교의 신성한 성소를 모독한 일이었다.

"잘 들었습니까?"

판사가 필리어스 포그에게 물었다.

"네, 그렇습니다. 판사님."

포그 씨가 시계를 보며 대답했다.

"인정합니다."

"인정한다고요?"

"인정합니다. 그리고 이제는 저 승려들이 자신들의 입으로 필라지 사원에서 자행하려 했던 만행을 고백하길 바랍니다."

승려들이 서로 얼굴을 바라보았다. 그들은 피고의 말을 전혀 이해하지 못하는 듯했다.

"당연히 그래야죠."

파스파르투가 흥분해서 말했다.

"필라지 사원에서 저자들이 한 여인을 불태워 제물로 바치려 했던 것을 인정하게 해야 합니다."

승려들은 또 한 번 크게 놀랐고, 오바디아 판사의 놀라움도 극에 달했다.

"아니, 무엇을 제물로 바치려 했다는 겁니까? 누굴 불태운다고요? 감히 봄베이 시내 한가운데에서?"

판사가 물었다.

"봄베이라고요?"

이번엔 파스파르투가 놀라며 소리쳤다.

"그럼요. 필라지 사원이 아니라 봄베이의 말라바르힐 사원이오."

"신성모독 죄를 범한 죄인이 신고 있던 신발을 증거로 제출합니다."

서기가 책상 위에 신발 두 짝을 올려놓으며 말했다.

"아니, 저건 내 신발인데."

너무 놀란 파스파르투가 자신도 모르는 사이 주워 담을 수 없는 말을 큰 소리로 내뱉고 말았다.

주인과 하인의 머릿속이 얼마나 혼란스러웠을지 충분히 짐작할 만하다.

까맣게 잊고 있던 봄베이에서의 사건 때문에 기소를 당해 캘커타의 법정에 까지 서게 된 것이었다.

사건의 내막은 이랬다. 파스파르투의 아찔한 모험에 대해 몰래 엿들은 픽스 형사는 이를 이용할 만한 묘안을 생각해냈다. 그래서 출발을 열두 시간이나 늦추면서 말라바르힐의 승려들을 찾아가 그들을 설득했다. 그리고 상당한 액수의 보상금을 받을 수 있게 해주겠다고 약속했다. 사실 영국 정부에서는 이런 종류의 범죄를 엄중히 다스리고 있었기 때문이다. 그래서 이 승려들을 다음 열차에 태워 범인들을 뒤쫓게 했다. 포그 씨 일행이 젊은 여인을 구출해내느라 시간을 보내는 사이 픽스 형사와 승려들은 먼저 캘커타에 도착해 있었다. 캘커타 법원에는 미리 전보를 쳐 열차에서 내리는 범인들을 체포하도록 조치를 취했던 것이다. 그러니 포그 씨와 그 하인이 아직 캘커타에 도착하지 않았다는 사실을 알았을 때 픽스 형사가 얼마나 실망했을지 짐작하고도 남을 것이다. 그는 포그 씨 일행이 도중에 하차해서 인도 북부 지역의 어딘가에 은둔해버렸다고 생각했다. 24시간 내내 이와 같은 불안감에 휩싸인 채 역 전체를 샅샅이 뒤졌고 감시했다. 그러던 찰나, 그날 아침 열차에서 포그 씨가 정체는 알 수 없지만 한 여인과 내리는 것을 보며 픽스 형사가 얼마나 기뻤을지 알 만하다. 그는 즉시 경관 한 명에게 이를 알렸고, 이렇게 해서 필리어스 포그, 파스파르투, 분델칸드 영주의 미망인은 법정에 서게 된 것이다.

만약 파스파르투가 사건으로 인해 머릿속이 덜 복잡했더라면 방청석 한구석에서 재판을 유심히 지켜보고 있는 픽스 형사의 모습을 알아보았을 것이다. 형사는 지금 재판이 어떻게 진행될지 관심 있게 보고 있었다. 왜냐하면 캘커타에도 아직까지 영장이 도착하지 않았기 때문이다.

한편 오바디아 판사는 파스파르투가 고백한 말을 잘 적어두었다. 파스파르투는 할 수만 있다면 자신이 무심결에 내뱉은 말을 주워 담고만 싶었다.

"그럼 사실을 인정한다는 말입니까?"

판사가 물었다.

"인정합니다."

포그 씨가 대답했다.

"영국 법률이 인도 국민의 종교적 풍습을 엄격하고 평등하게 보장하려 하는 만큼 시 월 이십 일 봄베이의 말라바르힐 사원의 바닥을 더럽혀 신성모독죄를 범한 파스파르투를 십오 일 구금 및 삼백 파운드의 벌금형에 처한다."

판사가 말했다.

"삼백 파운드라고요?"

벌금 액수 때문에 너무 놀란 파스파르투가 소리쳤다.

"정숙!"

집행인이 엄격한 목소리로 명령했다.

"그리고!"

오바디아 판사가 판결을 계속했다.

"주인과 하인 사이의 공조가 없었다는 물리적 증거가 없고, 주인은 고용인의 모든 행실에 대해 책임이 있으므로 주인 필리어스 포그를 팔일간의 구금 및 백오십 파운드의 벌금형에 처한다. 자, 다음 사건!"

방청석에서 재판을 지켜보던 픽스 형사는 더할 나위 없이 만족했다. 필리어스 포그가 8일 동안 캘커타에 구금되어 있는 사이, 영장은 충분히 도착할 수 있을 것이다.

파스파르투는 할 말을 잃었다. 이번 판결 때문에 주인은 파산할 것이다. 내기에 건 2만 파운드도 날아갔다. 그 망할 놈의 사원에 들어가는 바람에 모든 게 끝나버렸다!

하지만 필리어스 포그는 자신은 아무 상관도 없는 듯 태연한 표정을 유지하며 눈썹 한 번 찡그리지 않았다. 하지만 서기가 다음 사건을 낭독하려 하자 재빨리 일어서서 말했다.

"보석을 신청합니다."

"그럴 권리가 있습니다."

판사가 말했다.

픽스 형사는 가슴이 철렁 내려앉았다. 하지만 판사의 다음과 같은 말을 듣고는 놀란 가슴을 쓸어내렸다.

"필리어스 포그와 그 하인이 외부인이라는 점을 감안하여 각자에게 보석금 일천 파운드를 요구하는 바입니다."

형을 치르지 않으려면 2천 파운드를 물어야 하는 것이다.

"좋습니다. 보석금을 내지요."

포그 씨가 말했다.

그는 파스파르투가 들고 있던 가방에서 은행권 뭉치를 꺼내 서기의 책상 위에 얹어놓았다.

"이 돈은 복역 기간이 끝날 때 회수할 수 있소. 아무튼 당신들은 이제 보석금을 지불했으니 석방이오."

"자, 가자."

포그 씨가 하인에게 말했다.

"그럼 내 신발이라도 내놓으라구!"

파스파르투가 분노를 참지 못해 소리쳤고 그는 신발을 돌려받았다.

"신발값 한번 비싸군. 한 짝에 천 파운드라니! 이렇게 비싼 걸 어떻게 신고 다녀."

파스파르투는 울상이 되어 자리를 떠났고, 포그 씨는 젊은 여인에게 팔을 내밀었다. 픽스 형사는 자신이 쫓고 있는 범인이 2천 파운드를 버리는 대신 차라리 형을 치르겠다고 결정하길 바라며 뒤따랐다.

포그 씨가 마차를 불렀고 이내 일행은 마차를 타고 떠났다. 픽스 형사도 다른 마차를 잡아 그 뒤를 따랐고, 얼마 뒤 선착장에 도착했다.

부두에서 1킬로미터 떨어진 곳에 랭군호가 닻을 내리고 있었다. 출발을 알리려는 듯 깃발이 돛대 끝에 달려 있었다. 11시를 알리는 종소리가 들렸다. 포그 씨는 출발시간보다 한 시간이나 일찍 도착한 것이다. 픽스 형사는 마차에서 내려 아우다 부인과 파스파르투를 데리고 나룻배에 오르는 포그 씨의 모습을 바라보며 발을 동동 굴렀다.

"이런 나쁜 놈! 결국 떠나는군. 이천 파운드를 버려두고 말야! 꼭 도둑놈같이 돈을 써대다니. 좋아, 지구 끝까지라도 따라가마. 그나저나 저러다간 훔친 돈을 몽땅 다 써버리고 말겠어."

형사가 이런 걱정을 할 만도 했다. 사실 런던을 출발한 이래 포그 씨는 여행 경비 외에도 여러 가지 대금, 코끼리 구매비, 보석금, 벌금 등 5천 파운드 이상을 길가에 뿌렸기 때문이다. 그러니 포그 씨가 훔친 돈을 써버리는 만큼 형사가 훗날 받게 되는 포상금도 줄어드는 셈이었다.

XVI. 픽스 형사,
파스파르투의 이야기를 들으며
처음 듣는 듯 연기하다

랭군호는 인도–중동 해운회사 소속으로 일본과 중국으로 취항하는 정기선이었다. 프로펠러를 장착한 철제 증기선인 랭군호는 적재량 1,770톤에, 공칭 출력 400마력을 갖추고 있었다. 속력 면에서는 몽골리아호에 버금갔지만 설비 면에서는 다소 뒤처졌다. 그래서 아우다 부인에게 안락한 시설을 제공하고자 했던 필리어스 포그의 바람은 무너지고 말았다. 하지만 홍콩까지의 항로는 3,500해리 정도로 약 12일 정도밖에 안 되는 거리였고, 아우다 부인은 그다지 까다로운 승객도 아니었기 때문에 어느 정도 위안이 되었다.

처음 며칠 동안 아우다 부인은 필리어스 포그에 대해 많은 것을 알 수 있었다. 그녀는 기회가 있을 때마다 포그 씨에게 감사의 마음을 전했고, 차가운 신사는 말없이 그저 듣기만 했다. 적어도 겉으로는 냉정한 듯 보였다. 그의 말투나 행동을 통해서는 도저히 속내를 읽을 수 없으니 말이다. 그는 아름다운 부인에게 필요한 것이 없는지 세심한 주의를 기울였고, 일정한 시각에 부인을 찾아와 대화를 나누었다. 하지만 말을 하는 쪽은 부인이었고 포그씨는 거의 그녀의 이야기를 듣는 입장이었다. 그는 정중한 신사로서 갖추어야 할 모든 예의를 다 지켰다. 마치 이 사명을 위해 특별히 만들어진 로봇처럼 한 치의 실수도 없이 반듯하게 행동했다. 아우다 부인은 이런 포그 씨의 모습을 어떻게 생각해야 할지 몰랐으나 파스파르투가 주인의 독특한 성격에 대해 잘 설명해주었다. 또한 내기를 위해 세계일주 중인 상황에 대해서도 들려주었다. 아우다 부인은 미소를 지었다. 아무튼 그녀는 포그 씨에게 목숨을 빚졌다. 생명을 구해준 은인이라는 사실 하나만으로도 이 신사를 나쁘게 볼 수는 없었다.

일전에 파르시 안내인이 들려주었던 드라마틱한 일생에 대해서는 부인이 사실이라고 직접 고백했다. 그녀는 인도 원주민 중에서도 가장 우수한 파르시족 출신이었다. 이 종족은 목화사업으로 막대한 재산을 모아 인도에서 가장 부유한 상인층을 형성하고 있었다. 그중 한 사람이 바로 제임스 제제브호이 경인데 그는 영국 정부로부터 귀족 작위도 받았다. 봄베이에 거주하는 이 막대한 부호의 친척 중 하나가 바로 아우다 부인이다. 그리고 그녀가 홍콩에서 신세를 지려고 생각하는 친척 역시 제제브호이 집안 사람이었다. 그런데 과연 부인이 그의 집에서 머물며 도움을 받을 수 있을까? 그녀도 확신할 수 없었다. 그러자 포그 씨는 걱정할 것 없다며 모든 일이 수학적으로 잘 처리될 것이라고 답했다. 포그 씨다운 표현이었다.

과연 이 젊은 여인이 '수학적으로'라는 말을 이해나 했을까? 그건 확인할수 없지만 아무튼 여인의 커다란 두 눈, '히말라야 산맥의 신성한 호수처럼 촉촉한' 두 눈망울은 필리어스 포그의 눈을 지그시 응시하고 있었다. 그러나 너무도 과묵하고 무뚝뚝하기 이를 데 없는 이 신사가 호수와 같은 눈망울 속으로 뛰어들 것 같진 않았다.

랭군호의 항해 1막은 더할 나위 없이 완벽하게 전개되었다. 하늘도 최적의 기후를 허락했다. 뱃사람들이 '벵골의 내해'라고 부르는 이 거대한 만의 물결이 배의 순항을 도왔다. 안다만 열도 중에서도 가장 으뜸이 되는 그랜드 안다만 섬이 모습을 드러냈다. 이 섬에 있는 해발 720미터의 새들픽 봉의 그림 같은 풍경은 멀리서도 그 존재가 드러날 정도였다.

배는 해안가를 비교적 가까이 끼고 달렸다. 하지만 파푸아 원주민의 모습은 보이지 않았다. 이들은 인류의 종족 피라미드 맨 아래에 위치해 있지만 그렇다고 이들을 식인종으로 여기면 오산이다.

파노라마처럼 이어지는 섬의 풍경은 예술이었다. 야자나무의 일종인 라타니아, 빈랑나무, 대나무, 육두구, 티크, 거대한 자귀나무, 고사리 등으로 꽉 들어찬 거대한 숲이 섬의 정면을 장식했고, 뒤로는 산자락의 우아한 실루엣이 이어졌다. 해안가에는 그 귀하다는 바다제비 수천 마리가 떼 지어 놀고 있었는데, 바다제비의 둥지는 고급 중국 요리에 사용되는 재료였다. 랭군호는 안다만 열도가 제공하는 다채로운 풍경들을 재빨리 지나치며 남중국해로 진입하는 통로라 할 수 있는 말라카 해협을 향해 돌진해 나아갔다.

한편 원치도 않던 세계일주에 휘말려버린 픽스 형사는 배 안에서 무얼 하고 있을까? 그는 캘커타를 출발할 때, 영국에서 영장이 도착하면 홍콩으로 송부해달라고 그곳 관계자에게 부탁한 후 배에 승선했다. 물론 파스파르투의 눈을 피해서 말이다. 사실 배가 홍콩에 도착할 때까지는 모습을 감추고 배 안에 숨어 지내려 했었다. 파스파르투는 그가 봄베이에 머무를 것으로 알고 있었기 때문에 이곳에서 다시 마주친다면 무어라 둘러대야 할지도 문제였고, 자칫하면 의심을 유발할 수 있기 때문이었다. 하지만 결국 픽스 형사는 어쩔 수 없는 상황에 몰려 이 순진한 젊은 청년과 다시 마주칠 수밖에 없게 되었다. 자세한 내막은 다음과 같다.

이제 픽스 형사는 모든 희망을 지구상의 단 한 곳, 바로 홍콩에 걸어야 했다. 왜냐하면 홍콩에 도착하기 전에 잠시 들르게 될 싱가포르에서는 정박하는 시간이 너무 짧아 픽스 형사가 일을 처리할 수 없기 때문이다. 따라서 홍콩에서 반드시 도둑을 체포해야 했고, 그를 또 놓치는 날에는 돌이킬 수 없게 된다.

홍콩은 이 여정에서 마지막 남은 영국령 땅이었다. 일단 홍콩만 떠나면 그 뒤에 거칠 중국이나 일본, 미국 땅은 포그 씨에게 더할 수 없이 좋은 은신처가 될 것이다. 홍콩에서는 일단 체포영장만 손에 넣으면 포그라는 작자를 즉시 잡아서 현지 경찰에 인계하면 모든 일이 끝난다. 전혀 어려울 것이 없다. 하지만 홍콩에서 실패하면, 그때부터는 체포영장 하나만 가지고는 충분하지 않다. 범인 인도 절차를 밟아야 한다. 그렇게 되면 여러 가지 절차로 인해 체포가 지연되고, 거기에 뜻하지 않은 자연적 장애까지 합쳐져 일이 더디게 진행되는 동안 범인을 완전히 놓칠 수도 있다. 홍콩에서도 실패하면 이제는 성공을 거둘 확률이 희박해진다.

픽스 형사는 선실 안에 틀어박혀 이런 생각을 하며 몇 시간을 보냈다.

'그래, 영장이 홍콩에 도착하면 놈을 잡으면 돼. 영장이 도착하지 않을 경우엔 무슨 수를 써서라도 놈이 떠나는 것을 막아야지. 봄베이에서도 실패하고, 캘커타에서도 실패했는데, 홍콩에서마저 놈을 놓친다면 내 명예는 완전히 땅에 떨어지는 거야! 어떤 대가를 치르더라도 이번엔 반드시 성공해야 해. 그런데 영장이 도착할 때까지 무슨 수로 포그라는 놈을 홍콩에 붙잡아두

지?

　그리하여 최후의 수단으로 계획한 것이 바로 파스파르투였다. 그는 마지막 순간에 파스파르투에게 주인에 대한 진실을 알려줄 작정이었다. 그는 범행에 가담한 공범이 아니기 때문이다. 파스파르투는 사건에 휘말리는 것이 두려워 픽스 형사에게 협조할 것이 분명했다. 하지만 이 방법은 최후의 수단으로 미루어두는 것이 좋다. 왜냐하면 자칫 이 하인이 주인에게 입 한번 벙긋하는 날에는 모든 게 수포로 돌아가 버릴 수 있기 때문이다.

　이런 고민 때문에 픽스 형사는 머릿속이 복잡했다. 이때 그의 뇌리를 스쳐간 인물이 있었다. 포그와 함께 랭군호에 승선한 아우다 부인이었다. 픽스 형사는 무언가 가능성을 발견했다.

　도대체 이 여인은 누굴까? 어떤 과정으로 그녀가 포그라는 작자와 동행하게 된 걸까? 분명 그들이 만난 지점은 봄베이에서 캘커타로 이동하는 도중이었을 것이다. 하지만 정확히 인도반도의 어느 지점이었단 말인가? 그들의 만남은 우연에 의한 것이었을까? 혹시 필리어스 포그가 이 매력적인 여인을 만나기 위해 일부러 인도까지 온 것은 아닐까? 그녀는 너무나 아름답다. 사실 픽스 형사는 캘커타 법정에서 이 여인을 본 적이 있기 때문에 그 미모에 대해 잘 알고 있었다.

　픽스 형사가 여인의 정체에 대해 얼마나 궁금해할지는 충분히 짐작하고도 남을 것이다. 혹시 불법적인 납치가 있었던 것은 아닌지 의심해보았다. 그래! 그럴 수도 있다! 이런 확신이 들자 픽스 형사는 이를 이용할 묘수를 궁리하기 시작했다. 그녀가 이미 결혼을 한 유부녀든 아니든, 포그는 그녀를 납치한 것이 틀림없다. 그렇다면 그를 납치범으로 홍콩 경찰에 고발하면 되고, 그러면 포그는 돈을 주고도 못 빠져나올 것이다.

랭군호가 홍콩에 도착할 때까지 기다릴 수만은 없다. 포그라는 놈은 언제나 한 곳에서 다른 곳으로 날쌔게 움직이는 빌어먹을 재능을 갖고 있기 때문에 픽스 형사가 조치를 취하기도 전에 멀리 달아나버릴 게 분명했다.

따라서 랭군호가 홍콩에 도착하기 전에 미리 영국 당국에 이 사실을 통보해야 한다. 이건 식은 죽 먹기였다. 왜냐하면 배는 싱가포르에 기항할 예정이었고, 싱가포르는 중국 연안과 전신으로 연결되어 있기 때문이다.

하지만 작전에 돌입하기에 앞서 좀더 확실히 해두기 위해 파스파르투에게 질문해보기로 했다. 이 순진한 청년을 통해 무언가를 알아내기란 그리 어려운 일이 아니었다. 이렇게 해서 픽스 형사는 은둔 생활에 종지부를 찍기로 결정했다. 벌써 10월 30일이니 내일이면 랭군호가 싱가포르에 입항한다. 지체할 시간이 없다.

픽스 형사는 갑판 위로 올라가 파스파르투를 찾아내 먼저 아는 체하며 다가갈 작정으로 선실을 나왔다. 물론 뜻밖의 만남이라는 듯 매우 놀란 표정을 실감나게 연기하면서 말이다. 때마침 파스파르투는 갑판 앞쪽을 거닐고 있었다.

"아니, 당신도 이 배에 타고 있었나요?"

"이런, 픽스 씨 아니신가요?"

파스파르투야말로 몽골리아호에서 만난 친구를 또다시 보게 되자 순간 놀라지 않을 수 없었다.

"봄베이에 계신 줄 알았는데 이렇게 홍콩 가는 배에서 다시 만나게 되다니! 혹시 당신도 세계일주 중이신가요?"

"아…… 아닙니다."

픽스 형사가 얼버무렸다.

"전 홍콩에 머무를 예정입니다. 며칠 동안은요."

"그래요……."

파스파르투가 얼떨떨한 표정으로 말을 이었다.

"근데 캘커타를 떠난 후로 그동안 배 안에서 한 번도 보질 못했네요?"

"실은 공교롭게도…… 배멀미가 나서요……. 그동안 선실 안에서 꼼짝 못하고 누워 지냈지 뭡니까. 벵골 만은 인도양처럼 견뎌내기 수월한 바다가 아니네요. 그나저나 필리어스 포그 씨는 안녕하신가요?"

"아주 잘 지내세요. 건강도 괜찮고, 여전히 정확하시죠. 여행도 일정보다 단 하루도 늦지 않고 예정대로 진행되고 있어요. 참, 동반자가 하나 더 늘었어요. 젊은 부인이랍니다."

"젊은 부인이라고요?"

픽스 형사는 상대가 무슨 말을 하는지 영문을 모르겠다는 시늉을 했다.

파스파르투는 그동안 벌어졌던 일들을 들려주기 시작했다. 봄베이 사원에서 벌어졌던 모험담이나 2천 파운드라는 거금을 주고 코끼리를 산 일, 서티 사건, 아우다 부인 구출작전, 캘커타 법정에서 유죄 판결을 받은 뒤 보석금을 지불하고 풀려난 일 등. 픽스 형사는 마지막 사건에 대해서는 이미 알고 있었지만 이 모든 사건에 대해 전혀 몰랐다는 듯 연기했고, 파스파르투는 자신의 얘기를 흥미로운 표정으로 들어주는 경청자 앞에서 더욱 신이 나서 떠들어댔다.

"그러면 당신 주인은 여인을 유럽까지 데려갈 생각인가요?"

픽스 형사가 넌지시 물었다.

"아뇨. 홍콩에 그녀의 친척이 사는데 부유한 상인이랍니다. 안전하게 모셔 다드릴 거예요."

'이런, 다 틀렸군.'

실망한 픽스 형사가 속으로 중얼거렸다.

"파스파르투 씨, 괜찮으면 한잔하러 갈까요?"

"좋지요. 이렇게 랭군호에서 다시 만났으니 축하주라도 한잔해야죠!"

XVII. 싱가포르에서 홍콩까지,
갖가지 사건이
일어나다

이날 이후 파스파르투와 픽스 형사는 잦은 만남을 가졌다. 하지만 픽스 형사는 극도로 조심스러운 태도를 취하며, 파스파르투에게 이것저것 묻는 것을 삼갔다. 그는 두어 차례 포그 씨의 모습도 얼핏 보았다. 이 신사는 랭군호의 휴게실에서 아우다 부인을 만나거나, 아니면 절대 끊을 수 없는 취미인 휘스트 게임을 즐기고 있었다.

한편 파스파르투는 주인의 여행길에서 픽스라는 자와 자꾸 마주치게 되는 이 야릇한 우연에 대해 진지하게 생각하기 시작했다. 단순히 놀라운 일이라고만 받아들이기는 어려웠다. 수에즈에서 처음 만난 친절하고 유쾌한 이 신사는 그 뒤 몽골리아호에 승선했고, 분명 봄베이에 머무를 거라고 말했다. 그런데 이번에는 랭군호에 나타나더니 홍콩으로 간다고 말했다. 한마디로 포그 씨가 가는 길마다 계속 따라오고 있는 것이다. 그도 그럴 것이 우연치고는 너무 기묘하지 않은가! 픽스라는 자는 도대체 누구인가? 파스파르투는 자신이 소중하게 여기는 가죽신을 걸고 맹세했다. 픽스는 분명 홍콩에서도 우리를 따라 다음 배에 오를 것이 틀림없다.

그럼 이 사람은 도대체 무슨 임무를 위해 왔을까? 파스파르투는 절대 진실을 알아낼 수 없는 이 문제를 놓고 한 세기를 고민했다. 주인인 필리어스 포그 씨가 절도 용의자로 몰려 형사에게 미행당하며 지구를 돌고 있다는 사실은 상상조차 하지 못했다. 하지만 모든 일에 나름의 해답을 찾아 설명하려 드는 것이 인간의 본성인지라 파스파르투 역시 픽스 형사를 자꾸만 만나게 되는 이 상황에 대한 이유를 찾다보니 불현듯 머리를 스쳐 지나가는 생각이 있었다. 가히 그럴싸한 그의 추론은 다음과 같다. 픽스 형사는 포그 씨가 약속한 여행경로를 정확히 준수하며 이동하고 있는지 감시하도록 혁신 클럽 회원들이 보낸 정탐꾼임이 틀림없다.

"그래, 분명해. 분명하다구!"

이 순진한 젊은 청년은 스스로도 놀라 감탄사를 연발했다. 분명 그는 우리 여행을 감시하는 스파이임에 틀림없다! 하지만 그들은 헛수고를 하고 있다! 우리 주인님처럼 정확하고 정직한 분을 감시하다니! 스파이라니 말도 안 된다! 혁신 클럽 나리들! 당신들은 괜한 돈을 쓰고 있는 거라고요!

큰 비밀이라도 알아낸 듯 파스파르투는 어깨를 으쓱했지만 이 사실을 주인에게 고하지는 않으리라 결심했다. 동료들이 자신을 믿지 못하고 있다는 사실을 알면 분명 주인이 상처받을 것이기 때문이었다. 하지만 언젠가 기회가 된다면 도를 지나치지 않을 정도로만 픽스를 골려주기로 결심했다.

10월 30일 수요일 오후에는 말라카 해협으로 접어들었다. 이 해협은 같은 이름의 반도와 수마트라 섬을 갈라놓고 있었다. 깎아지른 듯 험준한 산으로 이루어진 그림 같은 섬들 뒤로 거대한 수마트라 섬이 숨어 있었다.

다음 날 새벽 4시, 랭군호는 예정된 시간보다 반나절이나 일찍 싱가포르 항구에 기항해 석탄연료를 보충했다.

필리어스 포그는 노트 이익란에 이렇게 비축된 시간을 기록해둔 뒤 평소 와는 달리 배에서 내렸다. 아우다 부인이 몇 시간만이라도 산책하며 시내 구경을 하고 싶어 했기 때문이다.

포그 씨의 모든 행동이 수상쩍어 보이기만 한 픽스 형사는 몰래 이들을 뒤따랐다. 픽스의 이런 행동을 바라본 파스파르투는 쓴웃음을 지으며 물건을 사러 갔다. 싱가포르는 그다지 크다거나 인상 깊은 풍경을 지닌 섬은 아니었다. 멋들어진 선을 자랑하는 산맥도 없었다. 하지만 이런 소박함 속에서도 나름의 매력이 있는 도시였다. 이곳은 멋진 도로가 놓인 공원 같았다.

오스트레일리아에서 수입한 고급 말들이 이끄는 예쁜 마차가 아우다 부인과 필리어스 포그를 태우고 반짝이는 잎의 야자나무와 반쯤 열린 꽃잎 모양의 열매가 달린 정향나무가 우거진 곳을 달렸다. 유럽의 전원에서 볼 수 있는 가시나무 울타리 대신 후추나무 덤불이 이들 손님을 맞이했다. 멋들어진 가지가 돋아난 고사리처럼 생긴 커다란 나무와 사고야자나무가 이곳 열대 지역의 풍경을 다채롭게 빛내주었다. 매끄러운 잎사귀가 무성한 육두구나무의 짙은 향이 대기를 가득 채웠다. 숲에는 원숭이도 있었는데 이들은 외부인의 출현에 인상을 찌푸리며 경계하는 모습을 보였다. 이곳 밀림에는 분명 호랑이도 있으리라. 이런 작은 섬에 어떻게 호랑이처럼 무시무시한 육식동물이 있을 수 있는지 의심스럽지만, 이들 동물은 인근 말라카 섬에서 헤엄쳐 건너온 것이라고 한다.

두어 시간 정도 교외 지역을 달린 아우다 부인과 그녀의 동반자는—사실 그는 별 관심 없이 풍경을 바라볼 뿐이었다—이제 시내로 진입했다. 납작하고 육중한 주택이 밀집해 있는 거대한 단지였다. 집을 둘러싸고 있는 정원에는 망고스틴과 파인애플 등 세상에서 가장 맛있는 과일나무들이 자라나고 있었다.

10시가 되자 이들은 다시 배로 돌아왔다. 픽스 형사가 이들을 미행하기 위해 마차까지 빌려 몰래 따라다녔지만 당사자들은 전혀 눈치 채지 못했다.

파스파르투는 갑판 위에서 이들을 기다리고 있었다. 이 선량한 젊은이는 사과만 한 망고스틴을 열두 개나 사다놓았다. 망고스틴은 겉이 짙은 갈색이고 속은 빨간 빛을 띠고 있었는데, 과일을 물었을 때 입 안으로 흘러내리는 하얀 과즙이 미식가에게 더할 나위 없는 즐거움을 선사했다.

파스파르투는 이 맛있는 과일을 아우다 부인에게 대접하는 것이 너무나 행복했고 그녀는 여기에 무척 고마워했다.

11시가 되자 석탄을 가득 채운 랭군호가 닻을 올렸다. 몇 시간이 지나자 세상에서 가장 멋진 호랑이가 서식하는 말라카 섬의 높은 숲들은 승객들의 시야에서 완전히 사라져버렸다.

싱가포르에서 홍콩까지는 1,300해리가 떨어져 있다. 홍콩은 중국 연안에서 뻗어 나온 영국령의 작은 섬이다. 필리어스 포그가 11월 6일 홍콩에서 일본의 주요 항구인 요코하마로 출발하는 배를 타려면 6일 이내에 항해를 마쳐야 한다.

랭군호는 만원이었다. 인도인, 실론인, 중국인, 말레이인, 포르투갈인 등 많은 승객들이 싱가포르에서 승선했다. 이들은 대부분 2등실 승객이었다.

지금껏 맑았던 하늘은 어느새 달이 하현달로 기울면서 급속히 바뀌었다. 바다에 풍랑이 일기 시작했다. 이따금씩 강한 바람이 불었는데 다행히도 남

동풍이라서 배의 순항을 도왔다. 선장은 가능하다면 돛을 올리고 항해했다. 쌍돛대를 갖춘 랭군호는 두 개의 윗돛에다 앞돛 하나를 달고 수면 위를 달렸는데 이렇게 하면 증기와 바람의 작용이 배가 되어 속력을 높일 수 있었다. 이런 식으로 배는 베트남과 인도차이나 남부의 연안을 달렸다. 하지만 이런 식의 항해는 승객들을 지치게 만들었다.

문제는 바다가 아니라 랭군호 자체의 결함이었다. 많은 승객들이 뱃멀미를 겪어가며 힘든 여행을 해야 했다.

사실 중국을 오가는 인도-중동 해운회사 소속의 선박들은 구조상의 결함이 있었다. 배가 물에 잠기는 부분인 흘수와 배의 앞뒤에 걸쳐 선체를 뒷받침하는 용골 사이의 비율이 잘못 계산된 탓에 파도에 대한 저항력이 매우 떨어졌다. 바닷물이 들어올 수 없는 수밀실의 용적도 불충분했다. 뱃사람들이 흔히 말하는 '침수 상태'였기 때문에 파도로 인해 물살에 조금만 부딪혀도 속도가 떨어졌다. 따라서 증기기관이나 동력 부분은 몰라도 구조면에서는 프랑스 선박인 엥페라트리스호나 캉보주호에 많이 뒤처졌다. 선박 설계 전문가들의 말에 따르면 이들 프랑스 선박이 침몰하려면 배 자체의 무게와 맞먹는 양의 물이 덮쳐야 하지만, 인도-중동 해운회사 소속의 골콘다호, 코리아호, 랭군호들은 배 무게의 6분의 1에 해당하는 물만 차도 금방 침몰할 지경이었다.

따라서 기상 상태가 좋지 않을 경우에는 극도로 조심해야 했다. 증기기관의 연료를 조금만 태워서 출력을 떨어뜨려야 했다. 물론 이것은 필리어스 포그에게 시간을 지연시키는 악재였다. 파스파르투는 분을 참지 못하고 선장과 기술자, 해운회사 등 선박 운행과 관련된 모든 책임자들에게 욕을 퍼부어댔다. 파스파르투가 이토록 여행 소요시간에 조바심을 내는 데는 새빌로 가의 집에서 아직도 타고 있을 가스등도 한몫했다.

"당신들은 지금 몹시 초조하겠군요."

어느 날 픽스 형사가 물었다.

"물론이죠."

파스파르투가 대꾸했다.

"홍콩에 도착하면 포그 씨는 부리나케 요코하마행 배에 올라타겠지요?"

"눈썹 휘날리게 달려야죠."

"당신은 이제 세계일주 여행에 대해 믿나보군요?"

"물론이죠. 당신은 어떻습니까, 픽스 씨?"

"저요? 전 그런 거 안 믿습니다."

"가증스럽군요."

파스파르투가 윙크하며 장난스럽게 말했다.

이 마지막 말이 픽스 형사의 머리에 오래도록 남았다. '가증스럽다'는 표현이 왠지 거슬렸던 것이다. 혹시 그 프랑스인 하인이 눈치를 챈 걸까? 어떻게 생각해야 좋을지 몰랐다. 자신이 형사라는 것을 그토록 철저히 숨겼는데 그가 무슨 수로 어떻게 알아냈단 말인가? 하지만 파스파르투의 말투로 보아 분명 무언가 있긴 있는 듯했다.

그러던 어느 날 이 순진한 젊은 하인은 좀더 대담하게 말을 건넸다. 그는 하고 싶은 말을 참을 수가 없었다.

"픽스 씨."

파스파르투는 가증스런 그의 친구에게 물었다.

"이제 홍콩에 도착하면 우린 서로 헤어져야겠죠?"

"글쎄요."

픽스 형사가 당황하며 얼버무렸다.

"글쎄 모르겠네요. 혹시……."

"당신이 이번에도 우리와 함께한다면 저한테는 큰 기쁨이죠. 배의 주인인 해운회사 직원이 중도에 항해를 멈추면 안 되지요. 처음엔 봄베이까지만 가려고 하셨더라도, 이제 조금만 더 가면 중국입니다. 그 다음엔 곧 미국이고요. 아메리카 대륙에서 유럽까지는 엎어지면 코 닿을 거리잖아요."

픽스 형사는 세상에서 가장 순진한 얼굴을 가진 하인의 두 눈을 유심히 바라보고는 그를 따라 미소를 지어 보였다. 그러자 파스파르투가 한마디 덧붙였다.

"그런 일을 하면 돈은 많이 벌겠어요."

"그거야, 뭐."

픽스 형사가 천연덕스럽게 대답했다.

"원래 모든 일에는 장단점이 있게 마련이죠. 게다가 제가 하는 여행은 자비로 하는 게 아니거든요."

"아! 그야 물론 그렇겠죠."

파스파르투가 배를 잡고 웃으며 맞장구쳤다.

대화가 끝나고 픽스 형사는 선실로 돌아와 골똘히 생각했다. 분명 들통이 난 게 틀림없다. 어떻게 알았는지는 모르겠지만 그 하인은 내가 형사라는 것을 알고 있다. 그런데 그가 주인에게도 이 사실을 귀띔해주었을까? 도대체 그자가 바라는 건 무엇일까? 그도 주인과 공범인 걸까? 그럼 내 계획도 다 들통 났고, 나도 이제 끝장인가?

픽스 형사는 이 문제로 몇 시간을 고민했다. 한편으로는 모든 게 끝나버린 듯 절망스럽다가도 다른 한편으로는 아직 포그라는 자는 아무것도 모르는 것 같기도 했다. 도무지 갈피를 잡을 수 없었다.

하지만 파스파르투에게 모든 진실을 털어놓기로 마음을 정하자 머릿속이 정리되기 시작했다. 만약 홍콩에서도 원하는 대로 상황이 진행되지 않고 포그가 마지막 영국령인 홍콩마저 떠나려 한다면 파스파르투에게 모든 것을 말하리라. 그런데 만약 파스파르투마저 포그와 한패였다면 모든 게 끝나고 만다. 하지만 이 하인이 절도 사건과 아무 관계가 없다면 그는 주인과 헤어지는 쪽을 선택하는 것이 나을 터이다.

이것이 현재 파스파르투와 픽스가 처해 있는 상황이다. 그러나 우리의 주인공 필리어스 포그는 그들의 머리 위를 날고 있었다. 소행성처럼 자신의 주변을 맴돌고 있는 조연들에게는 관심조차 두지 않고 그저 묵묵히 자신이 돌궤도만을 정확히 계산하며 운행하고 있었다.

이런 포그 씨의 옆에 천문학자들이 소위 섭동攝動, 어떤 천체의 평형 상태가 다른 천체의 인격에 의해 교란되는 현상이라 부르는 천체가 하나 있었다. 이 신사의 마음에 작은 파장을 일으키고도 남을 존재였지만, 전혀 그러지 못했다. 바로 아우다 부인의 매력이었다. 파스파르투도 놀랄 정도로 이 섭동은 아무런 작용도 하지 않는 듯 보였다. 만약 작용을 했다 하더라도 이것은 해왕성을 발견하게 해준 천왕성의 섭동력보다도 계산하기 어려웠다.

그렇다! 파스파르투는 젊은 여인의 눈 속에서 주인에 대한 감사의 마음을 읽을 때마다 놀라지 않을 수 없었다. 하지만 정작 포그라는 자는 여인에 대한 기사도는 발휘할 줄 알아도 사랑의 감정은 느낄 수 없는 인간인 듯했다. 그리고 이번 여행의 성공 여부에 대한 걱정 역시 속으로는 하고 있을지 모르지만 적어도 겉으로는 절대 내색하지 않았다. 하지만 파스파르투는 잠시도 불안한 마음을 달랠 수 없었다. 하루는 기관실 난간에 기대어 육중한 기계가 움직이는 것을 바라보고 있는데 배가 심하게 흔들리면서 프로펠러의 날개가 헛돌아 엔진이 자꾸만 소음을 냈다. 그로 인해 밸브에서 증기가 새어 나올 때마다 파스파르투는 화를 내며 고함을 질러댔다.

"밸브가 너무 약해! 배가 나가질 못하잖아! 영국인들이 하는 일은 늘 이렇다니까! 이게 미국 배였다면 좀 많이 흔들리긴 해도 훨씬 빨리 달렸을 텐데!"

XVIII. 필리어스 포그, 파스파르투, 픽스,
각자
자기 일에 바쁘다

항해 마지막 며칠 동안에도 기후 여건은 좋지 않았다. 바람이 거세게 북서쪽으로만 계속해서 불어 닥치며 배가 진행하는 것을 막았다. 저항력이 약한 랭군호는 심하게 요동쳤고, 승객들은 바람이 일으키는 거친 물결이 배에 부딪칠 때마다 짜증을 낼 수밖에 없었다. 11월 3일과 4일 이틀간은 폭풍이 몰아쳤다. 강한 돌풍이 바다를 심하게 내리쳤다. 랭군호는 반나절 동안 돛을 내리고 프로펠러의 회전수도 분당 10회로 줄인 채 파도를 옆으로 비스듬히 맞으며 운항했다. 돛은 모두 접었지만 대신 배 위에 세워진 각종 기구들이 돌풍에 따라 휘어지는 소리가 들렸다.

이런 기후 상태에서 배의 속도가 현저히 떨어지는 것은 당연했다. 예정된 시간보다 20시간이나 늦게 도착할 것으로 예상되었다. 폭풍이 잠잠해지지 않을 경우엔 그 이상이 될 수도 있다.

필리어스 포그는 마치 그에게 직접 도전장이라도 내민 듯 난폭하게 울부짖는 바다를 평소와 같이 침착한 태도로 바라보았다. 배가 20시간이나 늦게 도착했으니 요코하마행 배를 놓치고 여행에 큰 지장이 생길 상황이었지만 포그 씨의 얼굴 표정은 조금도 어두워지지 않았다. 마치 신경이 마비된 듯 어떠한 불안감이나 초조감도 보이지 않았다. 이 폭풍조차도 그의 여행 일정에 예정된 듯했다. 포그 씨와 함께 불길한 날씨를 지켜본 아우다 부인은 그의 모습에서 예전과 같은 편안함을 발견했다.

한편 이 모든 것을 지켜보는 픽스 형사의 시선은 달랐다. 아니 정반대였다. 그는 이 폭풍우가 반갑기만 했다. 랭군호가 폭우를 피해 멀리 돌아간다면 그에게는 금상첨화였다. 이렇게 지연되는 시간으로 인해 홍콩에서 요코하마행 배를 놓치기만 한다면 포그 씨는 어쩔 수 없이 홍콩에 며칠간 더 머무르게 될 것이다. 하늘도 폭우와 풍랑까지 보내어 그를 도왔다. 뱃멀미가 나긴 했지만 전혀 문제되지 않았다. 구토를 셀 수도 없이 했고, 배를 움켜쥐어야 할 정도로 아팠지만 그의 머릿속은 기쁜 생각으로 가득했다.

파스파르투는 이 험난한 날씨를 보며 분을 참지 못했다. 지금까지는 모든 것이 순조로웠다. 육지도 바다도 모두 주인님의 여행을 도왔다. 증기선도 기관차도 모두 충성했다. 바람과 증기기관이 힘을 합쳐 순조로운 여행에 일조했다. 그런데 이제 불행의 서막이 시작된 걸까? 파스파르투는 마치 자신의 주머니에서 2만 파운드가 떨어져 나가기라도 하는 것처럼 제정신이 아니었다. 폭풍우 때문에 분노가 치밀어 오른 그는 할 수만 있다면 말 안 듣는 바다의 따귀라도 때려주고 싶었다. 픽스 형사는 기쁜 마음을 드러내지 않기 위해 조심했다. 만약 파스파르투가 그의 속내를 눈치 채기라도 하는 날엔 픽스 형사는 곤경에 처하게 될 터였다.

　폭우가 몰아치는 내내 파스파르투는 갑판 위를 떠나지 않았다. 잠자코 선실 안에 머무르는 대신 돛대 위로 올라가 원숭이처럼 민첩하게 선원들을 도와 모두를 놀라게 했다. 선장, 항해사, 선원들은 이렇게 안절부절못하는 젊은이를 보며 웃음을 참지 못했지만 그는 폭우가 얼마나 더 계속될지 궁금해하며 백 번도 더 묻곤 했다. 그럴 때마다 사람들은 그에게 청우계를 보라고 알려주었다. 하지만 계기판 눈금은 올라갈 생각도 하지 않았다. 파스파르투는 청우계를 마구 흔들어보았지만 꿈쩍도 하지 않았다. 아무리 흔들고 욕설을 퍼부어도 이 무책임한 기계는 묵묵부답이었다.

　드디어 비바람이 멈추었다. 11월 4일, 바다의 상태가 바뀌었다. 바람이 남쪽으로 2포인트 올라가 순풍이 되었다.

　파스파르투도 안정을 되찾았다. 랭군호는 윗돛과 아랫돛을 모두 올리고 빠른 속도로 운항을 시작했다.

　하지만 지연된 시간을 완전히 되찾기는 어려웠다. 결국 11월 6일 새벽 5시가 되어서야 육지가 보였다. 포그 씨의 여행일정표에는 5일에 도착하는 것으로 되어 있었다. 하지만 그날은 6일이었다. 24시간이나 늦게 도착했고, 요코하마행 배도 놓친 듯했다.

　6시가 되자 수로 안내인이 랭군호를 홍콩 항구로 인도하기 위해 배 위로 올라와 브리지에 자리를 잡았다. 파스파르투는 수로 안내인에게 요코하마행 배가 이미 출발했는지 물어보고 싶어 안달이 날 지경이었다. 하지만 감히 엄두를 내지 못했다. 될 수 있는 한 오래도록 작은 희망이라도 품고 싶었기 때문이다. 그가 픽스에게 걱정스러운 마음을 털어놓자 이 교활한 늑대는 포그 씨가 다음 배를 타고 떠나면 된다며 그를 위로했다. 이 말을 들은 파스파르투는 심하게 화를 냈다.

파스파르투는 감히 수로 안내인에게 물어볼 엄두도 내지 못했지만 포그 씨는 달랐다. 브래드쇼의 여행 안내서를 들여다본 포그 씨는 침착한 태도로 수로 안내인에게 요코하마행 배가 언제 홍콩을 출발하는지 물었다.

"내일 만조 때 떠납니다."

수로 안내인이 대답했다.

"그렇군요."

포그 씨는 놀라는 기색도 없이 대꾸했다.

옆에서 듣고 있던 파스파르투는 수로 안내인을 껴안아 주고 싶을 정도로 기뻤지만 픽스 형사는 그의 목을 비틀어버리고 싶을 정도로 화가 났다.

"그럼 그 배의 이름이 무언가요?"

포그 씨가 다시 물었다.

"카르나틱입니다."

수로 안내인의 대답이었다.

"그 배는 어제 출발했어야 하지 않나요?"

"네, 맞습니다. 그런데 고장이 난 보일러를 수리하느라 출발이 내일로 연기되었죠."

"감사합니다."

포그 씨가 말한 후 로봇 같은 동작으로 랭군호 휴게실로 내려갔다.

파스파르투는 수로 안내인의 손을 힘차게 움켜쥐고 말했다.

"당신은 정말 좋은 분입니다."

수로 안내인은 배가 언제 떠나는지 알려준 것이 어째서 이렇게까지 큰 호의를 살 정도로 고마운 일인지 이해할 수 없었다. 뱃고동이 울리자 그는 다시 브리지로 올라가 랭군호를 중국배와 유조선, 어선 등 온갖 선박들로 꽉 들어찬 홍콩의 해협으로 안내했다.

1시가 되자 랭군호가 부두에 정박했고, 승객들이 내렸다.

하늘이 필리어스 포그를 기묘하게 도와주었다는 사실을 인정할 수밖에 없다. 만약 보일러가 고장 나지 않았더라면 카르나틱호는 11월 5일에 이미 출발했을 것이고 일본으로 가려던 승객들은 다음 배가 떠날 때까지 일주일을 기다려야 했을 것이다. 포그 씨가 일정보다 24시간 늦은 것은 사실이지만 이 시간이 앞으로 남은 여행에 치명적인 지장을 줄 만큼 큰 것은 아니었다.

사실 요코하마에서 샌프란시스코로 운항하는 배는 홍콩에서 오는 배와 연계되어 있어 이 배가 도착하지 않는 한 떠나지 않는다. 그리고 24시간 정도는 샌프란시스코로 향하는 22일간의 항해 중 얼마든지 만회할 수 있을 터였다. 아무튼 현재의 상황 점검을 하자면 필리어스 포그는 런던을 출발한 지 35일 되었고, 일정에 비해 24시간 늦어 있다.

카르나틱호는 내일 새벽 5시에나 출발할 예정이었으므로 포그 씨는 앞으로 16시간 동안 개인 용무를 볼 수 있었다. 더 정확히 말하자면 아우다 부인의 일이었다. 배에서 하차한 포그 씨는 아우다 부인에게 정중히 팔을 내민 뒤 그녀를 부축하고 가마 곁으로 갔다. 가마꾼에게 갈 만한 호텔이 어디냐고 묻자 그는 '클럽호텔'이라는 곳을 추천했다. 가마가 출발했고, 파스파르투가 그 뒤를 따라갔다. 20여 분 후 가마가 목적지에 도착했다.

포그 씨는 이곳에서 부인을 위해 방을 잡은 뒤 그녀에게 더 필요한 것은 없는지 확인했다. 그런 후 부인이 홍콩에서 머무를 친척이라는 사람을 찾으러 나가겠다고 했다. 그리고 파스파르투에게는 자신이 돌아올 때까지 부인을 돌보며 호텔에 머물러 있을 것을 지시했다.

신사는 홍콩의 증권거래소로 향했다. 그곳이라면 분명 홍콩의 부호 중 하나인 제제흐를 아는 사람을 만날 수 있을 것이다.

증권거래소에서 일하는 한 증권 중개인이 이 부유한 파르시 상인을 안다고 했다. 하지만 2년 전 그는 중국을 떠났다고 했다. 사업으로 막대한 재산을 모은 후 유럽으로 건너갔다는 것이다. 아마도 사업할 때부터 자주 거래하던 네덜란드로 건너갔을 것이라는 게 그의 짐작이었다.

필리어스 포그는 클럽호텔로 돌아왔다. 곧바로 아우다 부인에게 뵙기를 청한 후 본론을 말했다. 제제흐 씨는 더이상 홍콩에 살고 있지 않으며 아마도 네덜란드에 정착했을 것으로 보인다는 이야기를 들려주었다.

그러자 아우다 부인은 아무 대답도 하지 않았다. 이마에 손을 얹은 채 잠시 생각에 잠겼다. 그런 다음 부드러운 목소리로 물었다.

"그럼 이제 저는 어떡하면 좋을까요?"

"그거야 간단합니다. 저희와 함께 유럽으로 가시면 되죠."

신사가 대답했다.

"하지만 너무 신세를 지는 것 같아서요."

"그렇지 않습니다. 당신이 있다고 해서 제 여행에 방해가 되지는 않습니다. 이봐, 파스파르투."

"네, 주인님."

파스파르투가 대답했다.

"카르나틱호에 가서 선실 세 개를 예약하게."

파스파르투는 자신에게 너무나 친절한 젊은 부인과 함께 여행할 수 있게 된 것에 뛸 듯이 기뻐하며 곧장 클럽호텔을 나섰다.

XIX. 파스파르투,
주인에게
지나치게 충직하다

홍콩은 작은 섬이었다. 이곳의 영유永有권은 1842년 체결된 난징조약으로
영국 정부에 넘어갔다. 영국에서 건너온 천재적인 식민지 건설자는 몇 년 만
에 이곳에 중요한 도시를 세우고 항구도시 빅토리아를 건설했다. 이 섬은 광
둥 강 하구에 위치해 있었는데, 연안 맞은편에 위치한 포르투갈령 마카오와
는 96킬로미터밖에 떨어져 있지 않았다. 홍콩은 상업 부문에서 마카오를 제
압했고, 이제 중국 무역의 대부분이 이 영국 도시를 통해 이루어졌다. 부두,
선착장, 병원, 물류창고, 고딕 성당, 총독 관저, 포장된 도로 등 모든 것이 마
치 영국의 켄트나 서리 주의 상업지구가 지구를 뚫고 반대편 중국 땅에 불쑥
나타난 것만 같았다.
　파스파르투는 주머니에 손을 찔러 넣고 빅토리아 항구로 향했다. 거리에
는 아직도 중국에서 가장 대중적인 운송수단인 가마와 커튼 달린 마차가 지

나다녔고, 바쁘게 움직이는 중국인, 일본인, 유럽인들로 북적대고 있었다. 이 훌륭한 젊은이가 길을 걸으며 목도한 풍경은 봄베이나 캘커타, 싱가포르에서 본 것들과 거의 비슷했다. 줄줄이 늘어선 영국 도시를 차례로 방문하는 듯한 느낌이었다.

파스파르투가 빅토리아 항구에 도착했다. 광둥 강 하구인 이곳에는 영국, 프랑스, 미국, 네덜란드 등 온갖 국적의 군함이나 상선이 군집해 있었고, 일본 및 중국 화물선, 삼판, 유조선에 꽃배까지 보였다. 바다에 둥둥 떠 있는 꽃배는 수면 위의 정원과 같았다. 이곳저곳 거닐던 파스파르투는 거리에서 노란 옷을 입은 현지 주민들을 많이 보았는데, 이들은 하나같이 나이가 지긋한 노인이었다. 그는 중국식으로 수염을 깎기 위해 중국인 이발소로 들어갔다. 그곳에서 영어를 능숙하게 구사하는 이발사로부터 한 가지 사실을 알게 되었다. 그가 본 노란 옷의 노인들은 최소 여든 살 이상으로 이 나라에서는 여든 살이 되면 제국의 색깔인 노란 옷을 입는 특권이 주어진다는 것이었다. 파스파르투는 이유는 알 수 없었지만 이 사실이 매우 재미있었다.

수염을 다 깎은 후 카르나틱호의 선착장으로 갔다. 그곳에서 이리저리 서성대던 픽스 형사를 발견했지만 전혀 놀랍지 않았다. 하지만 형사는 매우 난감한 표정을 드러냈다.

'혁신 클럽 신사 분들에게는 별로 좋지 않은 일인가보군.'

파스파르투가 속으로 중얼거렸다.

그리고 픽스의 낙담한 기색은 개의치 않고, 미소를 머금은 채 그에게 다가갔다.

사실 픽스 형사로서는 표정이 좋지 않을 수밖에 없었다. 아직도 영장은 도착하지 않았다. 영장이 포그 씨보다 늦게 런던을 출발했으니 당연한 일이었다. 영장을 받으려면 이곳에서 며칠 더 기다려야 할 것이다. 홍콩은 이번 여정에서 마지막 남은 영국령 땅이기 때문에 이번에도 그를 놓치면 그는 완전히 픽스 형사의 손아귀에서 달아나버릴 것이다.

"픽스 씨! 저희와 함께 미국까지 가시려고요?"

파스파르투가 물었다.

"네, 그럴 작정입니다."

픽스 형사가 이를 악물고 대답했다.

"그럴 줄 알았습니다."

파스파르투가 재밌다는 듯 큰 소리로 웃었다.

"전 당신이 우리와 절대 떨어지지 않으리라는 걸 알고 있었습니다. 자, 저와 같이 선실을 예약하러 가시죠."

이렇게 해서 두 사람은 해운회사 사무실로 들어가 네 사람을 위한 선실을 예약했다. 그런데 해운회사 직원은 카르나틱호의 수리가 이미 끝나서 내일 아침이 아닌 오늘 저녁 8시에 출발하기로 일정이 변경되었다고 알려주었다.

"그것 참 잘 되었군요. 제 주인님께는 반가운 소식입니다. 어서 가서 알려드려야겠네요."

파스파르투가 말했다.

이 순간 픽스 형사는 최후의 수단을 사용하기로 결심했다. 파스파르투에게 모든 사실을 털어놓는 것이다. 필리어스 포그를 홍콩에 붙잡아두려면 아마도 이 방법밖에는 없는 듯했다.

사무소를 나서면서 픽스 형사는 파스파르투에게 머리도 식힐 겸 술집에 가서 한잔하자고 제안했다. 아직 여유 시간이 있던 파스파르투는 픽스의 초대에 응했다.

부둣가에 영업 중인 선술집이 하나 있었다. 제법 괜찮아 보여 두 사람은 안으로 들어갔다. 커다란 실내의 중앙에는 간이침대가 마련되어 있었고 그 위에는 쿠션도 놓여 있었다. 몇몇 사람은 침대에 누워 자고 있었다.

커다란 홀에 배치된 작은 등나무 탁자에는 서른 명 정도 되는 손님들이 자리를 차지하고 있었다. 에일이나 포터 같은 영국 맥주를 마시는 사람도 있었고, 일부는 진이나 브랜디 같은 독주를 홀짝였다. 그리고 많은 사람들이 붉은색 토기로 만든 담뱃대에 장미꽃 기름과 아편을 섞은 것을 담아 피우고 있었다. 이따금씩 아편으로 인해 발작을 일으키며 탁자 아래로 떨어지는 사람도 있었는데, 그럴 때마다 직원들이 그의 머리와 발을 잡고 끌어다가 간이침대에 뉘었다. 이렇게 해서 아편에 취해 정신을 잃은 사람들 20여 명이 침대 위에 나란히 눕혀졌다.

픽스와 파스파르투는 이곳이 아편굴임을 알아차렸다. 처절할 정도로 가련한 마약 중독자들이 쇠약한 몸으로 정신을 잃은 채 드나드는 이런 곳에, 돈에 눈이 먼 영국인들은 아편이라는 치명적인 마약을 연간 1천만 파운드어치나 팔아먹고 있었다. 인간의 가장 악한 본성을 이용해 벌어들인 슬픈 돈이다.

중국 정부는 엄중한 법을 제정해 이러한 폐단을 바로잡으려 했지만 소용없었다. 아편은 처음엔 상류층에만 국한되어 있었으나 나중에 하층민에게까지 퍼지면서 상황은 걷잡을 수 없이 악화되었다. 중국 각지에서 수많은 사람들이 아편을 피웠다. 남자든 여자든 가리지 않고 이 끔찍한 쾌락에 몸을 맡겼다. 일단 아편을 흡입하기 시작하면 아편 없이는 생활할 수 없게 된다. 끊으려고 하면 위가 뒤틀릴 정도의 심한 고통이 따르기 때문이다. 골초들은 하루에 여덟 파이프까지 피우다가 5년 안에 죽고 말았다.

그런데 픽스와 파스파르투가 머리를 식히기 위해 들어온 술집이 바로 홍

콩에 넘쳐나는 아편굴 중 하나였던 것이다. 파스파르투는 수중에 돈이 없었지만 친구의 친절한 청을 거절하지 않았다. 사실 오늘 얻어 마신 술은 나중에 얼마든지 갚으면 되었다.

두 사람은 포트와인 두 잔을 주문했다. 프랑스인인 파스파르투는 와인을 원없이 즐겼으나 픽스 형사는 자제심을 갖고 상대의 동정을 유심히 살폈다. 두 사람은 이런저런 얘기를 나누었는데, 주로 픽스 형사가 카르나틱호에 함께 타기로 한 멋진 결정에 대해 이야기했다. 그러다가 출발이 몇 시간 앞당겨진 것을 상기한 파스파르투가 주인에게 이 소식을 전하기 위해 서둘러 잔을 비우고 일어서려 했다.

이때 픽스 형사가 그를 붙잡았다.

"잠깐만."

"왜 그러십니까, 픽스 씨?"

"할 말이 있습니다. 아주 중요한 얘기지요."

"중요한 얘기라……"

술잔 바닥에 조금 남은 와인 몇 방울을 들이키며 파스파르투가 대꾸했다.

"하지만 지금은 시간이 없으니 내일 얘기하도록 하지요."

"잠깐만! 당신 주인에 관한 이야기입니다."

이 말을 들은 파스파르투는 상대를 물끄러미 내려다보았다.

픽스의 얼굴 표정이 여느 때와 달라 보였다. 파스파르투가 다시 앉았다.

"도대체 무슨 얘기를 하시려는 겁니까?"

픽스는 파스파르투의 팔을 붙잡으며 낮은 소리로 말했다.

"당신은 내가 누구인지 이미 알아차렸겠죠?"

픽스 형사가 물었다.

"맙소사!"

파스파르투가 웃으며 대꾸했다.

"당신한테 다 털어놓겠소."

"이미 다 알고 있는데요? 그다지 들을 얘기도 없을 테지만 그래도 한번 얘기해보시지요. 하지만 제가 먼저 한 말씀 드리자면 그 신사 분들은 쓸데없이 돈 낭비를 하고 있는 겁니다."

"쓸데없는 돈 낭비라고? 너무 쉽게 말하는군요. 당신은 여기에 걸린 돈이 얼마나 되는지 몰라서 그러나본데⋯⋯."

픽스 형사가 말했다.

"잘 알고 있습니다. 이만 프랑이죠."

"오만 오천 파운드!"

픽스 형사가 프랑스인의 손을 꽉 잡으며 알려주었다.

"뭐라고요?"

파스파르투가 놀라서 소리쳤다.

"포그 씨가 어떻게⋯⋯. 오만 오천 파운드나! 그렇다면 더더욱 이러고 있을 시간이 없군요."

파스파르투가 다시 일어서려 했다.

"오만 오천 파운드라고요."

픽스가 일어서는 하인을 억지로 붙잡아 앉히고는 브랜디 한 병을 주문하며 말했다.

"만약 맡은 임무를 수행할 경우 저는 이천 파운드의 포상금을 받게 됩니다. 당신이 날 도와준다면 오백 파운드를 드리지요."

"당신을 돕는다면?"

파스파르투의 두 눈이 휘둥그레졌다.

"그렇소. 포그 씨가 홍콩에 며칠 더 묵도록 그를 붙잡아주시오."

"엥? 지금 무슨 말씀을 하고 있는 겁니까?"

파스파르투는 영문을 몰라 했다.

"아니, 감히 제 주인의 정직성을 의심하며 그를 미행하는 것도 모자라 이젠 여행을 방해하려는 겁니까? 이렇게 비열한 사람들이 다 있나!"

"지금 무슨 말을 하고 있는 겁니까?"

이번엔 픽스 형사가 영문을 몰라 했다.

"정말 치사한 방법이라는 거죠. 차라리 포그 씨를 발가벗긴 뒤 돈을 뺏어 가시죠!"

"우리가 하려는 게 바로 그것입니다."

"이건 음모예요."

픽스 형사가 건네는 브랜디를 무심코 받아 마시던 파스파르투가 술기운으로 인해 더욱 흥분하며 소리쳤다.

"암, 음모지. 신사라는 양반들이! 같은 동료끼리 말야!"

픽스 형사야말로 오리무중이었다.

"어떻게 동료들이!"

파스파르투가 계속 소리쳤다.

"혁신 클럽 회원들이! 이봐요 픽스 씨, 제 주인님은 정직한 분입니다. 그는 내기를 해도 정정당당하게 싸운다고요."

"도대체 당신은 제가 누구라고 생각하는 겁니까?"

픽스 형사가 파스파르투를 뚫어지게 바라보며 물었다.

"맙소사! 우리 주인님이 약속된 여정대로 여행을 하고 있는지 감시하기 위해 혁신 클럽에서 보낸 스파이잖아요. 이건 우리 주인에 대한 모독입니다. 저는 며칠 전 당신의 정체를 알았지만 주인님께 일러바치지 않고 참았습니다."

"그는 아무것도 모르고 있습니까?"

픽스 형사가 놀란 듯 물었다.

"전혀요."

파스파르투는 술잔을 한 번 더 비우며 대답했다.

픽스 형사는 이마에 손을 가져다 댔다. 과연 모든 사실을 털어놓아야 하는 것일까? 어떡하지? 파스파르투의 착각으로 인해 상황이 더욱 난감해졌다. 그의 말은 모두 진심인 듯하다. 그가 주인이 벌인 절도 행각의 공범이 아닌 것만은 확실하다.

'그래, 그가 공범이 아니라면 분명 날 도울 거야.'

픽스 형사는 다시 한 번 마음먹은 일을 시작했다.

이제 시간이 촉박하다. 어떻게 해서든 포그를 홍콩에 붙잡아두어야 한다.

"자, 지금부터 내 말을 잘 듣게."

픽스 형사가 짤막하게 얘기를 꺼냈다.

"난 자네가 생각하는 사람이 아니네. 혁신 클럽 회원들이 보낸 정탐꾼이 아니라는 얘기야."

"그러십니까?"

파스파르투가 비웃는 표정으로 대꾸했다.

"난 영국 경찰이 파견한 형사라네."

"당신이 형사라고?"

"그래. 증거로 내 신분증을 보여주지."

형사는 지갑에서 런던 경찰청장의 서명이 들어간 신분증을 꺼내 보여주었다. 질겁한 파스파르투는 입도 벙긋 못 하고 픽스 형사를 바라보기만 했다.

"포그라는 작자가 말하는 그 내기는 당신과 혁신 클럽 회원들을 속이기 위해 만들어낸 핑계일 뿐이라네. 그렇게 해서 아무것도 모르는 자네를 이용하려는 거지."

"하지만 무엇 때문에……?"

파스파르투가 소리쳤다.

"잘 듣게. 구 월 이십팔 일 영국 은행에서 오만 오천 파운드가 도난당했는데 범인의 인상착의서를 살펴보면 하나하나가 포그 씨와 매우 닮았지."

"그래서요?"

파스파르투가 억센 주먹으로 탁자를 세게 내리치며 물었다.

"제 주인은 세상에서 가장 정직한 분이라고요!"

"어떻게 알지? 자네는 그자를 잘 모르지 않나? 주인과 만난 것도 런던을 출발하던 당일이었잖아? 그리고 그날 포그는 정신이 없었다는 이유를 대며 짐도 꾸리지 않은 채 막대한 액수의 은행권만 챙겨 황급히 런던을 빠져나왔어. 그런데 자네는 무슨 근거로 그자가 정직한 사람이라고 확신하지?"

"아니에요. 그럴 리 없어요."

불쌍한 파스파르투는 기계적으로 같은 말만 되풀이했다.

"그럼 자네도 포그와 공범으로 체포되고 싶나?"

파스파르투는 두 손으로 머리를 감싸 쥐었다. 한없이 혼란스럽기만 했다.

감히 형사를 바라볼 엄두도 나지 않았다. 필리어스 포그 씨가 절도범이라니. 그렇게 친절하고 용감한 사람이! 아우다 부인을 구해준 그가! 하지만 모든 정황이 그에게 불리하다. 파스파르투는 머릿속을 파고드는 주인에 대한 의심을 물리치려 애썼다. 그는 주인이 도둑이라고는 믿고 싶지 않았다.

"저에게 무얼 원하시나요?"

애써 차분한 태도로 형사에게 물었다.

"난 포그를 추적해 이곳까지 따라왔네. 하지만 영국 경찰청에 요청한 체포 영장이 도착하지 않았어. 그러니 영장이 도착할 때까지 포그가 홍콩을 떠나지 못하도록 좀 막아주게."

"제가 어떻게……."

"나를 도와준다면 영국은행에서 포상금으로 받게 될 이천 파운드를 자네와 나누어 갖겠네."

"그럴 수 없어요."

파스파르투는 벌떡 일어서다 다시 주저앉고 말았다. 모든 이성과 기운이 빠져나가는 것만 같았다.

"픽스 형사님."

파스파르투가 더듬거리며 말했다.

"당신이 말한 것처럼 설사 제 주인이 은행 절도범이라 해도…… 사실 그럴 리는 없겠지만…… 저는 제가 모시는 주인을…… 그렇게 선량한 분을…… 절대 배신할 수…… 설사 세상의 돈을 다 준다 해도…… 전 절대 그렇게 살고 싶지 않습니다."

"내 제안을 거절하는 건가?"

"그렇습니다."

"할 수 없지. 내가 한 말은 모두 잊고 술이나 들자구."

파스파르투는 점점 취기가 오르는 것을 느꼈다. 픽스 형사는 이제 남은 방법은 이 하인을 주인에게서 떼어놓는 것뿐이라는 사실을 깨닫고 그에게 술을 진탕 먹이려 했다. 마침 탁자 위에 아편이 들어 있는 담뱃대 몇 개가 뒹굴고 있었다. 픽스는 담뱃대 하나를 집어 들어 파스파르투의 손에 슬며시 쥐어주었고, 파스파르투는 무심코 그것을 입에 가져가 불을 붙이고 몇 모금 빨았다. 그러자 마약 기운이 퍼지며 머리가 무거워진 파스파르투가 탁자 아래로 굴러 떨어졌다.

"이제 포그라는 자는 카르나틱호의 출발이 앞당겨졌다는 소식을 못 듣게 되겠군."

정신을 잃은 파스파르투를 지켜보며 픽스 형사가 중얼거렸다.

"그자가 설사 출발한다 해도 최소한 이 녀석 없이 떠나겠지."

픽스는 술값을 지불하고 유유히 밖으로 나갔다.

XX. 픽스 형사,
필리어스 포그에게
직접 접근하다

포그 씨는 자신의 앞날을 망칠 수 있는 중대한 사건이 벌어지고 있는 동안, 아우다 부인과 함께 영국령 도시의 거리를 거닐었다. 아우다 부인이 유럽까지 데려다주겠다는 포그 씨의 제안을 받아들였기 때문에 이제 포그 씨는 그토록 오랜 여행을 위해 부인에게 필요한 이런저런 것들을 마련해야 했다. 포그 씨 같은 사람이야 배낭 하나만 메고 세계를 일주하는 것이 가능할지 몰라도, 숙녀 분은 달랐다. 따라서 의복을 비롯한 갖가지 물품을 사야 했다. 포그 씨는 특유의 차분함으로 모든 일을 잘 해냈다. 젊은 부인이 그의 친절에 너무나 미안해하며 때때로 사양할 때마다 그는 이렇게 대처했다.

"괜찮습니다. 제 여행을 위해 필요한 것입니다. 모두 예정되어 있다니까요."

쇼핑을 마친 포그 씨와 아우다 부인은 호텔로 돌아와 푸짐한 저녁 식사를

즐겼다. 그런 다음 피곤함을 느낀 부인은 이 냉정한 은인과 영국식으로 악수
한 뒤 방으로 돌아갔다.

부인과 헤어진 뒤 예의 바른 신사는 저녁 시간 내내 『타임스』지와 『런던
뉴스』지를 읽는 데 몰두했다.

만약 그가 무언가에 놀라는 사람이었다면 잠잘 시간이 될 때까지 하인이
돌아오지 않는 것을 이상하게 여겼을 것이다. 하지만 요코하마행 배가 출항
하는 내일 아침까지는 시간적 여유가 있었으므로 그는 그다지 염려하지 않
았다. 그러나 다음 날 아침, 포그 씨가 하인을 부르는 종을 울렸는데도 그는
나타나지 않았다.

전날 밤 하인이 들어오지 않았다는 사실을 알게 된 순간 냉정한 신사가 무
슨 생각을 했는지는 아무도 모른다. 포그 씨는 짐을 챙기고 아우다 부인을
부른 뒤 가마를 불렀다.

아직 아침 8시였다. 카르나틱호가 수로를 빠져나가는 데 필요한 만조가
되려면 9시 30분까지는 기다려야 한다.

가마가 호텔 앞에 도착하자 포그 씨와 아우다 부인이 편안하게 자리에 올
라앉았고, 짐을 실은 수레가 뒤를 따라왔다.

약 30분 후 두 사람은 선착장에 도착했다. 그리고 포그 씨는 그제야 카르
나틱호가 전날 밤 출항해버린 사실을 알게 되었다.

부두에 도착하면 하인도 찾고, 배도 타리라고 생각했던 포그 씨는 둘 다
이루지 못했다. 하지만 그의 표정에는 어떤 걱정이나 낙담의 감정도 없었다.
걱정스레 그를 바라보는 아우다 부인에게 이렇게 말할 뿐이었다.

"괜찮습니다, 부인. 그냥 작은 문제가 생겼을 뿐 별일 아닙니다."

이때 두 사람을 유심히 관찰하던 한 남자가 다가왔다. 바로 픽스 형사였

다. 그는 포그 씨에게 인사하며 말을 건넸다.

"당신도 저처럼 어제 랭군호를 타고 이곳에 도착하지 않으셨나요?"

"네, 맞습니다."

포그 씨가 차갑게 말했다.

"그런데 누구신지?"

"죄송합니다. 여기서 당신 하인을 다시 만날 수 있을 거라 생각했는데요."

"혹시 그가 어디 있는지 아시나요?"

가만히 있던 부인이 반가운 듯 물었다.

"뭐라고요? 당신들과 함께 있지 않았나요?"

픽스가 놀라는 척하며 물었다.

"아뇨."

실망한 아우다 부인이 대답했다.

"어제 저녁 이후로 안 보여요. 혹시 우리를 두고 혼자 카르나틱호에 승선한 건 아니겠죠?"

"방금 '우리'라고 했나요? 그럼 실례지만 부인께서도 그 배에 타실 예정이셨나요?"

"네."

"저도 그 배를 탈 예정이었습니다. 하지만 카르나틱호는 수리를 마친 뒤 아무런 통보도 없이 열두 시간이나 빨리 떠나버렸습니다. 이제 다음 배를 타려면 일주일이나 기다려야 합니다."

이 '일주일'이라는 말을 내뱉으며 픽스 형사는 짜릿한 쾌감을 느꼈다. 포그는 일주일이나 홍콩에 발이 묶여버렸다. 그사이 영장이 도착할 것이고, 그렇게 되면 행운은 법의 대리인인 자신의 손을 들어줄 것이다.

그러니 아무 동요도 없는 필리어스 포그의 입에서 다음과 같은 말이 나왔을 때 픽스 형사가 얼마나 정신이 아찔했을지 알 만할 것이다.

"카르나틱호 외에 홍콩을 출항하는 다른 선박이 있을 겁니다."

포그 씨는 팔짱을 낀 아우다 부인을 이끌고 출항을 앞둔 배를 찾아 나섰다.

픽스는 몽둥이로 한 대 맞은 듯 정신이 얼떨떨한 상태로 포그 씨를 따라나섰다. 포그 씨의 그림자라도 된 듯 말이다.

한편 행운의 여신은 지금껏 돌봐주던 자에게서 완전히 떠나버린 듯했다. 요코하마까지 가는 배를 임대라도 할 작정으로 선착장을 모두 다녀봤지만 헛수고였다. 대부분의 배들이 짐을 부리는 중이어서 출항 준비를 마친 배를 찾을 수 없었다. 픽스의 얼굴에 다시 희색이 돌기 시작했다.

하지만 포그 씨는 전혀 낙담하지 않았다. 마카오까지라도 가서 배를 찾아볼 작정이었다. 바로 이때 외항에 있던 선원 한 사람이 다가왔다.

"혹시 배를 찾으십니까?"

선원이 말했다.

"혹시 출항 준비를 끝낸 배가 있습니까?"

포그 씨가 물었다.

"네, 수로 안내선 사십삼호입니다. 끝내주는 쾌속선이죠."

"빨리 달립니까?"

"최대 시속이 팔 내지 구 노트까지 됩니다. 한번 보실래요?"

"네."

"만족하실 겁니다. 바다 유람을 하실 거죠?"

"아니오, 장거리 운행을 하려고요."

"장거리라고요?"

"요코하마까지 가려고 하는데요?"

이 말을 들은 선원은 두 팔을 축 늘어뜨린 채 눈만 휘둥그레졌다.

"농담이시겠죠, 나리?"

"사실이오. 카르나틱호를 놓쳐서 그렇소. 샌프란시스코행 정기선을 타야
하니까 늦어도 십사 일까지는 요코하마에 도착해야 하오."

"죄송합니다만, 그건 불가능하겠습니다."

수로 안내인이 대답했다.

"하루에 백 파운드를 주겠소. 그리고 제 시간에 도착하면 포상금으로 이백
파운드를 더 주겠소."

"정말이십니까?"

수로 안내인이 물었다.

"정말이오."

포그 씨의 대답이다.

그러자 수로 안내인은 따로 떨어져 바다를 바라보며 생각에 잠겼다. 한몫
크게 벌고 싶은 욕망과 장거리 여행이 가져올 위험에 대한 두려움 사이에서
갈등했다. 픽스 형사는 지옥에라도 떨어진 듯한 기분이었다.

그러는 사이 포그 씨는 아우다 부인 곁으로 다가왔다.

"부인, 무섭지 않으시겠어요?"

"당신과 함께라면 두렵지 않아요, 포그 씨."

젊은 미망인이 대답했다.

수로 안내인이 모자를 빙글빙글 돌리며 이들 곁으로 돌아왔다.

"결정했소?"

포그 씨가 물었다.

"죄송합니다, 나리. 아무래도 선원들과 여러분, 그리고 제 목숨까지 위협하는 이런 일은 못 할 것 같군요. 이런 계절에 이십 톤도 안 되는 배를 갖고 그런 장거리 운항을 한다는 것은 너무 위험합니다. 게다가 홍콩에서 요코하마까지는 천육백오십 해리나 되는데 제시간에 도착할 수도 없습니다."

"천육백 해리요."

포그 씨가 정정했다.

"마찬가지죠."

픽스 형사는 안도의 숨을 내쉬었다.

"하지만 다른 방법이 있긴 합니다."

수로 안내인이 계속 말했다. 픽스 형사는 숨을 죽였다.

"그게 뭐죠?"

필리어스 포그가 물었다.

"이곳에서 일본 최남단 도시인 나가사키까지는 천백 해리밖에 안 되고, 상하이까지는 팔백 해리입니다. 특히 상하이까지는 거리도 얼마 안 될 뿐 아니라 조류도 북쪽으로 흐르니 해볼 만합니다."

"이보시오!"

필리어스 포그가 말했다.

"난 요코하마에서 미국행 배를 타야 하오. 상하이나 나가사키가 아니란 말이오."

"안 될 것 없죠. 샌프란시스코행 배가 출항하는 곳은 요코하마가 아닙니다. 요코하마나 나가사키에는 기항하는 것뿐이고 원래 출발지는 상하이입니다."

"확실합니까?"

"장담합니다."

"상하이에서 언제 출항합니까?"

"십일 일 저녁 일곱 시요. 그러니 나흘이라는 시간이 남아 있습니다. 나흘이면 구십육 시간이니까 시속 팔 노트로 달리면 됩니다. 물론 바람이 동남풍으로 불어주고 바다만 잔잔하다면 상하이까지 팔백 해리를 가는 것도 문제없습니다."

"언제 출항이 가능합니까?"

"한 시간 후요. 식량도 비축해야 하고, 출항 준비도 해야 하니까요."

"좋습니다. 당신이 선주입니까?"

"네, 탕가데르호의 선주 존 번스비라고 합니다."

"선금을 지불해야 하나요?"

"그렇게 해주시면 감사하죠, 나리."

"그럼 선금으로 여기 이백 파운드를 지불하겠소."

그런 다음 픽스를 향해 돌아보며 "괜찮으시다면 당신도 태워드리지요"라고 말했다.

"네, 저도 방금 그 부탁을 드리고 싶었습니다."

픽스가 대답했다.

"좋습니다. 그럼 삼십 분 뒤 배에서 다시 만납시다."

"그런데 그 불쌍한 젊은 친구는 어쩌죠?"

아우다 부인은 사라진 파스파르투에 대한 걱정을 떨칠 수 없었다.

"그 친구를 위해 할 수 있는 조치는 다 취할 겁니다."

포그 씨가 대답했다.

픽스 형사는 분노와 불안감, 초조감을 안고 수로 안내선으로 다가갔고, 포그 씨와 아우다 부인은 홍콩 경찰서로 향했다. 거기서 파스파르투의 인상착의서를 제출한 뒤 그를 본국으로 송환하는 데 필요한 금액까지 모두 지불해 두었다. 프랑스 영사관에서도 같은 절차를 밟았다. 일을 마친 두 사람은 호텔로 다시 돌아와 짐을 챙긴 후 외항으로 돌아왔다.

3시를 알리는 종이 울렸다. 수로 안내선 43호는 식량을 가득 채우고, 선원을 태운 채 출항 준비를 마쳤다.

탕가데르호는 작지만 예쁜 20톤급 배로 쌍돛대를 갖고 있었다. 뱃머리가 뾰족하게 솟았고, 옆으로 날렵하게 뻗은 외관은 경쾌해 보였다. 마치 경주용 요트 같았다. 놋쇠로 된 난간은 반짝반짝 빛났다. 아연으로 도금된 철제 부품과 새하얀 갑판은 번스비 씨가 이 배를 얼마나 소중히 간수하고 있는지를 알려주었다. 두 개의 돛대는 뒤쪽으로 약간 쏠려 있었다. 배에는 뒤쪽에 달린 세로돛, 앞쪽에 달린 세로돛, 앞돛, 삼각돛, 윗돛이 달려 있었고, 바람이 뒤쪽에서 불 경우 굉장한 속도를 낼 수 있었다. 실제로 이 배는 수로 안내선 시합에서 여러 번 상을 탄 적이 있는 만큼 미끄러지듯 수면 위를 질주했다.

탕가데르호의 선원은 선주인 존 번스비 외에 네 명의 뱃사람이었다. 이들은 모두 날씨가 궂으나 좋으나 배를 선착장까지 안내하기 위해 바다로 나가는 배짱 두둑하고 용감한 사람들이었다. 그리고 바다에 대해서도 아주 잘 알고 있었다. 우선 존 번스비는 마흔다섯 정도 되어 보이는 나이에 까맣게 그을린 피부를 가지고 있었다. 눈빛은 강렬했고, 표정에는 활력이 넘쳤으며, 체구도 단단한 게 누가 보아도 믿음직스러워 보였다.

필리어스 포그와 아우다 부인이 배에 올라탔다. 픽스 형사는 이미 승선해 그들을 기다리고 있었다. 배의 뒤쪽에 난 뚜껑문을 열면 선실로 내려갈 수 있었다. 선실은 반듯한 네모 모양이었고 벽에는 사각형으로 공간이 파여 있었는데, 이곳에 둥그런 침상이 매달려 있었다. 선실 중앙에는 탁자가 놓여 있었고, 탁자 위에는 램프의 불이 빛나고 있었다. 방은 작지만 깨끗했다.

"더 나은 편의를 제공하지 못해 죄송합니다."

포그 씨가 픽스를 보며 말했다. 픽스는 고개를 까딱하는 것으로 인사를 대신할 뿐 아무 말이 없었다.

사실 픽스 형사는 포그 씨에게 신세를 지는 것이 매우 치욕스러웠다.

'아무튼 이 작자는 친절하긴 하군. 하지만 죄인은 죄인이야.'

3시 10분이 되자 돛이 올랐다. 영국 국기가 돛대에서 펄럭였다. 승객들은 모두 갑판 위에 앉았다. 포그 씨와 아우다 부인은 마지막 순간까지 부두를 바라보았다. 혹시나 파스파르투가 나타나지 않을까 기대를 하면서.

한편 픽스 형사는 혹시라도 자신이 전날 밤 쓰러뜨린 그 불쌍한 젊은이가 기적처럼 이곳에 나타나기라도 할까봐 마음을 졸였다. 그가 다시 나타나는 날엔 모든 것을 폭로할 테고 그렇게 되면 픽스 형사는 매우 난감한 상황에 빠지게 된다. 하지만 불쌍한 젊은이는 나르코틴의 효력에서 아직 헤어나지 못한 듯 끝끝내 나타나지 않았다.

배는 이제 드넓은 바다로 나아갔다. 탕가데르호는 모든 돛에 바람을 맞으며 물살을 헤치고 해수면 위를 질주했다.

XXI. 탕가데르호의 선주,
하마터면 200파운드라는 보상금을
놓칠 뻔하다

한 해 중 기상 상태가 가장 안 좋은 시기에 20톤급 작은 배로 800해리를 운항하는 것은 실로 위험한 도전이었다. 게다가 남중국해는 기상 상태가 안 좋은 때가 대부분이었고, 특히 춘분과 추분 때는 돌풍으로 인해 더욱 위험했다. 때는 아직 11월 초였다.

요코하마까지 포그 일행을 데려다주겠다고 한 계약은 수로 안내인으로서는 거액의 수입을 올릴 수 있기 때문에 구미가 당기는 일이긴 했다. 하지만 이런 조건에서 긴 항해를 시작하는 것은 경솔한 일이 아닐 수 없다. 게다가 상하이까지 가는 항해는 용감하다 못해 무모한 일이었다. 하지만 존 번스비는 갈매기처럼 파도를 잘 타는 탕가데르호를 믿었다. 어쩌면 그의 판단이 옳을 수도 있다.

날이 저물 무렵 탕가데르호는 홍콩 앞바다의 변덕스러운 수로를 속도를

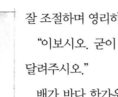

잘 조절하며 영리하게 헤쳐나갔다.

"이보시오. 굳이 이런 말을 할 필요는 없겠지만 가능한 한 빨리 달려주시오."

배가 바다 한가운데로 들어설 무렵 포그 씨가 번스비 씨에게 말했다.

"저만 믿으십시오. 돛은 바람에 견딜 만큼 최대한 올렸습니다. 윗돛은 올려봤자 배의 진행을 막을 뿐이라서 접어두었고요."

"그런 일은 전문가인 당신에게 맡겨두겠소."

필리어스 포그는 두 다리를 벌리고 곧게 서서 조금도 동요되지 않은 채로 성난 바다를 물끄러미 바라보았다. 젊은 부인은 뱃고물 쪽에 앉아 해가 저물어 어둑어둑해진 대양을 바라보며 감격에 젖었다. 그녀는 홀쭉한 배 한 척에 몸을 맡긴 채 거대한 바다를 지나고 있었다. 머리 위로는 새하얀 돛이 거대한 날개를 펼치고 허공 속에서 그녀를 이끌어가고 있었다. 강풍이 작은 돛단배를 들어 올릴 때마다 배는 마치 공중을 나는 듯했다.

밤이 찾아왔다. 초승달의 희미한 빛은 금방이라도 수평선의 안개 속으로 사라질 것만 같았다. 게다가 이미 동쪽에서 몰려온 구름이 달의 일부를 가리고 있었다.

선장은 항해등을 켜놓았다. 육지에 인접한 바다일수록 항해 중인 선박이 많기 때문에 꼭 필요한 조치였다. 실제로 이곳은 선박끼리의 충돌이 결코 적지 않은 곳으로, 이렇게 빠른 속도로 항해하다가 다른 배와 충돌한다면 배는 산산조각이 나버릴 것이다.

픽스 형사는 뱃머리에 앉아 생각에 사로잡혔다. 포그가 워낙 수다 떠는 것을 좋아하지 않는 성격임을 잘 아는 그는 포그와 떨어져 있었다. 게다가 이자에게 신세를 진다는 사실에 자존심이 상해 말을 할 기분도 아니었다. 그는 앞으로의 일에 대해 생각했다. 포그라는 자는 절대 요코하마에서 여정을 끝낼 것 같지 않다. 그는 요코하마에 도착하는 즉시 샌프란시스코행 배를 타고 미국 땅에 갈 것이다. 그리고 그 거대한 대륙은 벌을 받지 않고 안전하게 숨을 수 있는 확실한 피난처가 될 것이다. 필리어스 포그의 계획이 무엇인지 이제 분명히 알 수 있다.

영국에서 배를 타고 직접 미국으로 건너오는 대신, 영악한 악당답게 더욱 안전한 방법으로 미국으로 피신하고자 지구의 4분의 3을 도는 대여행을 감행했던 것이다. 경찰의 추적을 따돌리고 도착한 미국 땅에서 그는 훔친 돈으로 유유자적한 삶을 살아갈 작정이리라. 그럼 이자가 미국 땅에 도착하면 난 어떡하지? 그대로 놔주어야 하나? 그건 말도 안 된다! 범죄인 인도 허가서가 나올 때까지 놈 옆에 붙어서 따라다니리라! 이게 나의 임무고, 나는 끝까지 해낼 것이다.

다행히 한 가지 일은 잘 되었다. 일단 모든 사실을 알게 된 파스파르투가 주인과 이별했다는 사실이다. 이 두 사람은 절대 다시 만나서는 안 된다.

필리어스 포그 역시 하인의 기묘한 실종에 대해 생각지 않을 수 없었다. 곰곰이 생각한 끝에 어쩌면 하인이 착오로 인해 카르나틱호가 출발하기 직전 승선했을지도 모른다는 추측에 이르렀다. 생명의 은인인 용감한 젊은이를 잊지 못하는 아우다 부인 역시 포그 씨의 추측에 동의했다. 어쩌면 요코하마에서 그를 다시 만날 수 있을지도 모른다. 그가 카르나틱호에 탑승했는지 여부는 쉽게 알아볼 수 있다.

10시경, 바람이 거세지기 시작했다. 안전하고 신중한 운항을 위해 돛을 내리는 것이 나을 수도 있었다. 하지만 하늘을 유심히 살핀 선장은 돛을 그대로 두었다. 사실 탕가데르호는 흘수가 깊어서 돛을 충분히 감당할 수 있었다. 선장은 돌풍이 불어 닥칠 경우 민첩하게 대처할 수 있도록 만반의 준비를 갖추어놓았다.

자정이 되자 필리어스 포그와 아우다 부인은 선실로 내려왔다. 픽스는 이미 내려와 침대에 누워 있었다. 선장을 비롯한 선원들은 갑판에서 밤을 지새웠다.

이튿날인 11월 8일 동틀 무렵까지 배는 100해리 이상을 달렸다. 가끔씩 측정해보면 평균 속도는 8 내지 9노트였다. 탕가데르호는 돛을 모두 펼치고 비스듬히 순풍을 받으며 최고 속도로 질주했다. 바람이 현 상태만 유지해준다면 성공적으로 항해를 마칠 수 있었다.

이날 하루 동안 탕가데르호는 비교적 해안에서 멀리 벗어나지 않고 해안 가까이 달리며 항해에 유리한 연안 해류를 탔다. 좌현 쪽으로 펼쳐지는 해안가로부터 5해리 이상 떨어지지 않았다. 가끔 햇볕이 쨍하고 들 때마다 들쑥날쑥한 해안가가 보이기도 했다. 이곳은 바람이 육지에서 불어오기 때문에 물살도 거세지 않았다. 탕가데르호처럼 적은 무게의 배에게는 훨씬 좋은 조건이었다. 왜냐하면 이런 배들은 파도가 조금만 높아도 속력이 확 떨어져버리기 때문이다. 뱃사람들의 표현을 빌리자면 파도가 배를 '죽이는' 상황이 되어버리는 것이다.

정오가 되자 바람이 다소 진정되고, 동남풍이 불기 시작했다. 선장은 윗돛을 펼쳤다. 하지만 겨우 두 시간 후 바람이 다시 거세져 돛을 접을 수밖에 없었다.

포그 씨와 젊은 부인은 다행히도 뱃멀미를 하는 체질이 아니었다. 이들은 선원용 비스킷과 통조림을 맛있게 먹었고 픽스에게도 함께 먹자고 제안했다. 픽스는 배가 균형을 유지하려면 바닥짐을 채워놓아야 하듯 사람의 위장도 무언가로 채워야 한다는 사실을 알았기에 포그 씨의 제안을 수락하긴 했으나 심기가 매우 불편했다. 절도범의 돈으로 여행하는 것도 모자라 밥까지 얻어먹다니, 이건 정말 굴욕적인 일이었다. 하지만 다른 방도가 없었기에 함께 식사를 했다. 비록 께적거리며 몇 숟가락 뜨다 말았지만 그래도 먹긴 먹었다.

하지만 식사가 끝났을 때 픽스는 포그 씨를 조용히 따로 불러냈다.

"저기…… 선생님."

'선생님'이라는 호칭을 쓰며 그는 입술을 꽉 깨물어야 했다. 실은 이 '선생님'이라는 자의 멱살을 잡아버리고 싶었기 때문이다.

"선생님, 절 이 배에 함께 태워주셔서 정말 감사합니다. 제가 선생님만큼은 여유가 없지만 그래도 제 몫은 지불하고 싶습니다."

"이 얘기는 하지 맙시다."

포그 씨가 딱 잘라 말했다.

"하지만 저는……."

"아닙니다. 당신이 있다고 해서 특별히 비용이 비싸진 것도 아닌데요."

포그 씨는 더이상 반박할 수 없는 단호한 말투로 대답했다.

픽스는 금방이라도 질식할 것 같아 고개를 떨구고 갑판의 뱃머리로 나가 드러누웠다.

한편, 배는 빠른 속도로 질주했다. 존 번스비는 확신에 차 있었다. 그는 포그 씨에게 제시간에 상하이에 도착하게 될 거라고 몇 번이고 말했고, 그럴 때마다 포그 씨는 그렇게 되길 바란다는 말로 대답했다. 모든 선원들이 열성을 다해 일했다. 푸짐한 보상금이 이들의 의욕을 북돋웠던 것이다. 모든 시트를 팽팽하게 당겨놓았고 모든 돛을 끝까지 올렸다. 키잡이는 단 한 번도 항로에서 벗어나지 않았다. 로열 요트클럽 경주에 출전한 선수들도 이보다 더 배를 잘 조종할 수 없을 것이다.

저녁이 되자 선장은 속도계를 보고 홍콩에서 출발한 이래 지금껏 항해한 거리가 220해리라는 사실을 알려주었다. 필리어스 포그는 예정보다 조금도 늦지 않고 요코하마에 도착하게 될 것이다. 따라서 여행 시작 후 가장 심각했던 위기 속에서도 일정에 차질을 빚지는 않을 터였다.

자정을 넘은 한밤중, 탕가데르호는 타이완 섬과 중국 연안 사이에 있는 해협에 완전히 진입하여 북회귀선을 넘었다. 이곳은 역류로 인해 형성된 소용돌이가 이곳저곳에 산재해 있어 항해하기 매우 어려운 곳이었다. 배가 심하게 흔들렸고 계속해서 부딪히는 물살 때문에 전진이 어려웠다. 갑판에 서 있는 것조차 힘들었다.

날이 밝자 바람이 더욱 거세졌다. 하늘에는 돌풍의 그림자가 짙게 드리워져 있었고, 청우계는 곧이어 불어 닥칠 기상 격변을 예고했다. 청우계가 불규칙적으로 움직였고, 수은주가 변덕스럽게 오르락내리락했다. 동남쪽 해상에서는 폭풍을 느끼는 듯 바닷물이 높게 일어났다. 전날 저녁 태양은 반짝이는 수면 위에 깔린 붉은 안개 속으로 사라졌었다.

선장은 불길한 기운이 감도는 하늘을 유심히 살핀 후 알아들을 수 없는 혼잣말을 중얼거렸다. 그러더니 포그 씨를 향해 돌아서며 낮은 소리로 말했다.

"솔직하게 말씀드려도 되겠습니까?"

"네, 모두 말해주세요."

필리어스 포그가 대답했다.

"아마도 돌풍이 불어 닥칠 듯합니다."

"북쪽에서요, 남쪽에서요?"

"남쪽에서요. 태풍이 형성되고 있어요."

"그럼 태풍을 타고 갑시다. 어쨌든 우리와 같은 방향이니까."

"그렇게 생각하신다니 더 드릴 말씀이 없군요."

존 번스비의 예측이 적중했다.

지금처럼 늦은 계절만 아니었다면 태풍은 어느 유명한 기상학자의 말대로 전기 불꽃이 반짝이는 폭포수가 되어 흘러내리듯 진행되었겠지만, 지금 같은 초겨울에는 무시무시한 힘으로 폭발할 우려가 있었다.

선장은 태풍을 맞이할 만반의 준비를 갖추었다. 돛을 모두 접고 돛 위에 가로 댄 활대를 갑판에 내려놓았다. 윗돛의 기다란 돛대가 삐죽이 튀어나왔다. 돛의 하활도 모두 안으로 들여놓았다. 모든 문짝들을 철저히 잠갔다. 이제 배 안으로는 비 한 방울 들어오지 못할 것이다. 배의 뒤쪽에서 불어오는 순풍을 지탱하기 위해 질긴 천으로 만든 삼각돛 하나만을 세워두었다.

존 번스비는 승객들을 선실로 내려가도록 했지만 그 누구도 공기조차 통하지 않는 비좁은 방 안에서 파도에 따라 이리저리 흔들리며 갇혀 있길 원하지 않았다. 포그 씨도 아우다 부인도 픽스도 모두 갑판을 떠나지 않았다.

10시가 되자 폭우와 강풍을 동반한 태풍이 들이닥쳤다. 조그만 삼각돛 하나만 덩그러니 달린 탕가데르호는 말로 형용조차 불가능한 강풍이 불 때마다 깃털처럼 가볍게 들어 올려졌다. 강풍의 속도는 전속력으로 질주하는 기관차보다 네 배나 빠르다고 해도 모자랄 정도였다.

배는 온종일 공포스런 파도에 떠밀려 북쪽으로 진행해갔다. 다행히 파도와 같은 속도를 유지할 수 있었다. 집채만큼 거대한 파도가 일어나 수십 번도 더 배를 집어삼키려 들었다. 선장은 능숙한 솜씨로 키를 조정해 파도와 씨름하며 참사를 막아냈다. 때때로 물벼락을 뒤집어쓰기도 했지만 모두 의연하게 참아냈다. 픽스 형사는 속으로 저주를 퍼부었겠지만, 침착한 아우다 부인은 냉정함을 잃지 않는 포그 씨의 모습에 감탄하며 그에게서 줄곧 시선을 떼지 않았다. 그녀 역시 포그 씨의 동반자로서 손색이 없을 정도로 의연하게 상황을 참아내고 있었다. 한편 필리어스 포그는 마치 이번 태풍 역시 여행 일정에 예정되어 있기라도 한듯 아무런 동요도 하지 않았다.

배는 여태껏 줄곧 북으로 향했다. 하지만 저녁 무렵, 우려했던 대로 풍향이 북서쪽으로 기울었다. 파도를 옆으로 맞으며 진행하느라 배는 무서울 정도로 심하게 요동쳤다. 배의 각 부분이 얼마나 단단하게 얽매여 있는지 모르는 사람이라면 살벌하게 내리치는 물살에 단단히 겁먹었을 것이다.

밤이 되자 폭풍우가 더욱 거세졌다. 어둠이 밀려오면서 폭풍이 더욱 기세 등등해지자 존 번스비는 걱정에 사로잡혔다. 이쯤 되면 잠시 대피하는 것이 좋겠다는 생각이 들어 다른 선원들과 의논했다. 그런 후 포그 씨에게 다가가 의견을 물었다.

"나리, 항구에 정박하는 것이 좋겠습니다."

"저도 그렇게 생각합니다."

포그 씨가 답했다.

"그럼 어느 항구가 좋을까요?"

"제가 아는 항구는 단 하나밖에 없습니다."

포그 씨가 태연하게 말했다.

"그럼……."

"상하이 항구요."

선장은 한동안 이 대답이 의미하는 바를 이해할 수 없었다. 그리고 이 대답에 담긴 포그 씨의 집념과 고집도 알지 못했다. 잠시 후 이 모든 것을 깨닫게 된 선장이 마침내 힘차게 대답했다.

"네, 잘 알겠습니다. 나리 말씀이 옳은 듯하군요. 상하이로 가겠습니다."

이렇게 해서 탕가데르호의 키는 완전히 북쪽으로 고정되었다.

악몽 같은 밤이었다. 이렇게 작은 배가 침몰하지 않는 것이 기적이었다. 배는 두 번이나 큰 파도 속에 잠겼다. 밧줄이 풀렸더라면 배 위의 모든 것이 쓸려 내려갔을 것이다. 아우다 부인은 힘이 빠져 정신을 잃을 정도였지만 불평 한 마디 하지 않았다. 포그 씨는 거센 물결이 몰아칠 때마다 그녀를 보호하기 위해 잽싸게 달려가야 했다.

날이 밝자 폭풍이 무시무시할 정도로 거세졌다. 그나마 다행히 바람이 다

시 남동풍으로 바뀌었다. 탕가데르호는 사납게 술렁이는 바다 위를 또다시 달렸다. 바람이 새로운 파도를 일으킬 때마다 새 파도와 이전 파도가 서로 부딪쳤다. 배가 조금만 더 약했더라면 양쪽에서 밀려오는 파도 사이에서 완전히 으스러졌을 것이다.

불규칙하게 퍼진 안개 사이로 간간이 해안가가 보이긴 했지만 배는 한 척도 없었다. 탕가데르호 홀로 사나운 바다 위에서 버티고 있었다.

정오가 되자 폭풍이 가라앉을 기미가 보이더니, 수평선 너머로 해가 질 무렵에는 이러한 징조가 더욱 뚜렷해졌다.

태풍이 일찍 가라앉은 것은 그만큼 기세가 격렬했기 때문이다. 완전히 녹초가 된 승객들은 그제야 끼니를 겨우 채우고 쉴 수 있었다.

비교적 평온한 밤이 찾아왔다. 선장이 낮게 돛을 올리자 배가 제법 빠르게 달렸다. 이튿날인 11일, 동이 트자 해안가가 시야에 들어왔다. 존 번스비는 이제 상하이까지 100해리도 채 남지 않았다고 말했다.

하지만 이 100해리라는 거리를 오늘 안에 완주해야만 한다. 바로 이날 저녁 포그 씨는 상하이에서 요코하마로 출항하는 배를 탈 예정이었다. 폭풍우와 싸우느라 몇 시간 지체하지만 않았어도 상하이까지 30해리도 남지 않은 곳에 있었을 것이다.

바람이 상당히 약해져버렸지만 다행인 것은 파도 역시 잠잠해졌다는 사실이다. 배는 윗돛, 아랫돛, 삼각돛 등 모든 돛을 다 펼친 채, 물거품을 일으키며 달렸다.

정오쯤 탕가데르호는 상하이를 45해리도 남겨놓지 않았다. 그러나 요코하마행 배가 출항하기까지는 여섯 시간밖에 안 남았다.

배에는 팽팽한 긴장감이 감돌았다. 무슨 수를 써서라도 제시간에 도착해야 한다. 필리어스 포그를 제외한 나머지 사람들은 초조해진 나머지 심장이 마구 떨릴 정도였다. 최소한 시속 9노트로 달려야 했지만 야속한 바람은 계속 약해지기만 했다. 불규칙적으로 부는 미풍과 육지에서 이따금씩 불어오는 강한 바람이 고작이었다. 바람이 지나가면 바다는 금세 잔잔해졌다.

하지만 배는 매우 가벼웠고, 올이 촘촘한 돛이 높이 매달려 작은 바람 하나까지 모두 받은 데다가 조류의 도움까지 입어 6시가 되자 상하이까지는 10해리밖에 남지 않았다. 이 도시는 강 하구에서 위쪽으로 12해리 정도 되는 위치에 있었다.

저녁 7시, 상하이까지는 아직도 3해리가 남았다. 결국 선장의 입에서 거친 욕설이 튀어 나왔다. 200파운드라는 거액의 보너스는 이미 날아간 듯했다. 그는 포그 씨를 바라보았다. 포그 씨는 내기에 건 막대한 돈이 날아갈 상황인데도 태연하기만 했다.

이때 기다랗고 검은 방추형 물체가 연기를 휘날리며 수평선에 나타났다. 요코하마를 거쳐 미국으로 가게 될 그 배가 정시에 출발한 것이다.

"이런 제길!"

존 번스비가 절망적인 몸짓으로 키를 돌렸다.

"신호를 보내시오."

필리어스 포그가 말했다.

탕가데르호의 뱃머리에는 청동제 대포가 놓여 있었는데 이것은 짙은 안개 속에서 신호탄을 발사할 때 사용하는 것이다.

포탄을 채우고 선장이 불을 붙이려 하자 포그 씨가 말했다.

"반기를 내려요."

깃발을 돛대 중간까지 내렸다. 이것은 바로 조난신호였다. 미국으로 출항

하는 배가 이 신호를 보고 구조를 위해 잠깐 항로를 바꾸어 이곳으로 와주길
기대한 것이다.

"발사!"

포그 씨의 지시였다.

청동제 대포에서 발사된 작은 포탄이 공중으로 치솟았다.

XXⅡ. 파스파르투,
지구 반대편 땅에 갈 때도
주머니에 비상금은 꼭 있어야 한다는 사실을 배우다

카르나틱호는 11월 7일 저녁 6시 30분 홍콩 항구를 출발한 뒤 일본열도를 향해 전속력으로 달리고 있었다. 배 안은 화물과 승객으로 만원이었다. 뱃고물의 선실 두 개만 주인 없이 비어 있었다. 바로 필리어스 포그의 이름으로 예약된 자리였다.

이튿날 아침 앞 갑판에 있던 사람들은 반쯤 풀린 멍한 눈으로 머리는 산발을 한 채 2등실 계단에서 비틀거리며 걸어오는 한 남자를 보고 깜짝 놀랐다. 그는 삭구를 쌓아둔 더미 위에 털썩 주저앉았다.

그는 바로 파스파르투였는데, 자초지종은 이러하다.

픽스 형사가 아편굴을 유유히 빠져나간 직후 두 명의 남자가 깊이 잠든 파스파르투를 아편 흡연자들을 누이는 침대 위로 옮겨놓았다. 하지만 파스파르투를 사로잡은 한 가지 생각이 악몽이 되어 잠든 그를 괴롭혔고, 이로 인해 세 시간 만에 잠에서 깨어난 그는 나르코틴의 마취력에 대항하며 고군분투했다. 책임을 다하지 못했다는 생각이 몽롱한 정신을 뒤흔들었다. 마침내 마약에 취한 사람들이 뒹굴고 있는 침대에서 일어난 그는 비틀거리는 몸을 일으켜 간신히 벽에 기댔다. 수없이 넘어졌다가 다시 일어나길 반복했지만 본능적인 힘으로 버텨내고 아편굴을 빠져나왔다. 그리고 마치 꿈속을 헤매는 듯 몽롱한 가운데 같은 말을 외쳤다.

"카르나틱호! 카르나틱호!"

마침내 출발을 앞두고 연기를 내뿜어대는 카르나틱호가 보였다. 몇 발자국만 더 가면 배에 탈 수 있다. 카르나틱호가 닻을 올리는 순간 파스파르투는 건널판자에 몸을 던져 간신히 올라탄 후 앞 갑판 위에 힘없이 쓰러졌다.

이미 이런 광경에 익숙해진 선원들은 가련한 젊은이를 들어 2등실 안에 눕혔고, 파스파르투는 이튿날이 되어서야 잠에서 깨어났다. 배는 이미 중국 연안에서 150해리나 떨어져 있었다.

이것이 파스파르투가 그날 아침 카르나틱호의 앞 갑판에 나타나 신선한 바다 공기를 하나 가득 들이마시게 된 연유다. 차가운 바람이 정신을 번쩍 들게 했다. 파스파르투는 생각을 가다듬었다. 아편굴, 픽스의 고백 등 전날 밤의 일들이 쉽사리 떠오르지 않았다.

'그래. 내가 어제 엉망으로 취해 있었던 거야. 주인님께 뭐라고 말하지? 아무튼 배를 탔으니 일단 됐어.'

잠시 후 픽스 형사가 생각났다.

'그자는 이제 그만 우리한테서 떨어져 나갔으면 좋겠어. 하긴 나에게 그런 말을 해놓고 감히 여기까지 쫓아오진 못했겠지. 우리 주인님이 영국은행을 턴 절도범으로 몰려 형사의 추

적을 당하다니! 말도 안 돼. 포그 나리가 도둑이면 난 살인자다.'

파스파르투는 이 사실을 포그 씨에게 알려야 할지 고민했다. 픽스라는 자에 대해 폭로해야 할까? 아니면 여행을 다 마친 후 런던에 돌아가면 형사 한 명이 우릴 추적했었노라 얘기하며 한바탕 웃어넘길까? 그래, 그게 낫겠어. 아무튼 이 문제는 좀더 생각해볼 필요가 있다. 지금 당장 급한 일은 포그 씨를 찾아 이 어처구니없는 사건에 대해 해명하는 것이다.

파스파르투는 자리를 박차고 일어났다. 물결이 크게 일어 배가 심하게 흔들렸다. 아직도 다리에 힘이 없는 젊은 하인은 간신히 뱃고물까지 다가갔다.

갑판 위에는 포그 씨나 아우다 부인과 비슷한 사람도 없었다.

"그래. 아우다 부인은 아직 잠자리에 계실 시간이고 주인님은 평소 하던 대로 휘스트 게임을 즐기고 계실 거야."

파스파르투는 배의 휴게실로 내려갔다. 하지만 포그 씨는 어디에도 없었다. 이제 남은 방법은 단 하나. 배 안의 행정을 담당하는 사무장을 찾아가 포그라는 사람이 머무는 선실이 어디인지 묻는 것이었다. 하지만 사무장은 그런 이름을 가진 승객이 없다고 대답했다.

"무슨 말씀이신지……."

파스파르투가 다급하게 되물었다.

"그분은 키가 크고, 무뚝뚝하고, 말수가 적고, 또 젊은 여인과 함께 타셨을 거예요."

"이 배 안에 젊은 여인은 없습니다. 여기 탑승객 명단이 있으니 직접 확인해보시죠."

파스파르투가 명단을 확인했지만 주인의 이름은 거기 없었다.

눈앞이 캄캄했다. 순간 한 가지 생각이 그의 머리를 스쳤다.

"혹시 이 배가 카르나틱호 맞나요?"

"네, 맞습니다."

황급한 물음에 사무장이 대답했다.

"요코하마로 가는 거 맞죠?"

"그렇습니다."

파스파르투는 혹시 배를 잘못 탄 것이 아닌가 생각했었다. 그런데 카르나틱호에 타고 있는 건 분명한데, 주인님이 계시지 않는다.

파스파르투는 힘없이 의자에 주저앉았다. 날벼락을 맞은 듯한 기분이었다. 그 순간 번개처럼 스치고 간 생각이 있었다. 카르나틱호의 출발시간이 앞당겨진 사실을 주인님께 알리지 못했던 것이다. 주인님과 아우다 부인이 이 배를 타지 못했다면 그건 순전히 자신의 잘못이다!

하지만 주인님을 홍콩에 붙잡아두기 위해 자신과 주인님을 떼어놓으려고 의적으로 취하게 만든 그 악당 같은 작자의 잘못도 있다. 그제야 픽스 형사의 계략이 무언지 알아챘다. 그럼 이제 주인님은 내기에서 진 대가로 파산할 뿐 아니라 절도범으로 체포되어 감옥에 갈 신세란 말인가! 생각이 여기까지 미치자 파스파르투는 양손으로 머리를 움켜쥐었다. 아! 픽스라는 놈, 잡히기만 하면 절대 가만두지 않겠다!

처음 얼마 동안 절망에 빠져 있던 파스파르투는 이내 침착함을 되찾고 상황을 점검했다. 좋은 상황은 아니었다. 그는 얼마 후 일본 땅에 도착하게 된다. 그런데 어떻게 다시 돌아오지? 돈도 한 푼 없는데? 1실링, 아니 1페니도 없다. 그나마 뱃삯과 식사비는 이미 선불로 지불해두었다. 따라서 적어도 6일 동안은 버틸 수 있다. 항해 도중 파스파르투가 먹고 마신 양은 이루 말할 수도 없을 정도다. 그는 주인과 아우다 부인의 몫까지 다 먹어치웠다. 마치

먹을 거라곤 전혀 없는 황무지에 갈 준비라도 하는 양 엄청나게 배를 채웠다.

13일 아침 만조 때 카르나틱호는 요코하마 항에 들어왔다.

이 항구는 북아메리카, 중국, 일본, 말레이 반도를 오가며 우편물과 승객을 나르는 모든 정기선들이 거쳐가는 중요 기항지다. 요코하마는 일본제국 제2의 수도인 '에도'와 인접한 에도 만에 자리 잡은 도시다. 에도 시는 세속적 황제인 쇼군이 거주하는 곳으로, 신의 후예인 천황이 살고 있는 교토와 경쟁하고 있었다.

카르나틱호는 방파제와 세관 창고가 늘어서 있고, 각국의 배가 정박해 있는 요코하마 부두에 접안했다.

이렇게 해서 파스파르투는 태양의 자손들이 산다는 신기한 땅에 발을 딛게 되었지만 아무런 의욕도 없었다. 이제부터는 우연에 의지하며 거리를 이리저리 방황해야 할 처지였다.

그는 우선 유럽적 냄새가 물씬 풍기는 거주지에 진입했다. 베란다 아래로 기둥이 늘어선 회랑을 갖춘 나지막한 주택들이 있는 이곳은 거리와 광장, 계선장, 창고들로 꽉 들어차 있었다. 개방조약이 체결된 곳에서부터 강가에 이르는 이 일대가 모두 유럽식 거주지였다. 홍콩이나 캘커타처럼 이곳에도 미국, 영국, 중국, 네덜란드 등 각국에서 건너온 상인들이 물건을 사고팔기 위해 북적대고 있었다. 그 사이에 서 있는 가엾은 프랑스인 하인은 마치 아프리카의 호텐토트족이 사는 부족 마을에라도 온 것처럼 낯선 기분이었다.

파스파르투에게 남은 길이 한 가지 있긴 했다. 요코하마에 주재하는 프랑스나 영국 영사관을 찾아가는 것. 하지만 그곳에서 자초지종을 설명하다보면 주인님과 관련된 불미스런 이야기도 거론될 것이 분명하므로 이 방법을 쓰고 싶지는 않았다. 나머지 수단을 다 써봐도 안 되면 그때 사용하리라.

유럽식 거주지 이곳저곳을 다 헤매보았지만 우연은 그를 돕지 않았다. 그는 필요하다면 에도까지라도 갈 작정으로 일본 현지인들이 거주하는 지역에 들어섰다.

요코하마의 토착민이 살고 있는 이 지역은 '벤텐'이라 불리는데 그 일대 섬에서 우상으로 섬기는 바다의 여신의 이름을 딴 것이다. 여기에는 전나무와 삼나무가 늘어선 예쁜 가로수 길을 비롯해, 기묘하게 생긴 건축물의 신성한 문, 대나무와 갈대 숲 속에 꼭 숨어 있는 다리, 오래된 삼나무의 거대하고 우울한 그늘에 가려진 절, 승려나 신도들이 거주하는 불교나 유교의 사찰이 보였다. 끝없이 이어지는 길에는 발그레한 볼에 복숭아빛 피부를 가진 어린아이의 무리가 있었는데, 일본 병풍에서 금방 튀어나온 듯한 이 아이들은 게으르고 버릇없는 누런 빛깔의 고양이와 다리가 짤막한 개들을 데리고 놀고 있었다.

거리에는 사람들이 이리저리 분주하게 오가며 북적대고 있었다. 단조롭게 목탁을 두드리며 지나는 탁발승, 반들반들하고 뾰족한 모자를 쓰고 허리에는 칼을 두 개나 차고 다니는 세관인지 경찰인지 모를 관리들, 파란 바탕에 하얀 줄무늬 무명옷을 입고 격발식 장총을 든 군인들, 비단 저고리에 쇠사슬 달린 갑옷으로 무장한 천황 호위병 등 온갖 계급의 무관들이 여기저기 보였다. 사실 중국과 달리 일본에서 군인은 매우 대접받는 직업이었기 때문에 이곳에는 군인들이 많았다.

이 밖에도 시주를 청하는 승려, 긴 옷을 걸친 순례자도 있었고, 흑단처럼 검고 윤기 흐르는 머리카락을 가진 일반 시민들도 지나다녔다. 이들은 모두 얼굴이 크고, 몸통은 길쭉했으며, 다리는 가늘고, 키는 작달막했다. 피부색은 짙은 구릿빛에서부터 윤기 없는 흰색에 이르기까지 다양했으나 중국인처럼 누런 피부는 없었다. 일본인과 중국인은 피부색부터 확연히 달랐다. 마차와 가마, 말, 짐꾼들, 덮개를 씌운 손수레, 외장이 반짝반짝한 인력거, 대나무로 만든 가마가 지나다니는 그 사이로 헝겊신이나 짚신, 나막신 등을 신고 작은 발로 종종걸음을 치는 행인들도 보였다. 여자들도 몇 명 보였지만 예쁘진 않았다. 가느다란 눈에 납작한 가슴, 유행에 따라 검게 물들인 치아까지. 하지만 전통의상인 기모노는 매우 우아했는데, 비단 띠를 허리에 둘러 뒤에서 큼지막한 매듭을 만든 모양이 아름다웠다. 아마도 파리의 최고 멋쟁이들이 일본 여인들의 의상을 본떠 입은 듯하다.

파스파르투는 신기한 가게들과 화려한 일본식 장신구를 파는 시장을 구경하며 몇 시간 동안 북적대는 거리 곳곳을 방황했다. 발이 쳐진 식당도 보였지만 그는 이곳에 들어갈 형편이 못 되었다. 향긋한 차와 쌀 발효주인 사케를 파는 찻집도 있었고, 흡연실도 있었는데 이곳에서는 아편 대신 고급 담배를 피웠다. 아직 일본인들에게는 아편이 대중화되지 않았다.

얼마 후 파스파르투는 커다란 논이 펼쳐진 들판으로 나왔다. 마지막으로 색깔과 향내를 물씬 풍기는 꽃잎들 사이로 반짝이는 동백꽃이 흐드러지게 피어 있었는데, 이들은 모두 교목처럼 길쭉하게 뻗어 있었다. 대나무 울타리 안에는 벚꽃, 매화, 사과나무가 자라고 있었는데 일본인들은 과일을 따 먹기 위해서가 아니라 꽃을 즐기기 위해 이 나무들을 재배했다. 논에는 얼굴을 찌푸린 허수아비와 빙글빙글 돌아가는 바람개비가 참새, 비둘기, 까마귀 등 곡식을 약탈하려 날아드는 새들로부터 논을 지키고 있었다. 커다란 삼나무마다 독수리가 앉아 있었고, 수양버들 그늘에는 몇 마리 백로가 우수에 찬 듯이 외다리로 서 있었다. 까마귀, 오리, 매, 기러기가 곳곳에 산재해 있었는데 특히 일본인들이 장수와 행복을 가져다준다 하여 '귀인'으로 여기는 두루미

는 셀 수 없이 많았다.

정처 없이 떠돌던 중 파스파르투는 풀숲에 난 제비꽃을 발견했다.

"아, 이걸로 저녁 끼니를 대신해야겠군."

하지만 꽃에서는 아무런 향기도 나지 않았다.

"할 수 없지!"

파스파르투는 혼잣말로 중얼거렸다.

선견지명이 있었던 그는 배 안에서 잔뜩 먹어두기는 했다. 하지만 온종일 걷다보니 배가 다시 꺼져버렸다. 그는 일본의 푸줏간 진열장에는 양고기나 염소고기, 돼지고기가 전혀 없는 것을 발견했다. 게다가 소를 죽이는 행위는 신성모독으로 여겨졌기 때문에 오직 소는 농사일에만 사용된다는 것을 잘 알고 있던 터라, 일본에는 고기가 거의 없는 것이 분명하다는 결론을 내렸다. 틀린 생각은 아니었다. 하지만 푸줏간에는 고기가 없더라도 멧돼지나 사슴, 꿩, 메추라기, 닭 또는 일본인들이 밥과 함께 거의 매일 먹는 생선으로라도 배를 채울 수만 있다면 더 바랄 것이 없을 터였다. 하지만 불행한 운명에 맞서 배를 채우는 일은 내일로 미루는 수밖에 없었다.

밤이 찾아왔다. 파스파르투는 일본인이 거주하는 마을로 다시 돌아와 오색찬란한 등불이 반짝이는 거리를 헤맸다. 보기 드문 재주를 부리는 곡예사들과 투명한 구슬 주위로 구경꾼을 모으고 있는 점쟁이들이 보였다. 부둣가로 오니 낚싯배들이 켜놓은 불빛이 점점이 반짝이고 있었다. 이 배들은 송진을 태운 불빛으로 고기를 끌어 모으고 있었다.

시간이 더 흐르자 거리가 한산해졌다. 북적대던 행인들은 사라지고 대신 순찰 중인 경비들이 오고 갔다. 이들은 화려한 의상에 수행원까지 거느리고 다니며 외교사절을 방불케 했다. 이 모습을 지켜본 파스파르투는 혼자서 농담을 하며 킬킬대고 있었다. 호화로운 순찰대원들과 마주칠 때마다 이렇게 중얼댔다.

"유럽으로 떠나는 일본대사 나가신다."

XXⅢ. 파스파르투의 코, 엄청나게 길어지다

이튿날 배가 고파 기진맥진 녹초가 된 파스파르투는 무슨 수를 써서라도 먹어야겠다고 생각했다. 빠르면 빠를수록 좋다. 갖고 있는 시계를 파는 방법이 있긴 했지만 굶어 죽는 한이 있어도 그건 안 된다. 대신 하늘이 준 선물이 하나 있었다. 바로 우렁찬 목소리였으니 지금이야말로 이 재능을 사용할 때다.

파스파르투는 알고 있는 프랑스와 영국 노래 몇 소절을 부르기로 결심했다. 징과 북 따위에 장단을 맞춘 음악이 곳곳에서 흘러나오는 것으로 보아 일본인들도 음악을 좋아하는 것이 분명했다. 그렇다면 분명 유럽에서 건너온 이 명가수의 노래도 좋아할 것이다.

하지만 음악회를 열기에는 조금 이른 시간인 듯하다. 아무리 음악을 좋아하는 사람이라도 이른 아침부터 잠을 깨운다면 선뜻 천황의 얼굴이 새겨진 돈을 가수에게 던져주려고 하진 않을 것이다.

그래서 파스파르투는 몇 시간 기다리기로 했다. 길을 걷다가 그는 문득 지금의 말쑥한 옷차림이 떠돌이 가수에게는 너무 호사스러운 것 같아 보다 신분에 어울리는 허름한 옷으로 바꾸는 것이 좋겠다는 생각이 들었다. 그렇게 하면 당장 먹을 것을 살 돈 몇 푼 정도는 마련할 수도 있을 것이다.

이제 계획을 실행하는 일만 남았다. 한참을 헤맨 끝에 일본인이 운영하는 고물상을 발견했다. 고물상 주인은 유럽에서 건너온 파스파르투의 옷을 마음에 들어 했다. 잠시 후 파스파르투는 낡은 일본식 옷에 빛바랜 두건을 쓴 채 고물상을 나왔다. 주머니 속에서는 동전 몇 개가 짤랑거렸다.

"그래. 카니발에 왔다고 생각하지 뭐."

그가 중얼거렸다.

파스파르투가 제일 먼저 한 일은 소박한 찻집에 들어가 닭고기 부스러기와 밥 몇 숟가락을 먹은 일이었다. 다음 끼니를 걱정해야 할 그의 처지에 딱 어울리는 점심 식사였다.

"자, 이제 궁리를 좀 해보자."

잔뜩 먹은 후 파스파르투가 중얼거렸다.

"이 낡은 옷을 더 허름한 옷으로 바꾸어 돈을 마련하는 것은 이제 불가능해. 지금부터 할 일은 무슨 수를 써서라도 하루빨리 끔찍한 추억이 담긴 이 나라를 떠나는 거야!"

파스파르투는 출항을 앞둔 미국행 배를 찾아보기로 했다. 뱃삯과 식사만 해결해준다면 주방일이든 잡일이든 무엇이고 할 작정이었다. 이렇게 샌프란시스코에 도착하면 그 다음 일은 거기서 생각할 것이다. 일단은 일본열도와 신대륙을 갈라놓은 4,700해리의 태평양을 건너는 것이 급선무다.

한 가지 생각을 여러 번 곱씹는 성격이 아닌 파스파르투는 곧장 요코하마 항구로 향했다. 하지만 선박이 머무르는 계선장이 가까워올수록 그토록 간단해 보이던 계획이 점점 실현이 불가능하게 느껴졌다. 과연 미국행 배에 나 같은 요리사나 잡역부가 필요하긴 할까? 이런 차림으로 어떻게 신뢰감을 줄 수 있겠어? 무얼 믿고 일을 지원해야 하지? 내세울 만한 이력도 없는데?

이런 생각이 들자 고개가 절로 떨어졌다. 바로 그때 커다란 광고판을 들고 요코하마 거리를 다니는 광대가 보였다. 광고판에는 영어로 다음과 같이 적혀 있었다.

유명한 윌리엄 배틀카의 일본 곡예단

텐구 신의 가호 아래 있는 코배기들이 미국으로 떠나기 전 마지막 공연

대박 예감!

"미국이라고!"

파스파르투가 놀라서 소리쳤다.

"바로 이거야!"

그는 광고판을 든 남자를 쫓아 일본인 구역으로 들어갔다. 그 남자는 15분 정도 걸어가더니 온갖 플래카드가 걸려 있는 커다란 가설극장 앞에 멈추어 섰다. 건물 외벽에는 원근법을 무시한 채 알록달록 강렬한 색채로 곡예사들의 모습이 그려져 있었다.

바로 여기가 그 유명한 배틀카의 가설극장이었다. 그의 곡예단에는 재주넘기, 균형잡기 등 온갖 종류의 곡예를 부리는 광대들이 있었는데, 광고에 따르면 바로 이들이 오늘 미국으로 떠나기 전 마지막 일본 공연을 할 예정이

었다.

파스파르투는 양옆에 기둥이 늘어선 복도를 건너 건물 안으로 들어가 배틀카 씨를 찾았다. 그러자 그가 직접 나타났다.

"무슨 일이십니까?"

파스파르투를 얼핏 보고 일본인이라 생각한 배틀카 씨가 물었다.

"혹시 하인이 필요하지 않습니까?"

파스파르투가 물었다.

"하인이라고요?"

턱 끝에 난 숱 많은 염소수염을 손으로 만지며 배틀카가 말했다.

"전 이미 하인이 둘 있습니다. 그들은 먹여만 주면 아무런 불평 없이 충성을 다해 일하며 절대 저를 떠나지 않죠. 바로 이들입니다."

배틀카 씨는 콘트라베이스의 현처럼 굵고 힘 있는 심줄이 솟은 억센 두 팔을 자신 있게 드러내 보이며 대답했다.

"그럼 저 같은 사람은 필요 없겠군요."

"그렇습니다."

"이런! 당신들과 같이 미국에 갈 수 있었으면 좋았을 텐데."

"그러고 보니 당신은 일본인이 아니군요."

배틀카 씨가 말을 이었다.

"그런데 왜 그런 옷차림을 하고 계시죠?"

"그거야 입는 사람 취향 아닌가요?"

"그렇긴 하죠. 그런데 당신은 프랑스 사람인 것 같군요."

"네, 파리 토박이죠."

"그럼 얼굴 찡그리는 건 잘하겠군요?"

그러자 프랑스인에 대한 모욕적인 질문에 화가 난 파스파르투가 대꾸했다.

"그래요. 우리 프랑스 사람들은 얼굴 찡그리는 거 잘합니다. 하지만 미국인들만큼은 아닙니다."

"그렇죠. 아무튼 저는 당신을 하인으로 채용하진 못해도 광대로 채용할 수는 있습니다. 프랑스에서도 외국인을 광대로 쓰고 있으니, 여기 외국에서 프랑스인을 광대로 써보자 이 말입니다."

"네……."

"혹시 기운은 센가요?"

"네, 특히 밥 먹고 나면 더 셉니다."

"혹시 노래는 잘 부릅니까?"

"네."

한때 유랑극단 단원이었던 파스파르투가 자신 있게 대답했다.

"그냥 노래하는 거 말고 물구나무서서 왼쪽 발로는 팽이를 돌리고 오른쪽 발바닥 위에는 칼을 올려놓은 채 노래할 수 있냐는 말입니다."

"당연하죠."

곡예를 처음 시작하던 젊은 시절의 기억을 되새기며 파스파르투가 답했다.

"아주 잘 됐군요!"

배틀카 씨가 탄성을 질렀다.

그 자리에서 계약이 이루어졌다.

이렇게 해서 파스파르투는 일자리를 얻게 되었다. 일본 곡예단의 만능 광대로 채용된 것이다. 별로 자랑할 만한 일자리는 아니지만 중요한 것은 일주일 뒤면 샌프란시스코행 배에 오를 수 있을 거라는 사실이다.

그토록 요란한 광고로 예고하던 배틀카 극단의 공연은 3시에 시작될 예정이었다. 얼마 후 일본식 악단이 북과 장구 등을 대동하고 입구에서 우렁찬 연주를 시작했다. 파스파르투는 아무것도 연습할 시간이 없었다. 하지만 텐구 신의 코배기들이 공연할 '인간 피라미드' 묘기에서 튼튼한 두 어깨를 받침대로 빌려주기로 했다. 이 묘기는 공연 마지막을 장식할 것이다.

3시가 되기 전 관객들이 극장 안으로 몰려들었다. 유럽인, 일본인, 중국인, 남녀노소 할 것 없이 무대에서 가까운 자리를 찾아 관람석으로 달려들었다. 악사들이 들어와 자리를 잡았다. 징, 캐스터네츠, 플루트, 탬버린, 큰북, 작은북 등 모든 악기를 갖춘 악단이 요란하게 연주하고 있었다.

이번 공연에는 모든 종류의 곡예가 펼쳐질 예정이었다. 일본 곡예사들은 세계에서 가장 뛰어나다는 사실을 알아야 한다. 한 단원이 등장해 부채와 종이 조각을 들고 나비와 꽃으로 이뤄진 경이로운 곡예를 펼쳤다. 또 다른 단원은 파이프를 피워 향기가 나는 연기를 내뿜었다. 공중에는 금세 푸르스름한 연기로 글씨가 만들어졌는데 관객들에게 보내는 인사의 말이었다. 또 어떤 곡예사는 불이 붙은 초로 재주를 부렸는데, 초가 입 앞을 지나갈 때마다 촛불을 껐다가 재빨리 다른 초에 불을 붙이는 연속된 동작을 반복했다. 다른 곡예사는 팽이를 돌려 그 누구도 흉내 낼 수 없는 멋진 묘기를 자랑했다. 그의 손에서 쉴 새 없이 돌아가는 팽이는 마치 살아 있는 것처럼 보였다. 팽이들은 빙글빙글 돌며 담뱃대와 날카로운 칼날 위뿐 아니라 무대의 한쪽 끝에서 다른 끝으로 이어진 머리카락 굵기의 가는 철사 위를 달렸다. 곧이어 커다란 크리스털 꽃병 둘레를 돈 후 대나무 사다리를 올라탄 팽이들은 사방으로 흩어졌다. 이들이 내는 각기 다양한 음색들이 조화롭게 어우러져 기묘한 음악을 만들었다. 곡예사들은 팽이를 공중에서 휙휙 돌렸다. 마치 배드민턴을 치듯 나무 라켓으로 팽이를 던지며 주고받기도 했다. 그래도 팽이는 여전히 빙글빙글 돌고 있었다. 주머니 안에 넣었다가 꺼낸 뒤에도 팽이는 여전히 돌고 있었다. 그러다가 스프링이 풀리자 팽이들이 모두 터지며 불꽃이 만발했다.

일본 곡예단의 멋들어진 재주에 대해서는 더 설명할 필요가 없을 것이다. 사다리타기, 장대놀이, 공굴리기, 통굴리기 등 다양한 곡예를 선보였다. 하지만 이번 곡예의 하이라이트는 무엇보다도 '코배기들'의 공연으로 아직 유럽에서도 선보이지 않은 것이다.

이 코배기들은 텐구 신의 특별한 가호 아래 있는 특별한 단체였다. 중세시대 일본 군사 같은 옷차림을 한 이들은 양어깨에 커다란 날개 장식까지 달고 있었다. 하지만 무엇보다도 볼만한 것은 얼굴에 장식한 기다란 코와 그 코를 이용한 묘기였다. 그 코는 다름 아닌 대나무 토막이었는데 길이는 다섯 자에서 열 자까지 되는 것도 있었고, 어떤 것은 매끄럽고 어떤 것은 울퉁불퉁했다. 또 어떤 것은 곧고 또 어떤 것은 휘어져 있었다. 그들은 얼굴에 이 대나무 토막을 단단히 고정시킨 후 그 위에서 묘기를 부렸다. 열두 명 정도의 텐구 신 곡예사들이 바닥에 등을 대고 눕자 나머지 사람들이 피뢰침처럼 치솟은 대나무 코 위를 이리저리 뛰어다니며 믿을 수 없는 묘기를 부렸다.

이제 마지막 순서가 하나 남았다. 바로 광고에서 이미 떠들었던 코배기들의 '인간 피라미드' 쌓기였다. 하지만 다른 피라미드 묘기처럼 어깨 위로 무동을 타고 올라서는 것이 아니라 코에서 코 위로 올라타며 쌓는 방법이었다. 그런데 피라미드 제일 아래에 받침이 되어주던 단원 하나가 극단을 떠났다. 이 역할은 힘과 민첩성만 있으면 되기 때문에 파스파르투가 이 역할에 선택된 것이다.

그런데 파스파르투가 중세의 갑옷을 걸치고 오색빛 날개를 달고 여섯 자나 되는 기다란 대나무 코를 얼굴에 달았을 때, 그는 젊은 시절의 암울한 기억이 되살아나 기분이 우울해졌다. 하지만 이 코가 그의 밥줄이었기 때문에 일단 최선을 다할 생각이었다.

파스파르투가 무대에 올라 그와 함께 받침대 역할을 할 동료들 곁에 나란히 섰다. 그들은 모두 땅에 등을 대고 누워 긴 코를 하늘로 향했다. 그러자 2층을 이루는 단원들이 그 위에 올라타고, 뒤이어 3층, 4층탑이 쌓였다. 코 끝을 타고 만들어진 인간 피라미드는 이렇게 건물 천장까지 이어졌다.

박수갈채가 터져 나왔고 요란한 음악이 울려 퍼졌다. 바로 그때, 인간 피라미드가 흔들리면서 균형이 깨지더니 종이성처럼 와르르 무너졌다.

범인은 바로 파스파르투였다. 그가 자리를 떠나 난간을 훌쩍 뛰어넘어 오

른쪽 관람석으로 뛰어가더니 한 관객의 발아래 엎드렸다.

"주인님! 주인님!"

"자넨가?"

"네, 접니다."

"그렇다면 우리와 함께 배로 가야지."

포그 씨와 아우다 부인, 파스파르투는 극장을 빠져나가기 위해 복도를 달렸다. 그러다가 화가 머리끝까지 난 배틀카 씨와 마주쳤다. 그는 '피라미드 붕괴'에 대한 손해배상을 요구했다. 포그 씨는 화난 그를 진정시키며 은행권 한 뭉치를 던져주었다. 이렇게 해서 세 사람은 6시 30분, 출발 직전인 미국행 배에 올라탔다. 파스파르투는 여전히 두 날개와 긴 코를 단 채 말이다.

XXIV. 태평양 항해를
순조롭게
마치다

상하이 앞바다에서의 일이 어떻게 마무리되었을지는 모두 짐작할 것이다. 탕가데르호가 쏘아 올린 조난신호를 요코하마행 배의 선장이 보았고, 그는 키를 돌려 반기를 올린 자그마한 돛단배 곁으로 다가갔다. 몇 분 후, 필리어스 포그는 약속대로 존 번스비에게 550파운드를 지불했다. 그런 후 이 정직한 신사는 아우다 부인과 픽스를 동반하고 일본행 배에 올라 나가사키와 요코하마를 향해 달렸다.

이윽고 11월 14일 아침, 배는 예정된 시간에 도착했다. 픽스가 개인 용무를 보기 위해 떠난 뒤 필리어스 포그는 카르나틱호 사무실을 찾아가 프랑스인 하인이 전날 이 배를 타고 요코하마에 도착했다는 사실을 확인할 수 있었다. 아우다 부인의 기쁨은 이루 말할 수 없었다. 포그 씨 역시 겉으로 드러내진 않았지만 분명 기뻐했을 것이다.

이날 저녁에 바로 샌프란시스코행 배에 올라야 했던 포그 씨는 당장 하인을 찾아 나섰다. 하인의 행방을 찾아 프랑스 영사관, 영국 영사관에 이어 요코하마 거리를 샅샅이 헤매고 다녔지만 어디에서도 파스파르투를 찾을 수 없었다. 결국 포기하고 돌아가려던 찰나 묘한 느낌에 이끌려 우연히 배틀카 극장 안에 들어가게 되었다. 하지만 중세 일본 군사로 분장하느라 기묘한 차림을 한 하인의 모습을 알아볼 리 만무했다. 하지만 파스파르투는 누운 자세에서도 객석에 앉아 있는 주인을 알아보았다. 그 순간 코가 흔들리며 모든 균형이 깨졌고, 그 후의 일은 이미 알고 있을 것이다.

이러한 자초지종은 아우다 부인이 파스파르투에게 직접 들려주었다. 아우다 부인은 픽스라는 사람과 함께 탕가데르호를 타고 홍콩에서 요코하마까지 건너온 경위도 모두 이야기해주었다.

픽스라는 이름을 들은 파스파르투는 눈썹 하나 찡그리지 않았다. 영국 형사라는 이 사람과 무슨 일이 있었는지에 대해 아직 주인께 고할 때가 아니라고 생각했기 때문이다. 파스파르투는 그동안 겪었던 모험담을 들려줄 때에도 요코하마의 아편굴에 들어갔다가 실수로 아편에 취해버렸다며 자신의 실수를 용서해달라고만 했을 뿐 다른 언급은 하지 않았다.

아무런 동요도 없이 파스파르투의 얘기를 듣고 있던 포그 씨는 이에 대해 한 마디 말도 하지 않았다. 대신 하인이 배 안에서 적당한 옷을 구입할 수 있도록 충분한 돈을 내주었다. 이로부터 한 시간도 지나지 않아 기다란 코와 날개를 떼어낸 용맹한 하인의 모습에서 더이상 텐구 신 신봉자의 모습은 찾아볼 수 없었다.

요코하마에서 샌프란시스코까지 운항하는 정기선은 퍼시픽 메일 해운회사 소속의 제너럴그랜트호였다. 이 배는 적재량 2,500톤에 빠른 속력과 좋은 시설을 갖춘 외륜선外輪船이었다. 갑판 위에는 보트의 평형을 유지하기 위해 세워놓은 커다란 흔들 막대가 아래위로 움직이고 있었다. 갑판 한쪽 끝에는 피스톤 굴대가 연결되어 있었고, 다른 한쪽 끝은 외륜의 구동축과 직접 연결되어 있어 직선운동을 회전운동으로 바꿔주었다. 제너럴그랜트호는 세 개의 돛대를 갖추었는데, 돛의 면적이 넓어 증기기관의 작동에 힘을 실어주었다. 시속 12노트로 달리는 이 배는 태평양을 횡단하는 데 21일을 넘기지 않을 것이었다. 따라서 필리어스 포그는 12월 2일 샌프란시스코에 도착하여 11일에 뉴욕, 20일에는 마침내 런던에 입성하리라는 기대를 해도 될 법했다. 그렇게 되면 운명의 날짜인 12월 21일보다 몇 시간 일찍 도착하게 되는 것이다.

배는 승객으로 가득 찼다. 영국인과 다수의 미국인을 비롯해 미국에 정착하려고 떠나는 인도인 혹은 중국인 이주자, 그리고 휴가를 이용해 세계일주에 나선 인도 군 장교 등으로 넘쳐났다.

항해하는 동안 해상에는 별다른 이상이 발생하지 않았다. 커다란 외륜과 강한 돛으로 무장한 배는 흔들림이 거의 없었다. 게다가 태평양은 그 이름값이라도 하듯 말 그대로 태평했다. 포그 씨는 여느 때와 마찬가지로 말없이 조용히 지냈다. 한편 그의 젊은 파트너는 이 사나이에게 감사의 마음과는 다른 감정이 서서히 들기 시작했다. 그녀는 자신이 생각하는 것 이상으로 묵묵하고 너그러운 그에게 빠져들었다. 그녀의 마음은 자신도 모르는 사이 커져 갔지만 이 수수께끼 같은 신사는 아무런 반응도 보이지 않았다.

게다가 아우다 부인은 포그 씨의 세계일주 계획에도 비상한 관심을 갖기 시작했다. 뜻밖의 장애가 생겨 일정에 차질이라도 빚어질까봐 노심초사하게 되었다. 그녀는 종종 파스파르투와 얘기를 나누곤 했는데, 하인은 아우다 부인의 말 속에서 그녀의 마음을 읽어냈다. 이제 주인에 대한 충성심이 카르보

나리 당원만큼이나 강해진 파스파르투는 포그 씨의 정직함, 인자함, 헌신적인 투지 등을 들먹이며 칭찬을 아끼지 않았다. 그리고 이제 가장 어려운 고비는 넘겼고, 중국이나 일본 같은 미지의 지역을 벗어나 문명화된 지역만 남았으니 앞으로는 순탄한 여행이 될 것이라며 아우다 부인을 안심시키곤 했다. 샌프란시스코에 도착한 후 열차를 타고 뉴욕으로 간 뒤, 런던까지의 항해 일정만 마치면 이 불가능한 세계일주는 약속된 시간 내에 끝나게 된다.

11월 23일 제너럴그랜트호는 경도 180도 지점을 통과했다. 이 자오선을 따라 남반구로 내려가면 그곳이 바로 영국의 대척점이 된다. 포그 씨는 주어진 시간 80일 중 52일을 사용했으니 앞으로 남은 시간은 28일뿐이다. 경도상으로만 보자면 이제 겨우 180도 선을 통과한 포그 씨는 지구의 절반만 돌았다고 할 수 있지만, 실제로 그는 전체 여정의 3분의 2 이상을 마친 것이다. 런던에서 아덴으로, 아덴에서 봄베이, 캘커타에서 싱가포르, 싱가포르에서 요코하마까지 얼마나 돌고 돌아야 했던가! 런던의 위치인 북위 50도 선을 따라 평행하게 이동한다면 12,000마일밖에 안 되는 거리지만 철도라는 교통수단의 변덕스러운 진로를 따라야 하기 때문에 26,000마일이나 이동해야 했고, 그중 포그 씨는 11월 23일 현재 17,500마일을 완주한 것이다. 이제 남은 여정은 모두 직선 코스인 데다가 무엇보다도 픽스 형사가 더이상 방해공작을 펴지 않을 것이다.

또한 11월 23일은 파스파르투에게 뛸 듯이 기쁜 일이 벌어진 날이기도 하다. 이 고집 센 젊은이는 그동안 집안의 가보로 내려온 시계의 시간을 현지 시각에 맞추어 변경하는 작업을 완강하게 거부해왔었다. 문제는 자기의 시계가 아니라 그곳의 시간이 틀렸기 때문이라는 것이다. 그런데 이날 비로소 파스파르투의 시계와 배 안의 정밀 시계의 시간이 정확히 맞아떨어졌다. 그가 시계의 분침과 시침을 따로 조정하지 않았는데도 말이다.

파스파르투가 얼마나 의기양양해졌을지는 충분히 짐작이 간다. 픽스가 옆에 있었더라면 뭐라 말했을까 궁금해하며 말이다.

"그 작자는 자오선이 어쩌니 태양과 달의 움직임이 어쩌니 하며 쓸데없는 소리를 잔뜩 늘어놓았지! 그런 자들의 말을 다 귀담아들었다간 진짜로 기상천외한 시계를 만들어야 할 거야. 난 언젠가는 태양이 내 시계에 맞출 줄 알고 있었다구!"

그러나 파스파르투가 모르는 사실이 하나 있었다. 만약 자신이 지닌 시계의 문자판이 이탈리아 방식대로 24시간으로 나뉘어 있었다면 절대 지금과 같은 승리감을 맛볼 이유가 없었을 것이라는 점이다. 왜냐하면 배의 정밀 시계가 오전 9시를 가리킬 때 그의 시계는 오후 9시, 즉 21시를 가리키고 있었기 때문이다. 이 차이는 런던과 180도 자오선 지역의 시간차이기도 하다.

만약 픽스 형사가 곁에 있었더라면 순전히 물리적인 이런 현상을 충분히 설명해주었겠지만 파스파르투는 이해하지도, 아니 이해하려고 들지도 않았을 것이다. 그리고 혹시라도 픽스 형사가 이 순간 배에 나타난다 해도 화가 잔뜩 난 파스파르투가 그와 나눌 대화 주제와 방식은 이와는 전혀 다를 것이다.

그럼 픽스 형사는 그 순간 어디에 있었던 걸까?

사실 그도 제너럴그랜트호에 있었다.

배가 요코하마에 도착했을 때 포그 씨와 잠시 후에 다시 만나기로 한 그는 즉시 영국 영사관으로 달려갔다. 그리고 그곳에서 발부된 지 40일이 지난 체포영장을 손에 넣었다. 그가 봄베이를 출발한 이후 줄곧 그의 뒤를 쫓아온 이 영장은 홍콩에서 요코하마까지 파스파르투가 타고 왔던 바로 그 카르나틱호에 실려 있었다. 그런데 이 영장이 쓸모없어졌으니 형사의 실망이 얼마나 컸을지 짐작하고도 남을 것이다. 왜냐하면 포그 씨는 이미 영국령을 벗어나 일본 땅에 왔으니 그를 체포하려면 범죄인 인도 절차를 밟아야 했다.

처음 얼마간 분을 터뜨리던 픽스 형사는 곧 다음과 같은 생각에 이르렀다. '좋아! 이 체포영장이 여기선 더이상 소용이 없지만, 영국에선 유효하지. 지금 상태로 보아 놈은 경찰을 따돌렸다고 믿고 영국으로 다시 돌아가려는 게 틀림없어. 그래, 그때까지 놈을 따라가야지. 훔친 돈은 최대한 적게 쓰도록 기도하는 수밖에. 여행비, 보너스, 소송비, 벌금, 코끼리 구매비, 기타 등등 녀석은 이미 오천 파운드 이상을 길가에 뿌렸어! 그래도 영국은행은 돈이 많으니 그 정도 손실은 감당할 수 있겠지!'

이렇게 결심이 서자 다시 제너럴그랜트호로 돌아왔다. 그가 배에 도착했을 무렵 포그 씨와 아우다 부인도 돌아왔다. 그리고 중세 일본 무사의 복장을 한 파스파르투가 함께 있는 것을 본 그는 기겁하지 않을 수 없었다. 픽스는 즉시 선실로 몸을 피했다. 파스파르투와 마주쳐봤자 이런저런 해명을 해야 할 테고 그렇게 되면 모든 계획이 엉망이 되어버릴 수 있기 때문이다. 게다가 배 안은 탑승객으로 붐비었으니 골칫덩어리 하인의 눈에 띄지 않을 것이라 생각했다. 어느 날 배의 앞 갑판에서 그와 정면으로 마주치기 전까지 말이다.

파스파르투는 다짜고짜 픽스의 멱살부터 잡았다. 그리고 자신을 지지하며 내기를 건 몇몇 미국인 구경꾼들에게 보답이라도 하듯 픽스를 보기 좋게 때려눕혔다. 프랑스 복싱이 영국 복싱보다 한 수 위라는 것을 증명하는 장면이었다.

파스파르투는 한 방 먹이고 나자 조금 진정이 되었다. 그러자 망가진 모습의 픽스 형사가 그를 보며 차갑게 말했다.

"다 끝났나?"

"일단은……."

"그럼 얘기 좀 하지."

"무슨 얘기……."

"당신 주인에 관해서지."

의외로 침착한 픽스 형사의 태도에 어리둥절해진 파스파르투는 얼떨결에 그를 따라갔고, 두 사람은 뱃머리 쪽에 자리 잡았다.

"날 한 방 먹였으니 이제부터는 내 말을 잘 듣게."

픽스 형사가 입을 열었다.

"난 그동안 포그 씨의 적이었지만 이제는 그와 한편일세."

"드디어 우리 주인님이 정직한 분이라는 걸 알게 된 거요?"

파스파르투가 놀란 듯 물었다.

"아니."

픽스가 차갑게 대답하며 말을 이었다.

"난 여전히 그가 악당이라고 믿네. 그러지 말고 내 말을 잘 듣게. 포그가 영국령 지역에 머무는 동안 나는 체포영장을 받을 때까지 그자를 붙잡아두려고 안간힘을 썼지. 그래서 봄베이에서는 승려들을 설득해 그가 소송에 걸리도록 부추겼고, 홍콩에서는 자네 주인에게서 떼어놓기 위해 자네를 취하게 만들어 그가 요코하마행 배를 타지 못하게 만들기도 했지."

픽스의 이야기를 듣던 파스파르투는 두 주먹을 불끈 쥐었다.

"하지만 이제는 포그 씨가 영국으로 되돌아갈 것이 분명해졌어."

픽스 형사가 말을 이었다.

"난 그자를 따라갈 거야. 단, 지금까지 훼방을 놓았던 그 열정과 노력만큼 최선을 다해 그의 여행에 장애가 되는 것들을 막아줄 생각이네. 상황이 달라진 만큼 내 목표도 수정되었지. 이제 자네와 나의 목표는 같아. 단 영국에 도착하면 자네가 그동안 범죄자의 하수인 노릇을 했던 건지 선량한 시민의 하인 노릇을 했던 건지 판가름이 나겠지."

픽스 형사의 말을 주의 깊게 듣던 파스파르투는 그가 진지하게 말하고 있음을 느꼈다.

"그럼 이제부터 우린 친구지?"

픽스가 물었다.

"친구? 천만의 말씀!"

파스파르투가 대답했다.

"그냥 한편일 뿐이오. 얼마 동안만. 만약 조금이라도 배신할 낌새가 보이면 당장 목을 비틀어버릴 거요."

"알겠네."

픽스 형사가 조용히 대답했다.

11일이 지난 12월 3일, 제너럴그랜트호는 골든게이트 만을 지나 샌프란시스코에 도착했다.

포그 씨는 여전히 단 하루의 손실이나 이득도 없었다.

XXV. 샌프란시스코에서
정치 집회를
구경하다

오전 7시. 필리어스 포그, 아우다 부인, 파스파르투는 드디어 미 대륙에 첫 발을 내딛게 되었다. 좀더 정확히 말하자면 물 위에 떠 있는 부잔교 위였다. 이들 부잔교는 밀물과 썰물에 따라 오르내리기 때문에 쉽게 짐을 싣고 내릴 수 있었다. 이곳에는 다양한 크기의 쾌속 범선과 각국에서 온 증기선들이 나란히 정박해 있었다. 이들 증기선은 새크라멘토 강과 그 지류를 운항하는 여러 층으로 된 배들이었다. 그리고 멕시코, 페루, 칠레, 브라질, 유럽, 아시아를 비롯해 태평양의 모든 섬에서 도착한 화물들이 높이 쌓여 있었다.

고대하던 미국 땅에 도착했다는 환희에 젖은 파스파르투는 가장 멋진 공중제비를 선보이며 땅에 내려야겠다고 생각했다. 그런데 그가 발을 디딘 부잔교의 널빤지가 썩어 있던 바람에 하마터면 그 사이로 물에 빠질 뻔했다. 새로운 도착지에 멋지게 착지하려던 계획이 실패한 것 때문에 속이 상한 그가 큰 소리로 고함을 내지르자 늘 이곳을 지키고 있던 수많은 가마우지와 펠리컨 떼가 소스라치게 퍼덕이며 날아갔다.

배에서 내리자마자 포그 씨는 뉴욕행 열차의 출발시간부터 문의했다. 출발시각이 저녁 6시였기 때문에 포그 씨는 하루라는 시간을 이곳 캘리포니아 주 중심 도시에서 보낼 수 있게 되었다. 그는 마차를 불러 아우다 부인과 함께 올라탔고, 파스파르투는 마부 옆 좌석에 자리를 잡았다. 1회 운행에 대한 요금이 3달러인 이 마차는 곧바로 인터내셔널 호텔을 향해 출발했다.

파스파르투는 눈 아래 펼쳐지는 미국의 대도시를 흥미롭게 구경했다. 널찍한 거리와 질서 정연하게 늘어선 나지막한 주택, 앵글로색슨풍 고딕 양식으로 지어진 교회와 사원, 어마어마한 규모의 계선장, 목재나 벽돌로 지어진 궁전 같은 창고들까지! 거리에는 수많은 마차와 합승마차, 전차가 오갔고, 인파로 북적대는 인도에는 미국인과 유럽인뿐 아니라 중국인이나 인도인도 있었다. 샌프란시스코에는 20만 명 이상의 주민이 거주했다.

파스파르투는 눈앞의 풍경에 놀라지 않을 수 없었다. 사실 그는 금광을 찾아 몰려든 강도들과 방화범, 살인자들이 들끓고, 금분金粉을 차지하기 위해 한 손엔 권총을, 다른 한 손엔 칼을 들고 벌어지는 난동이 가득하며, 온갖 잡배들이 우글거리는 1849년의 전설적인 샌프란시스코만 생각했던 것이다. 하지만 이 기막힌 시절은 지나가고, 샌프란시스코는 거대한 상업도시의 면모를 갖추고 있었다. 파수꾼이 경비를 서고 있는 시청 건물의 높은 망루가 직각으로 교차하는 거리와 도로들을 굽어보고 있었고, 푸른 녹지대가 군데군데 형성되어 있었다. 그리고 중국의 도시를 장난감 상자에 담아 통째로 옮겨놓은 듯한 차이나타운도 보였다. 금광을 찾아 헤매던 사람들이 늘 입던 붉은색 셔츠나 챙 넓은 펠트 모자도 보이지 않았고, 머리에 깃털을 꼽고 다니던 인디언도 사라졌다. 그 대신 실크 모자와 검은 슈트를 차려입은 채 소비적인 행사에 여념 없는 신사들만이 오고 갔다. 런던의 리젠트 가나 파리의 이탈리아 대로, 뉴욕의 브로드웨이와 비교할 수 있는 몽고메리 거리에는 전 세계에서 온 수입품이 잔뜩 진열된 화려한 상점들이 줄지어 있었다.

파스파르투가 인터내셔널 호텔에 도착했을 때에는 애당초 자신이 런던을 떠나왔다는 사실조차 깜빡했을 정도였다.

호텔 1층 공간은 어마어마한 크기의 바가 차지하고 있었다. 이곳은 지나가던 사람은 누구든 들어와 말린 고기, 굴 수프, 비스킷, 체스터 치즈 등을 마음껏 즐길 수 있는 뷔페로 꾸며져 있었다. 하지만 지갑을 열 필요는 없었다. 단, 약간의 취기로 기분 전환을 하고자 마신 맥주나 포도주, 위스키 값만 지불하면 그만이었다. 이것이 파스파르투에게는 '대단히 미국적'으로 보였다.

호텔 식당은 매우 쾌적했다. 포그 씨와 아우다 부인이 자리에 앉자 피부빛이 고운 흑인 웨이터들이 자그마한 그릇에 담긴 음식들을 풍성히 차려놓았다.

점심 식사를 마친 포그 씨는 아우다 부인과 함께 영국 영사관에 가서 여권에 사증을 받기 위해 호텔을 나왔다. 가는 길에 하인을 만났는데, 그는 퍼시픽 철도를 타기 전에 엔필드 소총이나 콜트 권총 수십 자루를 미리 사두는 것이 안전하지 않겠느냐고 제안했다. 파스파르투는 인디언 부족인 수족이나 포니족이 스페인 강도단처럼 나타나 열차를 멈춰 세운다는 얘기를 들었다는 것이다. 포그 씨는 그야말로 불필요한 일이라고 말하면서도 파스파르투가 원하는 대로 하도록 맡겨두었다. 그런 다음 영국 영사관으로 향했다.

그런데 채 200걸음도 가기 전에 우연 중에서도 가장 우연 같은 일이 벌어졌다. 바로 픽스를 다시 만난 것이다. 픽스는 너무나도 놀란 듯한 기색을 보였다. 어떻게 이런 일이! 서로 같은 배를 타고 태평양을 건너오면서 한 번도 배 안에서 마주치지 않았다니요……. 아무튼 너무 많은 신세를 진 포그 씨를 다시 만나 기쁘기 한량없으며, 일 때문에 유럽으로 되돌아가는 길이니 포그 씨처럼 훌륭한 동반자와 함께 여행하게 된다면 너무나 영광스러울 것이라고 말했다.

포그 씨는 오히려 자신에게 영광스러운 일이라며 픽스 형사에게 대꾸했다. 포그 씨에게서 한시라도 시선을 떼고 싶지 않은 픽스 형사는 흥미로운 샌프란시스코 시내를 구경하는 데 함께 따라가도 되겠느냐고 청했고, 포그 씨는 이를 수락했다.

이렇게 해서 아우다 부인, 필리어스 포그, 픽스 세 사람은 거리 곳곳을 함께 다녔다. 잠시 후 도착한 몽고메리 거리에는 굉장한 인파가 몰려 있었다. 투도어식 마차나 합승마차가 계속해서 달려오는 차도와 전차 선로, 인도는 말할 것도 없고, 상점 입구, 주택의 창문, 심지어는 지붕 위까지 사람들로 가득했다. 광고판을 든 사람들이 군중 사이로 오가고 있었다. 깃발과 플래카드가 바람에 나부꼈다. 사람들은 사방에서 크게 외쳐댔다.

"캐머필드 만세!"

"맨디보이 만세!"

바로 정치 집회였다. 최소한 그렇게 생각한 픽스 형사가 포그 씨에게 말을 걸었다.

"아무래도 우리는 이 무리에 속하지 않는 것이 좋겠습니다. 괜히 여기 있다가는 날아오는 주먹에 얻어맞기만 할걸요."

"그렇죠. 정치 집단의 패싸움도 싸움은 싸움이니까."

픽스는 포그 씨의 이 말에 살짝 미소라도 지어주는 것이 좋겠다고 생각했

다. 난동에 휘말리지 않기 위해 세 사람은 몽고메리 거리 위쪽 공터에 이르
는 돌계단 꼭대기에 자리를 잡았다. 길 건너 정면에 석탄 판매장과 석유 가
게가 보였고, 두 가게 사이에 널따란 야외 집회장이 있었다. 바로 이 집회장
을 둘러싸고 여러 무리의 인파가 집중되어 있었다.

그런데 이 집회의 목적은 무엇일까? 무슨 행사를 계기로 모인 것일까? 필
리어스 포그는 전혀 알지 못했다. 고위직 관리나 주지사, 혹은 국회의원 선
거가 있는 것일까? 시내가 이 정도로 들썩이는 것을 보면 이런 추측이 나올
만도 했다.

갑자기 군중이 심하게 술렁이기 시작했다. 모두들 공중으로 손을 높이 쳐
들었다. 몇몇 사람은 주먹을 불끈 쥐고 함성을 지르며 팔을 올렸다 내리기도
했다. 이것은 지지를 표현하기 위한 보다 과격한 방법이었다. 군중의 물결이
이리저리 흐르면서 곳곳에 소용돌이가 형성되기도 했다. 깃발이 흔들리더니
잠시 사라졌다가 다시 나타났는데 너덜너덜해져 있었다. 인파의 파장이 돌
층계까지 밀려왔다. 군중의 물결은 마치 돌풍이 불 때 해수면이 굽이치듯 심
하게 꿈틀거렸다. 검은색 신사모는 점점 사라졌다. 대부분 납작하게 눌려버
렸기 때문이다.

"정치 집회가 틀림없어요."

픽스가 입을 열었다.

"이 정도로 술렁이는 것을 보니 분명 중요한 문제를 다루는 듯하군요. 어
쩌면 앨라배마호 사건인지도 모르겠네요. 물론 해결은 되었지만……."

"그럴지도 모르죠."

포그 씨가 짧게 대답했다.

"아무튼 두 명의 챔피언이 대결 중인 것 같군요. 캐머필드와 맨디보이."

픽스가 말을 이었다.

아우다 부인은 필리어스 포그의 팔에 매달린 채 놀란 눈으로 소란스런 광경을 바라보았다. 이렇게 시내가 들끓는 이유를 묻기 위해 픽스가 옆 사람에게 다가가려 할 때 갑자기 더욱 과격한 움직임이 일어났다. 만세를 외치는 소리가 더욱 거세졌고, 욕설까지 섞였다. 깃대는 공격용 무기로 돌변했다. 여기저기 주먹이 오고 갔다. 인파에 꼼짝없이 갇혀버린 마차 위에서도 패싸움이 일어났다. 군중은 닥치는 대로 집어 던졌다. 구두나 장화가 공중에서 포물선을 그리며 날아다녔다. 국경일 행사 때에나 울리는 총성이 커다란 고함 소리에 뒤섞여 들려왔다.

군중이 돌층계 아래쪽까지 몰려왔다. 한쪽 진영이 밀리고 있는 것만은 분명했지만 단순한 구경꾼 입장에서는 이기는 쪽이 맨디보이 진영인지 캐머필드 진영인지 알아보기 힘들었다.

"이곳을 떠나는 것이 안전할 듯합니다."

자신의 먹잇감이 사고라도 당할까봐 걱정이 된 픽스가 말했다.

"만약 지금 집회가 영국과 관련된 문제 때문이고, 저들이 우리가 영국인이라는 것을 알아보기라도 한다면 골치 아픈 일에 휘말릴 수 있습니다."

"영국 시민은……."

필리어스 포그가 입을 열었다. 하지만 그가 말을 마치기도 전에 등 뒤에 있는 돌계단 꼭대기 쪽에서 커다란 함성 소리가 들려왔다.

"만세! 만세! 맨디보이 만세!"

맨디보이를 지지하는 유권자 무리가 지원군처럼 달려와 캐머필드 진영의 허를 찔렀다.

포그 씨, 아우다 부인, 픽스는 이제 불꽃 튀는 양쪽 진영 사이에 갇혀버렸다. 빠져나가기엔 너무 늦은 것이다. 징을 박은 지팡이와 몽둥이를 들고 회오리처럼 밀려드는 거대한 인파를 감당할 수는 없었다. 필리어스 포그와 픽스는 이리저리 떠밀리면서 젊은 여인을 보호했다. 평소와 다름없이 침착한 태도를 잃지 않은 포그 씨는 자연히 모든 영국인들의 팔 끝에 선사해준 천연 무기를 가지고 열심히 방어했으나 소용없었다. 무리의 두목으로 모이는 혈색 좋고 붉은 염소수염에 떡 벌어진 어깨를 가진 건장한 남자 한 명이 다가와 포그 씨를 향해 무시무시한 주먹을 들어 올렸다. 만약 픽스가 대신해서 그 주먹을 맞는 헌신을 발휘하지 않았더라면 포그 씨는 변고를 당했을 것이다. 픽스 형사의 실크 모자가 납작하게 찌그러지면서 그 아래로 어마어마한 혹이 솟아났다.

포그 씨가 멸시의 눈초리로 적을 노려보았다.

"양키 놈 같으니!"

"영국 놈 같으니!"

상대도 맞대응했다.

"다시 만나자!"

"언제든 좋을 대로! 이름이 뭐요?"

"필리어스 포그! 당신은?"

"난 스탬프 W. 프록터 대령이오."

두 사람의 대화가 끝날 때쯤 인파도 지나갔다. 넘어졌던 픽스가 다시 일어났다. 옷 여기저기가 찢어졌지만 다행히 치명적인 부상은 없었다. 여행용 코트는 둘로 찢어졌고, 바지는 몇몇 인디언 사이에서 유행하던 엉덩이 부분이 찢어진 반바지처럼 되어버렸다. 그래도 아우다 부인은 무사했다. 이번 소동에서는 픽스만 주먹에 맞았을 뿐이었다.

"고맙소."

아수라장을 벗어나자 포그 씨가 픽스 형사에게 감사의 말을 건넸다.

"별것 아닙니다. 그것보다 가봐야 할 곳이 있군요."

"어디 말이오?"

"양복점이요."

적절한 지적이었다. 픽스 형사와 포그 씨의 옷은 마치 두 사람이 캐머필드와 맨디보이를 지지하며 한판 붙기라도 한 듯 엉망으로 찢어져 있었다.

한 시간 후 말쑥한 복장과 머리를 한 두 사람은 아우다 부인과 함께 인터내셔널 호텔로 돌아왔다.

그곳에서는 파스파르투가 나이프가 부착된 6연발 권총 여섯 자루를 사놓고 기다리고 있었다. 포그 씨와 함께 들어오는 픽스의 모습을 보자 그의 표정이 어두워졌다. 하지만 아우다 부인이 방금 전 일어난 사건을 간략하게 들려주자 파스파르투는 안심했다. 픽스는 약속대로 이제부터 적이 아닌 한편이었다.

저녁 식사를 마친 뒤 짐을 싣고 역으로 향하기 위해 마차를 불렀다. 포그 씨는 마차에 오르며 픽스에게 물었다.

"그 프록터 대령이라는 사람을 다시 보았소?"

"아니요."

픽스가 대답했다.

"언젠가 미국으로 다시 와 그자를 꼭 만날 거요."

필리어스 포그가 차갑게 말했다.

"영국 시민이 그런 취급을 받는 것은 말도 안 되는 일이지."

픽스 형사는 피식 웃으며 아무런 대꾸도 하지 않았다. 하지만 다들 보다시

피 포그 씨도 명예를 지키기 위해서라면 자국에서 허용하지 않는 결투를 해외에서라도 감행하는 그런 영국 종족이었다.

6시 15분 전 포그 일행이 역에 도착했다. 열차는 떠날 준비를 하고 있었다.

포그 씨는 열차에 오르기 전 역무원에게 다가가 물었다.

"이보시오. 오늘 샌프란시스코 시내가 굉장히 떠들썩하지 않았소?"

"정치 집회가 있었습니다."

역무원이 대답했다.

"그런데 굉장히 소란스러웠던 것 같던데?"

"선거 집회였을 뿐입니다."

"총사령관이라도 선출하나보지?"

"아닙니다. 치안판사 선거죠."

이 대답을 듣고 포그 씨는 곧바로 객차에 올라탔고, 곧 열차는 전속력으로 달리기 시작했다.

XXVI. 퍼시픽 철도의 급행열차를 타다

'대양에서 대양까지'.

이 말은 미국 영토를 횡단하는 '대동맥'인 퍼시픽 철도를 가리킬 때 미국인들이 흔히 쓰는 것이다. 그런데 이 철도는 엄밀히 말해 두 부분으로 나뉘어 있다. 그중 하나가 샌프란시스코와 오그던을 잇는 센트럴 퍼시픽 철도이고, 다른 하나는 오그던과 오마하를 잇는 유니온 퍼시픽 철도다. 오마하에서는 다섯 개의 지선이 뻗어 나와 이 도시와 뉴욕을 잇고 있다.

따라서 뉴욕과 샌프란시스코는 6,000킬로미터가 넘는 거대한 금속띠로 연결되어 있다고 할 수 있다. 오마하에서 태평양 사이를 운항하는 철도는 아직도 인디언들과 야생동물이 출몰하는 지역을 통과한다. 이 광대한 지역은 1845년경 일리노이 주에서 쫓겨난 모르몬교 신도들이 이주해 정착하기 시작한 곳이기도 하다.

과거에는 뉴욕에서 샌프란시스코까지 최적의 조건에서 여행해도 최소 6개월이 걸렸었지만 현재는 일주일이면 족하다.

1862년, 철도 노선이 보다 남부 지역 가까이 지나가길 원했던 남부 출신 의원들의 반대에도 불구하고 철로는 북위 41도와 42도 사이까지만 내려오도록 설계되었다. 링컨 대통령이 직접 새 철도 노선의 기점을 네브래스카 주의 오마하로 결정했다. 번거로운 서류 절차나 관료주의적 형식에 얽매이지 않는 미국인들의 성향대로 공사는 즉시 시작되어 재빠르게 진행되었다. 그렇다고 해서 철로가 부실하게 건설되어서는 안 되었다. 평원에서는 하루 2.5킬로미터 정도로 진행되었다. 전날 놓인 레일 위로 전동차가 그날 필요한 건설 자재를 싣고 오는 방식이었다.

퍼시픽 철도에서는 아이오와, 캔자스, 콜로라도, 오리건 주로 통하는 각 지선들이 뻗어 나온다. 오마하를 출발한 열차는 플랫 강 왼편을 끼고 달리다가 노스플랫 강 어귀까지 이르러 래러미 지역과 워새치 산맥을 가로지른 후 그레이트솔트 호를 돌아 모르몬 교도들의 중심지인 솔트레이크시티에 도착한다. 그런 후 투일라 강 골짜기로 진입한 열차는 사막과 시더 산, 험볼트 산, 험볼트 강, 시에라네바다 산맥을 차례로 끼고 달린 후 새크라멘토를 따라 내려와 태평양에 이른다. 열차는 로키 산맥을 지날 때에도 기울기가 1킬로미터당 20미터를 넘지 않는다.

이것이 열차가 일주일 만에 완주하는 '대동맥' 코스였다. 예정대로만 진행된다면 필리어스 포그는 11일에 뉴욕에서 리버풀행 배를 탈 수 있을 터였다. 적어도 포그 씨는 그렇게 기대했다.

필리어스 포그가 있는 객차는 두 개의 전동차를 이어 만든 것으로 기다란 합승마차와 비슷했다. 각각의 전동차에 네 개씩 달려 있는 바퀴는 유동성이

습관을 정복하라

성공적으로 운명을 개척하기 위해서는 시대에 걸맞은 생활 패턴, 곧 현명한 습관이 필요하다! 성공과 실패는 종이 한 장 차이이며 그 차이는 곧 습관이다. 습관이 모든 것을 결정한다. 한 가지 행동을 꾸준히 지키면 습관을 기를 수 있고, 한 가지 습관을 꾸준히 지키면 개성을 만들 수 있다. 그리고 한 가지 개성을 꾸준히 지키면 당신의 운명이 달라진다. 이 책에 제시된 49가지 습관으로 운명을 바꿔보자.

삶의 오름길에서 만난 **인생의 깊은 뜻**

인성을 알면 오름길 너머의 성공적인 인생이 보인다! 인성은 우리의 인생을 일생토록 지배한다. 따라서 성공과 더불어 삶의 질을 높이고 싶다면 인성에 대한 이해가 필수적이다. 이제 천 년의 지혜, 곧 우언고사로 이어지는 이야기와 동행함으로써 인성에 대한 많은 것을, 그 인생의 깊은 뜻을 되짚어보자. 그러면 성공적인 인생의 단초가 마련될 것이다.

나를 변화시키는 3분

- 하네가 다이아루 지음
- 박현식 옮김
- 176면
- 값 8,500원

나를 변화시키는 3분

인생의 답이 되는 고난의 세상살이 아픈움에 처방전이다. 화병으로 있다. 다람쥐 쳇바퀴 돌듯 끝없이 굴러가는 우리의 삶은 그리 녹록지 않다. 누네, 카페기, 광얼버스 등 동서고크 인생의 선구자에게 배우는 생활의 힌트가 여기 있다. 자신도 모르게 마음을 치게 되는 좋은 이야기, 마음에 뼈는 에피소드, 누구나 귀를 기울여야 할 인생의 지침 등이 풍성하게 읽고 난 후의 감동이 스스로를 변화시킬 것이다.

우리가 살아가는 이유

- 김홍식 지음
- 224면
- 값 9,500원

우리가 살아가는 이유

세상 살아가는 이야기의 건축가인 이야기 가득한 이유, 친구의 소중함을 일깨우고, 함께 더불어 사는 세상을 그려내는 아름다운 인정과 감동적인 글귀를 통해 메시지를 전하고 있다. 이상적인 사회는 저 건너 주어지는 것이 아니라 개인의 노력으로 만들어지는 것, 이들만이 모든 관계에 용서가 바탕이 된다면 사랑이라는 희망의 빛을 받견할 수 있을 것이다.

오늘이 내 생의 마지막 하루라면

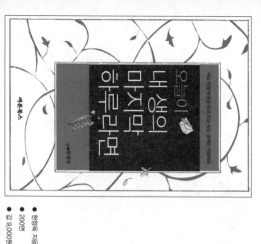

- 현정욱 지음
- 200면
- 값 9,000원

가슴 벅찬 비전을 안고 오늘 죽을 것처럼 사랑하라! 오늘이 우리 생의 마지막 하루라면 1분 1초가 소중하려니 어느 한 순간도 흘려보낼 수 없을 것이다. 마지막일지도 모를 오늘을 절실하게 맞이하기에 이 책은 오늘이라는 선물의 마지막 하루를 절실하게 맞이하기에 이 책은 오늘이라는 선물을 살 것이다. 우리의 인생은 한순간마다 하루분투가 축복이며 순간순간이 기회다. 오늘 죽을 것처럼 산다면 보다 활기찬 오늘, 보다 행복한 삶, 보다 성공적인 인생으로 거듭날 수 있다.

끌리는 사람의 7가지 공통점

- 기모토 이치로 지음
- 강미혜 옮김
- 208면
- 값 8,500원

미디어나 시스템이 발달해서 서로 만나지 않아도 일이 성사되고, 일을 마주하고 대화할 필요가 적어진다지만, 인생에서 가장 중요한 것은 '사람과의 만남'이라고 말한다. 끌리는 사람은, 극히 상식적인 일을 활실하게 할 수 있는 사람을 칭한다. 자기에 오직 하나 '상대방이 되게 한 줄 소금을 더할 수 있는 사람'이라는 조건만 대화면, 자연스럽게 사람들이 그 사람 주위에 모여들 것이다.

칭찬하는 지혜 거절하는 기술

- 자오지에 지음
- 송하진 옮김
- 288면
- 값 9,900원

성공으로 이끄는 언어의 지혜, 행동의 지혜를 많을 하는 데에는 언어의 지혜가 필요하고 행동하는 데에는 응변을 응변을 기술이 필요하다. 추천적인 노하우에 의해 완성될 언어의 지혜를 행동의 기술, 이 두 가지를 잘 갖고 한다면 어떤 상황에서도 여유롭게 잘 음을 처리해 나아갈 수 있다. 이 책에 담긴 언어의 지혜와 행동의 기술을 따라가며 체화한다면 당신도 뭐 아닌 행동가, 최승의 달인이 될 것이다.

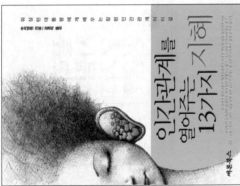

인간관계를 열어주는 137가지 지혜

- 쓰지에런 지음
- 강경이 옮김
- 304면
- 값 10,000원

완벽한 인격과 고귀한 인품으로 매주 최고의 영향력을 발휘한 리더, 조직 위상인이 진정으로 갖춘 인간관계를 위한 지침서를 복잡하게 얽히고 설킨 현대사회에서 어떻게 사람을 대할 것인지에 관한 위상인의 주옥 같은 원칙들을 쉽게 풀어 설명하고 있다. 그의 조언 속에 녹아 있는 양심·자존·신용·우의·우정·해당·예절 등에 관한 137가지 지혜는 당신의 인간관계를 쉽게 열어줄 것이다.

뛰어나 급커브를 돌 때에도 문제없었다. 열차 내부는 칸막이 쳐진 객실 대신 양쪽으로 긴 의자가 마주보며 놓여 있었고, 그 사이에 있는 복도를 통해 화장실이나 다른 객실로 이동할 수 있었다. 두 개의 차량 사이에 연결 통로가 있어 한 차량에서 다른 차량으로 이동이 가능했다. 따라서 승객들은 열차의 한쪽 끝에서 다른 쪽 끝까지 왕래하며 휴게실, 식당, 흡연실, 커피숍 등을 이용할 수 있었다. 조만간 열차 안에 극장이 마련될 날도 올 것이다.

복도에는 서적이나 신문 판매인뿐 아니라 술과 먹을거리, 담배 파는 사람들이 쉴 새 없이 다녔는데 이들의 인기는 매우 좋았다.

저녁 6시, 열차는 오클랜드 역을 출발했다. 날이 일찍 어두워져 쌀쌀해지더니 이내 어두운 밤이 시작되었다. 하늘은 금방이라도 눈송이를 뿌려댈 듯한 구름 떼로 가득 덮였다. 열차는 그리 대단한 속력을 내지는 않았다. 역에서 정차하는 시간까지 포함해 시속 32킬로미터 정도로 달렸지만 예정된 시간 내에 미 대륙을 횡단해 목적지에 이르는 데에는 충분했다.

객차 안 승객들은 말이 없었다. 곧 졸음이 밀려올 시간이기도 했다. 파스파르투는 픽스 형사와 나란히 앉아 있었지만 그와 얘기를 나누진 않았다. 최근 그들의 관계는 급속도로 냉각되어 있었다. 우정이나 신뢰 따윈 옛이야기였다. 사실 픽스 형사의 태도는 예전과 별반 달라지지 않았지만 파스파르투는 픽스에 대해 극도의 경계심을 품은 채 조금이라도 의심스러운 행동을 보이면 당장이라도 목을 조를 태세였다.

열차가 출발한 지 한 시간이 지났을 때 눈이 내리기 시작했다. 다행히 눈발이 가늘었기 때문에 열차의 진행에 방해가 되지는 않았다. 차창 밖은 온통 하얀 천으로 뒤덮인 듯했고, 그 위로는 열차가 뿜어낸 잿빛 연기만이 소용돌이치고 있었다.

8시가 되자 역무원이 들어와 취침시간을 알렸다. 포그 씨가 탄 객차는 침대차를 겸했기 때문에 몇 분 만에 간이침실로 변했다. 좌석 등받이를 젖히고, 정교한 장치를 이용해 잘 감춰져 있던 간이침대를 펼치자 순식간에 침실이 꾸며졌다. 승객들은 모두 안락한 침대를 하나씩 차지했다. 두꺼운 커튼이 쳐져 있어 타인의 시선으로부터 안전했다. 새하얀 시트에 베개는 푹신했다. 이제 승객들은 기선의 쾌적한 선실에서처럼 편안하게 누워 잠들기만 하면 되었다. 그동안 열차는 캘리포니아 주를 전속력으로 가로질렀다.

샌프란시스코와 새크라멘토 사이에 펼쳐진 지형은 비교적 평탄했다. 센트럴 퍼시픽 철도에 속하는 이 구간은 새크라멘토를 출발점으로 하여 동쪽으로 향한 뒤 오마하에서 시작하는 지선과 만나게 된다. 샌프란시스코에서 캘리포니아 주의 주도인 새크라멘토까지 이르는 노선은 샌파블로 만으로 흘러드는 아메리카 강을 따라 곧장 북동쪽으로 뻗어 있다. 200킬로미터가량 떨어진 두 대도시 사이를 여섯 시간 만에 달린 열차는 승객들이 선잠이 들어 있던 자정 무렵에 새크라멘토를 통과했다. 따라서 승객들은 캘리포니아 주 정부 소재지인 이 중요한 도시를 구경하지 못했다. 새크라멘토의 멋진 항구도, 넓은 거리도, 화려한 호텔도, 광장도, 교회도 보지 못했다.

새크라멘토를 벗어난 열차는 정션, 로친, 오번, 콜팩스 역을 차례로 지난 뒤 시에라네바다 산맥으로 접어들었다. 아침 7시에는 시스코 역을 지났다. 그로부터 한 시간 뒤 공동침실은 다시 객차로 바뀌었고, 여행객들은 차창을 통해 산악 지방의 그림 같은 풍경을 감상할 수 있었다. 열차는 시에라 산맥의 변덕스러운 지형에 순종하여 때로는 산허리에 찰싹 붙어 가기도 했고 때로는 낭떠러지 위에 매달리듯 가기도 했다. 때로는 대담한 급커브를 틀어 가파른 절벽을 지나며 끝이 보이지 않는 협곡으로 접어들었다. 강렬한 빛을 쏘아대는 전조등을 켜고 은빛 종과 돌출된 배장기를 달리면서 열차는 성 궤처럼 빛을 발했다. 기차가 뿜어내는 기적과 굉음은 급류와 폭포 소리에 섞여 들렸고, 기차가 내뿜는 연기는 새까만 전나무 가지를 휘감았다.

터널이나 교각은 거의 보이지 않았다. 철로는 지름길을 내기 위해 자연을 해치는 대신 산허리를 따라 굽이굽이 돌아 나아갔다.

9시, 열차는 여전히 동북쪽을 향해 달리며 카슨 계곡을 지나 네바다 주를 통과했다. 점심 식사를 위해 리노 역에 20여 분간 정차한 뒤 열차는 정오에 이곳을 출발했다. 이 지점부터 철로는 험볼트 강을 끼고 북으로 몇 킬로미터 나아간 뒤 동쪽으로 우회한다. 그런 다음 험볼트 강을 따라 강의 발원지이자 네바다 주의 동쪽 끝에 위치한 험볼트 산맥에 이른다.

점심 식사를 마친 포그 씨와 아우다 부인 일행은 객차로 돌아와 자리에 앉았다. 좌석에 편히 앉은 네 사람은 눈앞에 펼쳐지는 다채로운 풍경을 감상했다. 드넓은 초원, 지평선을 따라 끝없이 이어진 산맥, 거품을 일으키며 흐르는 시냇물 등. 때때로 어마어마한 규모의 들소 떼가 움직이는 둑처럼 멀리서 나타났다. 셀 수 없을 만큼 많은 이 반추동물 무리는 종종 열차의 진행에 치명적인 장애가 되기도 한다. 수천 마리에 이르는 이 짐승 떼가 몇 시간 동안 꼬리에 꼬리를 물고 철로 위를 지나가는 광경이 목격되기도 했다. 그럴 때면 열차는 짐승이 다 통과할 때까지 기다리는 수밖에 없다.

그런데 이 같은 일이 포그 씨의 열차에도 벌어졌다. 오후 3시경, 만여 마리의 들소 떼가 철로를 막았다. 열차는 속력을 줄인 후 배장기로 거대한 행렬의 측면을 밀치며 뚫고 나가려 했지만 결국 멈춰 설 수밖에 없었다.

미국인들이 버펄로라고 잘못 부르는 이 반추동물 무리는 우렁찬 울음소리를 내며 느릿느릿 지나갔다. 유럽의 황소보다 몸집이 더 큰 이 짐승들은 다리와 꼬리가 짤막하고, 뿔은 갈라져 있고, 어깨뼈 사이에는 근육이 툭 불거진 데다 머리, 목, 어깨는 기다란 털로 수북이 덮여 있었다. 이들의 이동을 막을 생각은 하지 않는 것이 좋다. 들소 떼가 일단 진행 방향을 결정하고 나아갈 때는 아무도 이를 막아서거나 방향을 바꿀 수 없다. 그 어떤 댐으로도 막을 수 없는 살아 있는 급류이기 때문이다.

승객들은 차량 사이를 잇는 연결 통로로 나와 이 진귀한 광경을 구경했다.

하지만 그 누구보다 마음이 조급해야 할 필리어스 포그는 자리에 남아 들소 떼가 어서 지나가기를 '철학적'인 태도로 기다렸다. 반면 파스파르투는 이렇게 지연되는 시간에 화가 나 안절부절못했다. 장만해둔 권총 자루에서 총을 꺼내 쏘아대고 싶을 정도였다.

"뭐 이런 나라가 다 있어!"

파스파르투가 투덜댔다.

"짐승 떼가 열차를 막고 서서 아무렇지도 않은 듯 한가하게 지나가는 꼴이라니! 게다가 기관사라는 작자는 기관차로 저 버릇없는 짐승들을 밀어내지도 못하고!"

기관사가 억지로 장애물을 뚫으려 하지 않은 것은 잘한 일이었다. 만약 열차의 배장기로 밀어붙였다면 앞의 몇 마리는 밀어냈겠지만 결국 기관차가 탈선하고 말았을 것이고, 그렇게 되면 더 큰 혼란에 빠졌을 것이다.

열차의 속력을 높여 지연된 시간을 만회할 생각을 하고, 일단 인내심을 갖고 기다리는 것이 최선이었다. 들소 떼의 행진은 족히 세 시간가량 진행되었고, 이미 날은 어두워졌다. 행렬의 마지막 무리가 철로를 통과할 즈음 앞 무리는 이미 남쪽 지평선 뒤로 사라진 뒤였다.

열차는 저녁 8시가 되어서야 험볼트 산맥을 통과했고, 8시 30분에는 모르몬 교도들의 본거지이자 거대한 그레이트솔트 호가 있는 유타 주에 접어들었다.

XXVII. 파스파르투, 시속 30킬로미터 기차 안에서 모르몬교의 역사를 듣다

12월 5일 밤, 기차는 남동쪽으로 80킬로미터를 달리다가 북동쪽을 향해 그만큼의 거리를 다시 올라간 후 그레이트솔트 호에 접근했다.

아침 9시경, 파스파르투는 바람을 쐬기 위해 연결 통로로 나왔다. 날씨는 쌀쌀했고 하늘도 흐렸지만 눈은 내리지 않았다. 안개 속에서 더욱 확대되어 보이는 태양의 둥근 외곽선이 거대한 금화처럼 보였다. 실제 금화였다면 몇 파운드의 돈으로 환산될까 하는 제법 실질적인 계산을 하고 있는데 갑자기 낯선 사람의 모습이 보였다.

엘코 역에서 탑승한 이 사람은 훤칠한 키에 짙은 갈색머리, 검은 콧수염을 기르고 있었고, 검은 양말에 검은 실크 모자와 검은 조끼, 검은 바지를 입었으며 하얀 넥타이와 개가죽 장갑을 착용하고 있었다. 얼핏 보아 목사인 듯했다. 그는 열차의 한쪽 끝에서 다른 쪽 끝으로 이동하며 각 객차의 문 위에 손으로 직접 쓴 전단지를 풀로 붙이고 다녔다.

파스파르투는 다가가 전단지 위에 적힌 메모를 읽었다. 모르몬교 선교사인 윌리엄 히치 장로가 48호 열차에 탑승했으니, 이 기회에 '마지막 날의 성도'들이 모인 모르몬교의 신비한 교리에 관심 있는 신사 분들을 초청해 강연을 하겠다는 공지였다. 강연은 11시부터 한 시간 동안 117호 차량에서 열릴 것이었다. 파스파르투는 모르몬 교도들의 기본적인 사회제도가 일부다처제라는 사실 외에 이 종교에 대해 아는 바가 없었지만 "한번 가보기나 할까?"라고 중얼거렸다.

이 강연 소식은 100여 명의 승객이 탑승한 열차 내에 순식간에 퍼졌다. 11시가 되자 그중 30여 명의 승객이 강연을 듣기 위해 117호 차량으로 모여들었다. 파스파르투 역시 이곳으로 와 맨 앞줄에 자리를 잡았다. 그의 주인과 픽스는 이런 강의를 듣기 위해 번거롭게 움직이고 싶어 하지 않았다.

시간이 되자 윌리엄 히치가 일어나 벌써 반박이라도 당한 듯 흥분한 목소리로 입을 열었다.

"분명히 말씀드리지만 조 스미스는 순교자였습니다. 그의 형제 하이럼도 마찬가지입니다. 그런데 우리 예언자에 대한 미 연방 정부의 탄압은 이제 브리검 영마저 순교자로 만들려 하고 있습니다. 제 말이 틀렸습니까?"

침착해 보이는 얼굴과는 달리 과격한 어투로 말하는 이 선교사에게 그 누구도 반박할 용기를 내지 못했다. 사실 선교사가 이토록 분노를 터뜨리는 데에도 나름의 이유가 있었다. 최근 미국 정부가 독립된 공동체를 이루며 지내는 모르몬 광신도들을 탄압하며 그 수를 줄이려고 하는 탓에 모르몬교는 위기에 빠져 있었다. 모르몬 교도가 몰려 있는 유타 주를 장악한 정부는 이들에게 연방 법을 따르도록 명했다. 그리고 브리검 영을 반역죄와 중혼죄로 투옥하기도 했다. 이때부터 감옥에 간힌 선지자의 제자들은 혼신을 다해 미 정부에 맞서 싸우되, 재판이 시작되기 전까지 오직 말로써 연방 의회의 요구에 대항해나갔다.

월리엄 히치 장로가 열차 안에서까지 모르몬교 지지 운동을 하는 것도 이런 맥락에서였다.

그는 격렬한 제스처에 열변을 토하며 창세 이래 모르몬교의 역사에 대해 이야기하기 시작했다. 요셉 족속의 어느 모르몬 선지자가 새로운 종교의 연대기를 글로 쓴 뒤 아들인 모로니에게 이를 전해준 일, 그로부터 몇 세기가 지난 뒤 이집트 문자로 기록된 이 귀중한 책이 버몬트 주의 농부인 조지프 스미스 주니어에 의해 번역된 일, 1825년 스미스 주니어가 계시를 받고 선지자가 된 일, 그리고 어느 날 빛으로 찬란한 하늘의 천사가 숲 속에 나타나 그에게 주님의 역사를 계시해준 일 등.

선교사의 역사 이야기에 지루해진 몇몇 사람들이 자리를 떠났다. 하지만 월리엄 히치는 이야기를 계속했다.

이후 스미스 주니어는 아버지와 두 명의 형제, 그리고 몇몇 제자들과 함께 '마지막 날의 성도'들이 모인 모르몬교를 창시하게 되었다. 이 종교는 미국뿐 아니라 영국과 스칸디나비아 반도, 독일 등으로 전해졌고, 신도 중에는 장인과 자유직 종사자들도 있었다. 오하이오 주에 본거지를 마련한 뒤 20만 달러를 들여 교회를 세우고, 커틀랜드에 도시를 건설하기도 했다. 그 후 대범한 은행가로 변신한 스미스는 어느 날 미라 전시인으로부터 아브라함이 친필로 기록한 글과 저명한 이집트인들이 파피루스에 기록한 연대기를 입수했다.

점점 길어지는 이야기에 자리를 뜨는 사람이 더 늘어났다. 이제 20여 명의 사람만 남아 있었다.

하지만 좌석이 비는 것에 아랑곳하지 않고 히치 장로는 이야기를 계속했다.

1837년에 조 스미스는 파산했고, 그로 인해 피해를 입은 주주들이 그의 몸에 타르를 바른 뒤 깃털 위에 굴렸다. 그로부터 몇 년 후 스미스는 전과 비교도 할 수 없이 훌륭한 모습으로 미주리 주의 인디펜던스에 다시 나타나 3천 명 이상의 신도들을 데리고 부흥하는 교회의 책임자가 되었다. 하지만 이단자들의 모함 때문에 미국 서부 끝으로 피신해야만 했다.

이제 남은 청중은 열 명뿐이었다. 그중 하나인 파스파르투는 귀를 활짝 열고 경청하고 있었다.

오랫동안 박해를 받은 스미스는 일리노이 주에 다시 나타나 1839년 미시시피 강 연안에 노보라벨이라는 도시를 세웠는데, 인구가 2만 5천 명에 이를 정도로 성장했다. 스미스는 이 도시의 시장, 대법원장, 총사령관의 임무를 수행했다. 1843년, 스미스는 미 연방 대통령 선거에까지 출마했으나 카시지에서 모함을 당해 감옥에 갇힌 뒤 결국 복면을 쓴 괴한들에게 암살당했다.

이제 객차 안에 남은 청중은 파스파르투 한 명뿐이었다. 윌리엄 히치 장로는 파스파르투를 정면으로 바라보며 최면을 거는 듯한 말투로 이야기를 진행했다.

스미스가 암살된 지 2년 후, 그의 뒤를 이어 선지자가 된 브리검 영은 노보라벨을 떠나 솔트 호 근처로 이주했다. 캘리포니아 주로 이동할 때 지나가는 길목이기도 한 이 거대하고 비옥한 땅에 모르몬교 공동체를 이룬 뒤 일부다처제를 통해 빠른 속도로 이를 성장시켰다.

여기까지 설명을 마친 윌리엄 히치가 다음과 같은 말로 연설을 이어갔다.

"자, 이것이 바로 미 의회가 우리를 질투하는 이유입니다! 이것이 바로 미 연방군이 유타 주를 짓밟은 이유입니다! 이것이 바로 우리의 지도자인 브리

검 영 선지자를 부정한 방법으로
투옥시킨 이유입니다! 이대로 당
해야만 합니까? 절대 안 됩니다.
버몬트에서, 일리노이에서, 오하
이오에서, 미주리에서, 유타에서
쫓겨났지만 우리는 다시 독립된
땅을 찾아내어 우리의 장막을 세
울 것입니다."

월리엄 히치 장로는 유일하게
홀로 남은 청중을 똑바로 응시하
며 말을 이었다.

"나의 신실한 신도여, 우리의 깃
발 아래 당신의 장막을 함께 세우
지 않겠습니까?"

"싫어요."

파스파르투는 용감한 대답을 남
기고는 광신도 설교자를 광야에
홀로 남겨둔 채 자리를 떠났다.

그사이 열차는 빠르게 달려 12
시 30분이 되었을 때 솔트 호의 서
북단에 다다랐다. 이곳에서부터는
솔트레이크 내해와 그 주변이 한
눈에 들어온다. '사해'라는 별칭을

갖고 있는 이 호수로 미국의 요단 강, 즉 조던 강이 흘러든다. 호수 주변은 넓적하고 웅장한 바위로 둘러싸여 있는데, 이들 바위 표면에는 하얀 소금이 덕지덕지 붙어 있었다. 이 아름다운 물줄기의 면적은 예전에는 훨씬 더 넓었다. 하지만 시간이 지나면서 둔덕이 조금씩 높아져 면적은 줄어들고, 대신 수심은 더욱 깊어졌다.

길이가 100킬로미터, 너비가 55킬로미터에 이르는 그레이트솔트 호는 해발 1,000미터가 넘는 고지대에 위치했다. 이것이 해수면보다 360미터 낮은 지대에 위치한 중동의 사해와 뚜렷하게 대비되는 점이었다. 하지만 솔트레이크는 염분의 농도가 매우 높았다. 물에 녹아 있는 소금을 응고시킨 무게가 물 무게의 4분의 1을 차지할 정도이니 말이다. 증류수의 비중이 1,000인데 비해 이 호숫물의 비중은 1,170이었다. 따라서 물고기도 살 수 없었다. 조던이나 웨버, 그 밖의 강에서 흘러온 고기들도 곧바로 죽고 만다. 하지만 사람이 가라앉지 않을 정도로 부력이 강하다는 말은 사실이 아니다.

호수 주변에 펼쳐진 땅은 잘 경작되어 있었다. 사실 모르몬 교도들은 훌륭한 일꾼들이다. 가축을 기르는 우리, 밀과 옥수수, 수수가 자라는 논밭, 윤기나는 초목이 자라는 들판, 사방에 깔린 들장미 넝쿨, 아카시아와 버드나무 수풀 등. 6개월 후의 풍경이 이러할 것이다. 아직은 싸라기눈이 얇게 땅을 덮고 있었다.

오후 2시, 열차가 오그던 역에 도착했다. 다시 출발하는 시간은 저녁 6시. 따라서 포그 일행은 자그마한 지선 열차를 타고 모르몬 교도들의 거주지인 솔트레이크시티에 가볼 여유가 있었다. 두 시간이면 충분히 둘러볼 수 있는 이 도시는 미국의 다른 도시들과 동일한 모형을 바탕으로 설계된 듯 완전히 미국식이었다. 빅토르 위고의 표현처럼 '직각의 가련한 비애'라는 말이 딱 어울리는 차가운 직선으로 이뤄진 거대한 장기판 같았다. 모르몬교의 도시를 세운 그 사람도 앵글로색슨족 특유의 대칭에 대한 집념에서 벗어날 수 없었던 모양이다. 제도는 훌륭하나 이를 뒷받침할 훌륭한 국민이 결여된 이 묘한 나라는 도시도 집도 모두 네모 반듯하게 설계되어 있었다. 심지어 이들은 실수를 저지를 때도 네모처럼 정확하게 저지른다.

오후 3시, 포그 일행은 조던 강과 워새치산맥의 굴곡이 시작되는 위치 사이에 건설된 이 도시의 거리를 돌아다녔다. 교회는 거의 보이지 않았고, 선지자의 집이나 법원, 무기 창고와 같은 대형 건물이 보였다. 푸르스름한 벽돌로 지어진 주택에는 베란다와 발코니가 있었고, 아카시아와 야자나무가 들어선 정원도 갖추어져 있었다. 1853년, 진흙과 자갈로 지어진 성벽이 도시 외곽을 둘러싸고 있었다. 시장이 들어선 중심지에는 깃발로 장식된 멋진 건물이 들어서 있었는데 그중 하나가 '솔트레이크 하우스'였다.

포그 일행은 이곳의 인구가 그리 많지 않다고 느꼈다. 거리는 매우 한산했다. 하지만 울타리로 둘러싸인 여러 구역을 지나 이르는 대사원은 예외였다. 이 도시에는 여성이 많아 보였는데, 아마도 모르몬 교도들의 특이한 가족 구성 방법 때문일 것이다. 하지만 모든 모르몬 교도들이 일부다처로 산다고 생각하면 안 된다. 사실 일부다처제의 선택 여부는 자유다. 다만 독신 여성은 천국에 갈 수 없다는 종교적 윤리 때문에 어떻게 해서든 결혼을 하려고 애쓰는 쪽은 오히려 여성이었다. 이 가련한 피조물들은 그리 행복하거나 윤택한 삶을 누리는 것 같지 않아 보였다. 부유한 집안 사람으로 보이는 몇몇 여성이 앞이 트인 검은 실크 재킷을 입고, 수수한 숄이나 모자를 걸친 채 지나갔다. 그 외의 여성들은 옥양목으로 만든 옷을 입고 있었다.

신념이 매우 강한 파스파르투는 여러 명이서 한 남자의 행복을 떠받들어야 하는 모르몬교 여성들을 공포의 시선으로 바라보았다. 하지만 그의 논리로 보면 모르몬교 남성들이 더 불쌍했다. 영광스런 조 스미스가 기다리는 하늘 낙원에서 자신의 여성들과의 행복한 재회를 소망하며, 이 많은 여성들을 이끌고 세상의 모진 풍파를 감당해야 한다는 것이 너무나 끔찍하게 여겨졌다. 파스파르투는 그러한 삶에 대한 소명 같은 건 전혀 느끼지 못했다. 그는 이곳 여성들이 자신을 향해 심상치 않은 시선을 던지는 것 같아 걱정스러웠다.

다행히도 모르몬교가 집단으로 거주하는 이 도시에서 오래 머물진 않았다. 4시가 조금 안 되었을 때 포그 일행은 역에 도착해 열차에 올라 자리를 잡았다.

기적이 울렸다. 그런데 기관차의 바퀴가 선로 위를 미끄러지기 시작할 무렵, 누군가의 외침이 울려 퍼졌다.

"기다려요! 기다려주시오!"

하지만 달리는 열차는 서지 않는다. 방금 전 그 소리는 분명 늦게 도착한 모르몬 교도의 외침이었을 것이다. 그는 숨을 헐떡이며 달렸다. 다행히 플랫폼에는 문이나 빗장이 없었기에 그 사나이는 선로로 돌진해 마지막 차량에 올라탈 수 있었다. 숨이 끝까지 차오른 그 남자가 자리에 앉았다. 기막힌 행보를 지켜보던 파스파르투는 그를 유심히 관찰했다. 그 남자가 부부 싸움 끝에 달아났다는 사실을 알게 되었을 때 파스파르투의 관심은 한층 더 커졌다.

이 모르몬 교도가 숨을 돌리자 파스파르투는 용기를 내어 그의 아내가 몇 명이냐고 물었다. 그토록 정신없이 도망친 것으로 보아 적어도 스무 명은 될 것이라 추측하면서 말이다. 그러자 모르몬 교도가 두 팔을 하늘을 향해 쳐들며 대답했다.

"한 명입니다. 하나면 충분하죠!"

XXVIII. 파스파르투의 논리적 언어를
아무도
이해하려들지 않다

그레이트솔트 호와 오그던 역을 떠난 열차는 한 시간가량 북으로 달려 웨버 강에 이르렀다. 샌프란시스코 출발 이후 1,450킬로미터를 질주한 셈이었다. 이 지점부터 열차는 동쪽으로 방향을 틀어 워새치 산맥의 구불구불한 지형을 통과했다. 워새치 산맥과 로키 산맥 사이에 위치한 이 방대한 지역은 철로 건설 당시 토목기사들이 가장 난항을 겪었던 곳이다. 당시 평지에서의 공사에 대한 정부보조금이 1만 6천 달러인데 반해 이 구간 공사에 대한 보조금은 4만 8천 달러나 되었다. 이미 언급했듯 토목기사들은 이곳의 자연을 파헤치지 않고 교묘히 장애물을 우회하기 위해 여러 가지 묘수를 발휘해야 했다. 광활한 분지까지 이르는 이 코스에서 터널이라고는 4,200미터짜리 터널 하나뿐이었다.

철로의 코스에서 고도가 가장 높이 곳이 바로 솔트 호였다. 이곳을 기점으로 완만한 경사를 이루며 비터크릭 계곡까지 내려온 철로는, 하나의 물줄기가 둘로 갈라져 각각 대서양과 태평양으로 흘러 들어가는 분기점에 이른다. 이 산악 지역에는 수많은 하천이 흐르고 있다. 따라서 머디 강, 그린 강 등 여러 다른 강 위에 설치된 교각을 건너야 한다. 파스파르투는 행선지가 가까워올수록 더욱 조바심을 내었다. 픽스 역시 이 험준한 지역을 한시라도 빨리 벗어나고 싶어 했다. 열차가 지연되거나 사고라도 날까봐 걱정을 떨치지 못한 채 그는 필리어스 포그보다 오히려 더 조바심을 내며 영국 땅에 발을 디딜 순간만 고대했다.

저녁 10시, 기차는 포트브리저 역에 잠시 정차했다가 곧바로 출발한 뒤 32킬로미터를 달려 와이오밍 주로 진입했다. 이곳으로 접근할 때 비터크릭 계곡을 죽 따라왔는데, 콜로라도 강의 수계를 이루는 지류 중 하나가 이 계곡에서 출발한다.

이튿날인 12월 7일, 그린리버 역에서 15분간 정차했다. 밤사이 눈이 펑펑 내렸다. 다행히 진눈깨비였기 때문에 열차의 운행에 지장을 줄 정도는 아니었다. 하지만 파스파르투는 걱정을 떨쳐버릴 수 없었다. 눈이 쌓이면 열차의 바퀴가 움직이지 못할 테고, 이는 분명 여행일정에 차질을 빚을 것이 아니겠는가!

"주인님도 그렇지. 어쩌자고 한겨울에 이런 여행을 할 생각을 하신 건지! 날씨가 좋아질 때까지 기다렸으면 내기 승률도 훨씬 높았을 텐데."

충직한 젊은 하인이 기상 상태를 걱정하는 동안 아우다 부인은 전혀 다른 차원의 문제로 염려하고 있었다. 열차가 정차한 사이 객차에서 나와 그린리버 역의 플랫폼을 거닐던 몇몇 승객 중에서 스탬프 W. 프록터 대령을 발견한 것이다. 이자는 샌프란시스코에서 집회가 있던 날 필리어스 포그 씨에게 무례하게 행동했던 바로 그 사람이다. 아우다 부인은 이 남자의 눈에 띄지 않기 위해 몸을 뒤로 뺐다.

아우다 부인은 극심한 염려에 사로잡혔다. 사실 그녀는 냉정한 듯 보이면서도 매일같이 절대적인 헌신을 보여주는 이 신사에게 깊은 애착을 느끼고 있었던 것이다. 생명의 은인이 자신에게 불어넣은 감정이 얼마나 깊은지 본인마저도 미처 깨닫지 못하고 있었다. 그녀는 이 감정을 감사라는 이름으로 표현하고 있었지만, 그녀의 마음은 자신도 모르는 사이 감사 이상으로 발전해 있었다.

그러니 포그 씨가 언젠가 다시 찾아내어 빚을 갚겠다고 선언한 그 무례한 남자가 이곳에 있다는 사실을 알았을 때, 그녀는 심장이 멎는 듯했다. 물론 프록터 대령이 이 열차에 타게 된 것은 우연이었다. 중요한 것은 필리어스 포그가 자신의 적을 발견하지 못하도록 무슨 수를 써서라도 막아야 한다는 사실이었다.

열차가 출발한 후 포그 씨가 잠시 잠을 청한 틈을 타 아우다 부인은 픽스 형사와 파스파르투에게 상황을 알렸다.

"프록터, 그자가 열차에 있다고?"

픽스 형사가 놀라며 말했다.

"하지만 안심하십시오, 부인. 그놈이 포그 씨와 한판 붙기 전에 제가 먼저 가만두지 않을 테니까요. 그자한테 가장 큰 모욕을 당한 사람은 누가 뭐라해도 저니까요."

"저도 가만있지 않겠습니다. 그자가 대령이면 뭐 어떻습니까!"

파스파르투도 거들었다.

"하지만 픽스 씨."

아우다 부인이 말했다.

"포그 씨는 절대 자신의 명예를 회복하는 일을 다른 사람에게 맡기지 않을 거예요. 그는 명예를 중시하는 신사예요. 미국으로 돌아와 자신을 모욕한 자를 반드시 다시 만날 거라고 말했어요. 그러니 포그 씨가 열차 안에서 대령을 발견하는 날엔 두 사람의 치명적인 대결은 불가피해져요. 포그 씨가 프록터 대령과 마주치지 않도록 하는 게 최선이에요."

"부인 말이 옳습니다."

픽스 형사가 대답했다.

"결투가 벌어지는 날엔 모든 게 끝이지요. 이기든 지든 포그 씨의 여행은 늦어질 테니까요."

"그럼 혁신 클럽 신사 양반들만 좋아할 일이죠. 나흘 후 우린 반드시 뉴욕에 있을 겁니다. 나흘 동안 주인님이 절대 객차 밖으로 나가시지 못하게 한다면 그 빌어먹을 미국놈과 마주칠 일도 없을 겁니다. 우리가 방법을 찾아낼 수 있을 거예요."

포그 씨가 잠에서 깨어나는 바람에 대화는 여기서 중단되었다. 포그 씨는 눈발이 부딪치는 차창 너머로 풍경을 감상했다. 잠시 후 파스파르투는 픽스 형사의 귀에 대고 넌지시 물었다.

"그런데 정말로 주인님을 위해 싸울 생각이오?"

"난 산 채로 그를 유럽으로 데려가기 위해 모든 것을 다할 거요."

픽스 형사의 간결한 대답 속에는 부정할 수 없는 강한 의지가 배어 있었다.

파스파르투는 온몸에 전율을 느꼈지만 주인에 대한 믿음은 절대 약해지지 않았다.

그런데 이제부터 포그 씨가 그 대령과 마주치는 것을 방지하기 위해 객차 안에 붙잡아두려면 무슨 수를 써야 할까? 다행히 포그 씨는 호기심이 많거나 이곳저곳 돌아다니는 성격이 아니라 크게 어려울 것 같진 않았다. 아무튼 픽스 형사는 좋은 묘수를 생각해내고는 잠시 후 포그 씨에게 다음과 같은 제안을 했다.

"이렇게 열차에 갇혀 몇 시간을 보내려니 너무 지루하지 않습니까?"

"그래도 시간은 계속 흐릅니다."

"배로 여행할 때에는 휘스트 게임을 하셨다고 했죠?"

"네. 하지만 여기서는 어려울 듯하군요. 전 카드도 없고, 파트너도 없으니까요."

"문제될 것 없죠. 카드야 열차 안에서 살 수 있습니다. 미국 열차 안에서는 모든 걸 다 파니까요. 그리고 파트너는…… 혹시 부인께서도……."

"물론이에요, 픽스 씨."

아우다 부인이 기다렸다는 듯 대답했다.

"영국식 교육 과정에는 휘스트 게임도 포함되어 있어요."

"저도 조금은 할 줄 압니다."

픽스 형사가 말을 이었다.

"그럼 우리 세 사람에 더미장식용 인형. 카드놀이에서는 인원수가 모자랄 때 게임에 참가하지는 않으면서 빈자리를 채워주는 역할을 뜻한다 한 사람을 포함해서……."

"좋은 생각이군요."

포그 씨는 그토록 좋아하는 휘스트 게임을 열차에서도 즐기게 되어 기쁘기 그지없었다.

파스파르투가 재빨리 나갔다가 잠시 후 카드 두 세트와 점수표, 말, 천으로 뒤덮인 간이 탁자를 가지고 돌아왔다. 모든 게 완벽했다. 곧 게임이 시작되었다. 아우다 부인은 냉정한 포그 씨가 칭찬을 할 정도로 게임에 능숙했다. 픽스 형사는 초보 수준에 불과했지만 그럭저럭 포그 씨에게 맞서나갔다.

"이제 됐군."

파스파르투가 중얼거렸다.

"주인님은 밖으로 안 나가실 거야."

오전 11시, 열차는 하나의 물줄기가 두 개의 대양으로 갈라지는 분기점에 도달했다. 이곳은 해발 2,250미터의 고지에 달하는 브리저 고개였다. 철도가 지나는 로키 산맥 구간에서 가장 높은 지대 중 하나다. 이곳에서 320킬로미터만 더 달리면 기다란 평원에 이르는데, 그 끝이 대서양까지 닿아 있는 이 평지는 철로 건설에 안성맞춤이었다.

대서양으로 향하는 비탈 위로 이미 작은 물줄기가 여기저기 흐르고 있었는데, 이들은 노스플랫 강의 지류였다. 북동부 지평선에는 우뚝 솟은 래러미 봉우리를 기점으로 반원으로 이어진 로키 산맥 북부의 산들이 거대한 휘장처럼 늘어서 있었다. 이 산맥에서 철도가 있는 곳까지 펼쳐진 드넓은 평원에는 풍부한 물줄기가 흐르고 있었다. 선로의 오른편으로는 산맥의 구불구불한 비탈이 시작되고 있었는데, 이 산맥은 남쪽으로 둥글게 뻗어 그 정점이 아칸소 강의 발원지까지 닿아 있다. 아칸소 강은 미주리 강의 큰 지류 중 하나다.

12시 30분, 승객들은 우뚝 솟은 할렉 요새의 모습을 얼핏 보았다. 이제 몇 시간만 더 달리면 로키 산맥 구간이 끝난다. 이 험준한 지역을 무사히 통과할 때까지 아무런 사고도 발생하지 않기만 바라면 되었다. 눈발도 그쳤다. 날씨는 차고 건조했다. 기관차가 지나는 소리에 놀란 커다란 야생 조류들이 도망치듯 멀리 날아갔다. 곰이나 늑대 같은 야수들은 보이지 않았다. 이곳은 말 그대로 벌거벗은 광야였다.

열차에서 제공하는 제법 훌륭한 점심 식사를 마친 뒤 포그 씨 일행은 끝나지 않는 그들만의 게임을 다시 시작했다. 그런데 갑자기 요란한 경적이 울리고, 열차가 멈추었다.

파스파르투는 머리를 문밖으로 내밀어 보았지만, 열차가 멈춘 이유를 알 수 없었다. 기차역에 도착한 것은 아닌 듯했다.

아우다 부인과 픽스는 혹시라도 포그 씨가 열차 밖으로 나가지 않을까 싶어 잠시 긴장했다. 하지만 포그 씨는 하인을 대신 내보냈다.

"밖에 무슨 일이 일어났는지 알아보고 오게."

파스파르투가 잽싸게 밖으로 나갔다. 이미 40여 명의 승객이 자리를 떠나 선로 위로 내려왔는데, 그중에는 프록터 대령도 있었다.

정지한 열차 앞에서 붉은 신호기가 철로를 막고 있었다. 기관사와 차장이 선로 위로 뛰어내려, 다음 정거장인 메디신보의 역장이 보낸 철로 경비원과 격렬한 논쟁을 벌였다. 승객들도 다가가 이에 동참했다. 그중 하나가 바로 프록터 대령이었는데, 그는 과격한 제스처와 목청으로 논쟁에 가담하는 중이었다.

파스파르투가 다가가자, 철로 경비원의 말이 들렸다.

"안 됩니다. 이곳을 지나갈 방법이 없습니다. 메디신보 다리가 휘청이고 있어 열차의 무게를 감당하지 못할 겁니다."

문제의 다리는 열차가 정지한 지점에서 1,600미터 떨어진 계곡에 걸쳐진 현수교였다. 철로 경비원의 말에 따르면 이 다리는 현재 무너지기 일보 직전에다가, 케이블도 여러 개가 끊어져 있어 열차가 통과할 수 없다는 것이다. 그의 말이 과장이라고 생각해선 절대 안 된다. 안전 불감증을 갖고 있는 미국인들이 이렇게 조심할 정도라면 정말로 위험한 일이기 때문이다.

파스파르투는 그 자리에 동상처럼 얼어붙었다. 이를 꽉 문 채 주인에게 사실을 알릴 용기도 나지 않았다.

"그렇군요."

이때 프록터 대령이 소리쳤다.

"그럼 우리더러 이런 눈밭에 꼼짝없이 뿌리박고 앉아 있으란 말이오?"

"대령님."

차장이 그를 보며 말했다.

"열차를 하나 보내달라고 오마하 역에 전보를 쳤습니다. 물론 열차가 도착하려면 여섯 시간은 걸릴 겁니다."

"여섯 시간이라고?"

파스파르투가 몸을 소스라쳤다.

"네, 그렇습니다. 하지만 어차피 다음 역까지 걸어가는 데도 그 정도 시간은 필요할 겁니다."

"여섯 시간이라니……."

승객들이 술렁이기 시작했다.

"그럼 다음 역까지의 거리는 얼마나 되오?"

승객 중 하나가 차장에게 물었다.

"강을 건넌 뒤 이십 킬로미터 정도 가면 됩니다."

"눈밭에서 이십 킬로미터를 걸으라고!"

프록터 대령이 소리쳤다.

그는 철도회사와 차장에게 비난을 쏟아 부으며 온갖 욕설을 내뱉었다. 파스파르투도 격분해 다른 승객들과 함께 아우성쳤다. 이번에야말로 주인님의 은행권을 몽땅 준다 해도 해결할 수 없는 물리적 난관을 만난 것이다.

게다가 승객들은 시간을 빼앗기는 것은 차치하고, 눈으로 뒤덮인 평야를 수십 킬로미터나 걸어야 한다는 사실에 당혹스러워했다. 승객들의 비난과 항변의 소리가 하늘을 찌를 듯했지만, 게임에 몰두한 포그 씨는 이 소리에 귀를 기울이지 않았다.

파스파르투는 주인에게 상황을 알려야겠다고 생각했다. 어깨를 축 늘어뜨리고 열차로 향하려 할 때, 기관사가 소리쳤다. 그의 이름은 포스터였는데, 말 그대로 양키처럼 생긴 자였다.

"승객 여러분, 이곳을 통과할 방법이 있습니다."

"다리 위를 말이오?"

승객 중 하나가 물었다.

"네, 다리 위로요."

"열차를 타고?"

"네, 열차를 타고."

파스파르투가 걸음을 멈추고, 기관사의 말에 귀를 기울였다.

"하지만 다리가 곧 무너진다고 하지 않았소?"

차장이 반문했다.

"그건 중요치 않습니다. 열차의 속도를 최고로 높이고 달린다면 가능성이 있습니다."

"맙소사!"

파스파르투가 놀랐다.

하지만 승객 중 일부는 이미 기관사의 제안에 귀가 솔깃한 듯했다. 프록터 대령도 그중 하나였다. 다혈질인 대령은 이 같은 시도가 해볼 만하다고 여겨졌다. 그래서 전에 어떤 기차들이 시속을 높이고 다리도 없는 강을 뛰어넘은 적이 있다는 말까지 덧붙였다. 아무튼 대부분의 승객들은 이제 기관사의 제안에 설득된 상태였다.

"오십 퍼센트의 가능성은 있을 거야."

한 승객이 말했다.

"아니, 육십 퍼센트는 되지."

"팔십, 아니 구십 퍼센트는 될걸!"

파스파르투는 아찔했다. 메디신보 강을 통과하기 위해서라면 무엇이든 감행할 준비가 된 그였지만, 이번 시도는 지나치게 '미국적'인 듯했다.

"사실 더 간단한 방법이 있는데, 아무도 그 생각은 못 하는 모양이군!"

파스파르투는 혼자서 중얼거렸다.

"저기요."

파스파르투는 한 승객에게 말을 걸었다.

"제가 보기에 기관사의 제안은 다소 위험해 보이는데요. 대신……."

"가능성이 팔십 퍼센트예요."

승객은 딱 잘라 대답하고는 등을 돌렸다.

"저도 그건 압니다."

이번엔 다른 승객을 붙잡고 이야기해보았다.

"좀더 신중히 생각을……."

"더 생각할 것도 없지요! 기관사가 가능성이 있다고 말하잖아요."

"그렇죠. 가능하긴 하죠."

파스파르투가 대꾸했다.

"하지만 더 신중한 방법이……."

"더 신중한 방법?"

얼핏 신중이라는 말을 들은 프록터 대령이 펄쩍 뛰며 소리쳤다.

"최고 속도로 달린다고 하지 않았소! 최고 속도, 몰라요?"

"글쎄, 저도 안다니까요."

그 누구도 파스파르투의 말을 끝까지 들으려 하지 않았다.

"신중이라는 말이 귀에 거슬린다면, 좀더 자연스런 방법으로……."

"뭐가 어째? 이 작자가 도대체 무슨 헛소릴 하는 거야?"

사방에서 비난의 소리가 들려왔다.

파스파르투는 이제 누구를 붙잡고 말을 해야 할지 몰랐다.

"당신! 겁나는 거요?"

프록터 대령이 물었다.

"내가 겁나냐고?"

파스파르투가 말했다.

"좋아. 프랑스인도 미국인 못지않게 미국적이라는 걸 보여주지."

이때 차장이 소리쳤다.

"모두 승차하십시오."

"좋습니다."

파스파르투가 대답했다.

"승차하고 말고요. 하지만 아무리 생각해도 승객들이 먼저 걸어서 다리를 건넌 다음에 열차가 건너는 방법이 더 자연스럽다고 봅니다!"

아무도 이같이 똑똑한 생각을 귀담아듣지 않았다. 그 누구도 파스파르투의 말이 옳다는 사실을 인정하려고 들지 않았다.

승객들이 모두 객차로 돌아왔다. 파스파르투도 제자리에 돌아와 앉았지만 밖에서 일어난 일에 대해서는 언급하지 않았다. 그의 일행은 모두 휘스트 게임에 여념이 없었다.

기관차가 기적을 울렸다. 기관사는 멀리뛰기 선수가 도움닫기를 하듯 열차를 1.5킬로미터 정도 후진시켰다.

곧이어 두 번째 경적이 울리며 열차가 앞으로 진행하기 시작했다. 속도는 점차 높아져 무시무시한 수준으로 올라갔다. 기관차의 요란한 굉음 외에는 아무 소리도 들리지 않았다. 피스톤은 1초에 20회씩 움직였고, 바퀴에 연결된 차축은 기름 상자 안에서 연기를 뿜었다. 시속 160킬로미터로 질주하는

기차는 레일 위에 무게를 싣지 않고 나는 듯이 달렸다. 속도가 중력을 먹어 버린 것이다.

다리를 통과했다! 모든 것이 한순간에 지나갔다. 다리의 모습은 보지도 못했다. 마치 강의 한쪽에서 다른 한쪽으로 펄쩍 건너뛴 듯했다. 기관사는 역에서부터 8킬로미터나 더 달린 후에야 열차를 멈춰 세울 수 있었다.

그리고 열차가 강을 건너기가 무섭게 다리는 완전히 파괴되어 요란한 소리와 함께 메디신보 절벽 아래로 떨어졌다.

XXIX. 미국 철도 위에서만
만날 수 있는
갖가지 사건들

이날 저녁 열차는 더이상 어떤 장애도 만나지 않고 순조롭게 운행하며 샌더스 요새, 샤이엔 고개를 지나 에반스 고개에 이르렀다. 이 지점은 해발 2,430미터에 달하는 곳으로 열차의 전체 행로 중 가장 고도가 높았다. 이제부터는 대서양 분지에 위치한 끝없는 평야에 도착할 때까지 죽 내리막이 계속된다.

이곳에는 콜로라도의 주도인 덴버까지 운항하는 지선이 있었다. 콜로라도 주는 금광과 은광이 풍부한 곳으로 5만 명 이상의 주민이 정착해 살고 있었다.

이제 열차는 샌프란시스코 출발 이후 사흘 낮과 밤을 달려 총 2,200킬로미터를 주행했다. 이제 나흘만 밤낮으로 더 가면 뉴욕이다. 필리어스 포그의 일정에 딱 맞추어 진행되고 있었다.

밤사이 월바를 통과했다. 와이오밍 주와 콜로라도 주의 직선 경계를 따라 흐르는 로지폴 강이 철로와 평행을 이루며 뻗어 있었다. 11시가 되자 네브래스카에 진입했고, 세지윅 부근을 지나 사우스플랫 강 연안의 줄스버그에 이르렀다.

바로 이곳이 1867년 10월 23일 유니온 퍼시픽 철도의 개통식이 열린 곳이다. 당시 건설공사를 총지휘한 책임자는 J.M. 도지 장군이었다. 이날 두 대의 강력한 기관차가 초대 손님을 태운 아홉 칸의 차량을 이끌고 행사장에 도착했다. 손님 중에는 부통령인 토머스 C. 듀런트도 있었다. 환호성이 울려 퍼졌다. 인디언 부족 간의 전투를 그린 수족과 포니족의 공연이 펼쳐졌다. 불꽃놀이도 치러졌다. 그리고 휴대용 인쇄기로 찍어낸 『철도의 선구자』지의 창간호가 발행되기도 했다. 이 철도는 아직 존재도 하지 않는 미래의 주요 도시를 잇기 위해 사막을 가로질러 설계된 것이었다. 문명과 진보의 도구인 대철도의 개통식은 이렇게 진행되었다. 암피온의 하프보다 강력한 기관차의 기적이 머지않아 미국 땅 전체를 뒤흔들 것이다.

오전 8시, 맥퍼슨 요새를 지났다. 이곳은 오마하로부터 570킬로미터가량 떨어져 있다. 철로는 변덕스러운 사우스플랫 강을 왼편에 끼고 굽이굽이 달렸다. 9시, 플랫 강의 두 지류 사이에 건설된 도시인 노스플랫에 도착했다. 두 개의 강은 이 도시 부근에서 합쳐져 하나의 동맥을 이루는데, 이 거대한 물줄기는 오마하보다 약간 북쪽에 위치한 미주리 강과 합류한다.

서경 101도 선을 넘었다.

포그 씨 일행은 다시 휘스트 게임을 시작했다. 그 누구도 긴 철도여행에 대해 지루하다고 불평하지 않았다. 더미 역할인 파스파르투조차도 말이다. 픽스는 한동안 여러 번 게임에서 승리하더니 다시 잃기 시작했다. 하지만 그의 열정은 포그 씨 못지않았다. 이날 아침 행운의 여신은 이상하게도 포그 씨 편을 들어주었다. 모든 으뜸패가 그의 손안으로 들어왔다. 어느 순간 대담한 수가 떠오른 포그 씨가 스페이드를 내려고 하는데 갑자기 뒤에서 누군가 끼어들었다.

"나라면 다이아몬드를 내겠소."

포그 씨와 아우다 부인, 픽스가 고개를 들었다. 그곳에는 바로 프록터 대령이 서 있었다. 대령과 포그 씨는 곧바로 상대를 알아보았다.

"아! 영국 양반, 당신이었군!"

대령이 입을 열었다.

"그 상황에서 스페이드를 내려던 사람이 당신이었어."

"그야 내 맘이지."

스페이드 10을 바닥에 내려놓으며 포그 씨가 차갑게 대답했다.

"저런, 다이아몬드를 내라니까."

대령이 답답하다는 투로 쏘아붙였다.

그는 바닥에 내려놓은 카드를 주워 들려는 제스처를 취하며 말했다.

"당신은 카드게임을 할 줄 모르는군."

"어쩌면 다른 게임은 잘할 수 있을 듯하군요."

필리어스 포그가 자리에서 일어섰다.

"원한다면 얼마든지 상대해주마, 이 영국놈아!"

대령이 무례한 어투로 공격했다.

아우다 부인의 안색이 하얗게 질렸다. 온몸의 피가 심장으로 몰려드는 듯했다. 그녀는 필리어스 포그의 팔을 붙들었지만, 포그는 그녀의 팔을 살짝 밀어냈다. 파스파르투는 포그 씨를 경멸의 눈으로 쏘아보는 미국인을 향해 돌진할 태세를 갖추었다. 이때 픽스가 일어나 프록터 대령을 향해 말했다.

"이봐. 당신 상대는 바로 나야. 당신한테 심한 욕설을 듣는 것도 모자라 맞기까지 한 사람은 나라고!"

"픽스 씨."

포그 씨가 말했다.

"죄송하지만 이 일은 제 일입니다. 제가 스페이드를 낸 것이 잘못되었다며 또다시 절 모욕했으니, 결국 저에게 결투 신청을 한 것이죠."

"언제든 원하는 시간과 장소만 말해. 무기도 당신이 원하는 대로 선택하도록 해주지."

아우다 부인은 포그 씨를 만류했지만 소용없었다. 픽스 형사도 싸움을 자기 쪽으로 유도하려 했지만 실패했다. 파스파르투 역시 대령을 창문 밖으로 집어던져 버리고 싶었지만, 주인이 잠자코 있으라는 신호를 보냈다. 필리어스 포그가 객차에서 나가 바깥 승강구로 향했고, 미국인도 그를 따라갔다.

"이보시오."

포그 씨가 적을 향해 말했다.

"나는 서둘러 유럽으로 돌아가야 하오. 어떠한 이유에서든 제시간에 도착하지 못하면 난 치명적인 손해를 보게 되오."

"그게 나와 무슨 상관이야?"

프록터 대령이 대꾸했다.

"이보시오."

포그 씨는 여전히 예의를 갖추어 말했다.

"샌프란시스코에서 당신을 만난 이후 나는 생각했소. 유럽에서의 급한 볼 일을 마친 후 미국으로 다시 가 당신을 찾겠다고."

"그러시겠지."

"육 개월 후 다시 만나는 것이 어떻소?"

"아예 육 년으로 하시지?"

"육 개월이오. 난 반드시 약속 장소에 나올 거요."

"도망치려는 수작이겠지. 지금 당장 겨룰 게 아니라면 관둬!"

"그렇다면 좋소. 당신도 뉴욕까지 가시오?"

"아니."

"그럼 시카고?"

"아니."

"그럼 오마하?"

"무슨 상관이야? 플럼크릭이라는 곳을 알기나 해?"

"모르오."

"다음에 정차할 역이지. 한 시간 후면 도착할 거야. 그곳에서 십 분간 정차할 테니, 그 시간이면 총알 몇 개는 주고받을 수 있을 거야."

"좋소. 그럼 나도 플럼크릭에 잠시 내리도록 하지요."

"영원히 머물지도 모르지!"

미국인이 빈정거리며 말했다.

"결과는 아무도 장담 못하는 것이오."

포그 씨는 대답을 마친 뒤 평소와 다름없이 침착한 태도로 객차 안으로 들어갔다.

그리고 저런 허풍쟁이들의 말은 무서워할 이유가 없다며 아우다 부인을 안심시켰다. 그런 후 픽스에게 결투의 입회인이 되어달라고 요청했다. 픽스는 거절할 수가 없었다. 필리어스 포그는 아무 일도 없었다는 듯 태연하게 스페이드를 내놓으며 중단된 휘스트 게임을 다시 시작했다.

11시가 되자 기관차가 기적을 울려 플럼크릭 역이 가까워졌음을 알렸다. 포그 씨가 자리에서 일어나 승강구로 나갔고, 픽스가 뒤따랐다. 파스파르투도 권총 두 자루를 들고 동행했다. 아우다 부인만이 산송장처럼 창백한 얼굴로 객차에 남았다.

이때 반대편 객차의 문이 열리며 프록터 대령이 승강구로 나왔다. 그와 똑같이 생긴 다른 양키 한 명도 입회인으로 따라왔다. 그런데 두 명의 결투자가 선로 위에 내리려 할 때 차장이 달려왔다.

"이곳에선 하차할 수 없습니다."

"무슨 일이지요?"

대령이 물었다.

"이미 예정된 시간보다 이십 분이나 지연되어 이곳에서는 정차하지 않기로 했습니다."

"하지만 난 이 양반과 결투를 하기로 했는데……."

"죄송합니다. 하지만 당장 출발해야 합니다."

차장이 말했다.

기적이 울리며 열차가 서서히 움직이기 시작했다.

"정말 죄송합니다. 다른 상황이었다면 몰라도 오늘은 이곳에서 머물 시간이 없기 때문에 안 됩니다. 대신 열차 안에서 대결하시면 어떻겠습니까?"

"이 신사 분께서 원하지 않을 듯한데."

프록터 대령이 빈정거리며 말했다.

"전혀 그렇지 않습니다."

필리어스 포그가 대답했다.

'이런! 역시 미국은 미국이군!'

파스파르투가 속으로 생각했다.

"열차의 차장이라는 자가 저 모양이라니!"

그렇게 혼잣말을 중얼거린 후 곧장 주인을 따라갔다.

두 명의 대결자와 입회인이 차장을 따라 여러 대의 객차를 통과해 마침내 제일 마지막 차량에 도착했다. 이곳에는 열두 명가량의 승객만 있었다. 차장은 이들을 향해 두 명의 신사가 이곳에서 명예에 관한 결투를 벌일 수 있도록 잠시 자리를 비켜달라고 부탁했다.

승객들은 두 신사에게 친절을 베풀게 된 것을 기뻐하며 기꺼이 자리를 내주었다.

길이가 15미터인 객차 내부는 결투 장소로 적합했다. 두 사람은 긴 의자 사이에 놓인 통로를 한 걸음씩 걸어가며 상대를 향해 마음껏 총을 발사할 수 있었다. 그 어떤 결투도 이보다 쉽게 승패가 날 수 없을 것이다. 6연발 권총을 두 자루씩 손에 든 포그와 프록터 대령이 객차 안으로 들어갔다. 입회인이 밖에서 문을 닫았다. 기관차가 기적을 울리는 순간 총을 쏘기로 했다. 그러면 밖에 대기하던 사람들이 2분 정도 기다렸다가 두 사람 중 하나를 객차밖으로 치울 것이다.

이보다 더 간단한 결투가 또 있을까! 너무 간단해서 픽스와 파스파르투는 심장이 멎을 것만 같았다.

약속대로 열차의 기적이 울리길 기다리는데 갑자기 사나운 고함 소리가 들렸다. 그와 함께 여러 발의 총성이 함께 울렸다. 하지만 이 총소리는 결투가 벌어지는 객차 안에서 들려온 것이 아니었다. 열차의 앞에서부터 뒤까지 총소리가 울려 퍼졌고, 공포에 찬 비명 소리가 열차 내부를 뒤흔들었다.

프록터 대령과 포그 씨는 권총을 손에 든 채 객차 밖으로 나와, 총성과 비명 소리가 점점 거세지는 열차의 앞쪽을 향해 돌진했다. 인디언 수족이 열차를 공격했음을 알아챈 것이다.

이 과감한 인디언 종족이 열차를 습격한 것은 이번이 처음이 아니었다. 이들은 열차가 완전히 멈출 때까지 기다리지 않고, 곡마사가 달리는 말 위로 올라타듯 달리는 열차의 발판을 딛고 열차에 뛰어올랐다.

수족은 권총을 소지하고 있었다. 여기에 총을 소지하고 있던 대부분의 승객들도 맞서 겨누었던 것이다. 인디언들은 우선 기관실부터 점령했다. 기관사와 운전수는 몽둥이로 얻어맞아 반쯤 정신을 잃었다. 습격단의 두목으로 보이는 자가 열차를 멈추려 했지만 기계 조작법을 몰라 증기구를 닫는 대신 활짝 열어놓는 바람에 열차는 무서운 속도로 달렸다.

다른 인디언들은 객차 안으로 뛰어들어 성난 원숭이처럼 문을 부수고 들어와 승객들과 육박전을 펼쳤다. 화물칸에 있던 짐들은 모두 약탈당해 선로 밖으로 던져졌다. 여기저기서 고함 소리와 총성이 끊이지 않았다.

승객들은 인디언에 맞서 용감하게 저항했다. 일부 객차의 승객들은 바리케이드를 치고 끝까지 맞서며, 시속 150킬로미터로 움직이는 요새를 방불케 했다.

싸움 초반부터 아우다 부인도 대담무쌍한 활약을 펼쳤다. 손에 권총 자루를 쥐고, 깨어진 유리창 사이로 달려드는 인디언들을 향해 총을 쏘아대며 영웅처럼 맞서 싸웠다. 20여 명의 수족들이 열차 밖으로 떨어졌는데 그중 승강구에서 미끄러져 선로 위에 떨어진 자들은 바퀴 아래서 벌레처럼 부스러졌다.

총알이나 몽둥이에 맞아 중상을 입은 여러 승객들이 의자에 앉아 신음했다.

속히 싸움을 끝내야 했다. 벌써 10여 분 이상 진행되었다. 열차가 어서 멈추지 않는다면 인디언들의 승리로 끝날 것이 분명했다. 미군이 주둔해 있는 커니 요새 역이 3킬로미터도 채 남지 않았는데 이곳을 지나쳐버리면 다음 역에 도달하기도 전에 수족이 열차를 장악해버릴 것이다.

포그 씨 옆에서 열심히 싸우던 차장이 총알을 맞고 쓰러지면서 포그 씨에게 외쳤다.

"열차가 오 분 내에 서지 않으면 우리가 질 거요."

"열차를 세우겠습니다."

포그 씨가 객차 밖으로 나가려 했다.

"주인님은 여기 계세요!"

파스파르투가 황급히 소리쳤다.

"제가 맡겠습니다."

필리어스 포그가 말릴 틈도 없이 용감한 젊은이는 인디언들의 눈을 피해 잽싸게 문을 열고 나가더니 객차 밑으로 미끄러지듯 내려갔다. 싸움이 계속되고 총알이 계속해서 날아다니는 동안, 그는 전직 곡마단 출신다운 민첩함과 유연성을 발휘해 열차 밑을 지나갔다. 쇠사슬에 찰싹 달라붙기도 하고, 브레이크 레버와 차대車臺, 기차 따위의 차체를 받치며 바퀴에 연결되어 있는 철로 만든 테를 붙들기도 하며 객차에서 객차로 훌륭하게 이동했다. 그렇게 해서 인디언들의 눈에 띄지 않고 열차의 맨 앞 칸에 도달했다.

한 손으로 화물칸과 탄수차 사이에 매달린 채, 다른 손으로 안전사슬을 풀었다. 하지만 달리는 열차의 운동력 때문에 연결핀을 뽑는 일은 쉽지 않았다. 열차가 심하게 덜커덩거리는 바람에 핀이 저절로 빠지지 않았더라면 불가능했을 것이다. 이로써 기관실과 분리된 열차 역시 조금씩 뒤로 처졌지만, 기관실은 가속이 붙어 무섭게 내달렸다.

기관실과 분리된 열차도 몇 분간 계속 달렸지만 객차 내부에서 브레이크를 당김으로써 커니 역을 코앞에 두고 멈춰 세울 수 있었다.

요새에 있던 병사들이 총성을 듣고 급히 달려왔다. 수족은 열차가 완전히 정차하기도 전에 모두 사라졌다.

그런데 역에 정차한 뒤 승객의 수를 세어보니 여러 명이 없어졌다는 사실이 밝혀졌다. 헌신적으로 그들을 구해낸 용감한 프랑스인도 그중 하나였다.

XXX. 필리어스 포그, '해야 할 일'을 한 것일 뿐

파스파르투를 포함해 세 명의 승객이 사라졌다. 난투극이 벌어지는 동안 사망한 것일까? 아니면 수족의 포로로 끌려갔을까? 아무도 이들의 행방을 알 수 없었다.

부상당한 사람이 많았지만 치명적인 상처를 입은 사람은 없었다. 가장 심한 중상을 입은 사람은 맹렬히 싸우다 사타구니에 총알을 맞고 쓰러진 프록터 대령이었다. 대령을 비롯해 응급처치가 필요한 환자들은 역으로 호송되었다.

아우다 부인은 무사했다. 몸을 아끼지 않고 싸운 필리어스 포그도 몸에 상처 하나 입지 않았다. 픽스는 팔에 부상을 입었지만 깊지는 않았다. 파스파르투만 실종된 것이다. 젊은 부인은 안타까워 눈물만 줄줄 흘렸다.

승객들은 모두 열차에서 내렸다. 차바퀴는 피로 얼룩져 있었고, 바퀴의 테에는 살점이 더덕더덕 붙어 있었다. 하얀 설원에는 붉은 핏자국이 길게 선을 그리고 있었다. 달아나는 인디언의 마지막 무리가 리퍼블리컨 강이 있는 남쪽으로 사라졌다.

포그 씨는 팔짱을 낀 채 꼼짝도 하지 않았다. 중대한 결정을 내려야 했기 때문이다. 아우다 부인은 그의 옆에 꼭 붙어 한 마디 말도 없이 그의 얼굴만 지그시 바라보았다. 그럼에도 포그 씨는 이 눈빛의 의미를 알아차렸다. 하인이 포로로 끌려갔는데, 모든 것을 희생해서라도 인디언들의 손에서 그를 빼오는 것이 의무가 아니겠는가?

"그를 찾아 데려오겠습니다. 살아 있든 죽어 있든."

포그 씨는 아우다 부인에게 짧게 말했다.

"포그 씨……"

젊은 여인은 신사의 손을 움켜쥐고 눈물만 쏟았다.

"살릴 수 있습니다. 우리가 늦게 도착하지만 않는다면."

포그 씨가 다시 말했다.

이러한 결정으로 포그 씨는 모든 것을 희생해야 했다. 그는 방금 파산을 선고한 셈이다. 뉴욕에 단 하루만 늦게 도착해도 리버풀행 배를 타지 못하고, 그러면 상황은 돌이킬 수 없게 된다. 하지만 '이게 내 의무야'라는 생각이 들자 지체하지 않았다. 커니 요새를 지휘하는 대장이 이곳에 와 있었다. 100여 명가량 되는 그의 병사들이 수족이 역을 급습할 것에 대비해 경계태세를 갖추고 있었다.

"대장님, 승객 세 명이 없습니다."

포그가 대장에게 다가가 말했다.

"죽었나요?"

"죽었거나 포로가 되었겠죠."

포그가 대답하고 말을 이었다.

"어떻게든 찾아내야 합니다. 수족을 계속 추적하실 건가요?"

"그건 어렵습니다."

대장이 대답했다.

"인디언들은 분명 아칸소 강 너머로 도망칠 텐데, 제가 담당하고 있는 이 요새를 비워두고 갈 수는 없습니다."

"대장님, 승객 세 명의 목숨이 달린 일입니다."

포그 씨가 말을 이었다.

"그렇죠. 하지만 세 명을 구하자고 오십여 명의 사람을 희생시켜야 합니까?"

"이건 가능성의 문제가 아니라 당신의 의무입니다."

"여기서 아무도 제게 의무를 가르칠 수는 없습니다."

"좋습니다. 그럼 저 혼자 가죠."

포그 씨가 차갑게 말했다.

"포그 씨."

픽스 형사가 놀라며 다가갔다.

"당신 혼자 인디언들을 찾아가겠다고요?"

"그럼 우리를 살리기 위해 위험을 무릅쓴 그 젊은이가 혼자 죽게 내버려두라고요? 전 갈 겁니다."

"잠시만요. 혼자 가지 마십시오."

곁에 있던 대장이 감동을 받아 말했다.

"정말 당신은 용감하시군요."

대장은 병사들을 향해 돌아서며 외쳤다.

"지원자 삼십 명!"

그러자 중대 전체가 앞으로 나왔다. 대장은 그중 30여 명을 선택했고, 한 나이 든 중사에게 지휘를 맡겼다.

"감사합니다, 대장님."

포그 씨가 감사의 말을 전했다.

"저도 함께 가도 되겠습니까?"

픽스 형사가 물었다.

"원하는 대로 하십시오. 하지만 절 돕고 싶다면 여기 남아 아우다 부인을 잘 보살펴주십시오. 혹시 저에게 사고라도 생길지 모르니……."

형사의 안색이 순간 창백해졌다. 지금까지 막을 수 없는 집념으로 한 걸음 한 걸음 따라온 이 남자와 떨어져야 한다니! 그가 황량한 사막으로 혼자 모험을 떠나도록 버려두라고! 픽스는 포그 씨의 얼굴을 주의 깊게 살폈다. 그의 머릿속에는 여러 가지 생각이 교차하며 서로 싸웠다. 하지만 솔직하고 냉정한 신사의 눈빛 앞에서 고개를 숙일 수밖에 없었다.

"그럼 전 남겠습니다."

결국 픽스가 대답했다.

잠시 후, 포그 씨는 젊은 부인의 손을 꽉 쥐었다. 그러고는 그녀에게 귀중한 여행용 배낭을 맡긴 뒤 지원부대와 함께 길을 떠났다.

떠나기 직전 포그 씨는 병사들에게 말했다.

"만약 포로들을 성공적으로 구출해낸다면 천 파운드의 상금을 드리겠습니다."

정오가 조금 넘은 시각이었다.

아우다 부인은 역에 마련된 방에 들어가 필리어스 포그만 생각했다. 그토록 넓은 이해심과 냉정한 용기! 그는 자신이 해야 할 의무를 행한다는 이유 하나만으로 모든 재산과 생명을 거는 데 주저하지 않았다. 그녀의 눈에 필리어스 포그는 영웅이었다.

하지만 픽스 형사는 그렇게 생각하지 않았다. 불안한 마음을 애써 진정시키기 위해 그는 플랫폼 위를 이리저리 서성댔다. 잠시 잃었던 본모습이 돌아온 것이다. 포그가 떠난 뒤에야 자신이 얼마나 바보 같은 짓을 저질렀는지 알았다. 지구를 빙빙 돌아 끝까지 뒤쫓아 온 자를 순순히 보내다니! 어처구니없는 실수를 저지른 경관을 꾸짖는 경찰서장처럼 픽스는 자신을 향해 온갖 비난을 퍼부으며 자책했다.

"내가 바보였어. 파스파르투는 분명 내가 누구인지 포그에게 알렸을 거야. 그자는 분명 다시는 돌아오지 않겠지! 어떻게 다시 잡지? 내가 잠시 무엇에 홀렸던 거야. 주머니에 체포영장까지 갖고 있으면서! 난 바보 멍청이야!"

픽스가 이런 생각에 휩싸인 동안 시간은 더디게 흘러갔다. 픽스는 무엇을 해야 할지 몰랐다. 이따금씩 아우다 부인에게 모든 걸 털어놓고 싶은 충동에 사로잡히기도 했다. 하지만 그녀가 어떤 반응을 보일지는 자명했다. 이제 무엇을 해야 하지? 저 기나긴 눈밭을 달려 포그의 뒤를 쫓고 싶은 충동이 일었다. 그를 다시 찾는 일이 전혀 불가능한 것만은 아니었다. 눈 위에는 아직 병사들이 남긴 발자국이 남아 있었다. 하지만 새로 내리는 눈에 뒤덮여 조만간 사라지겠지.

픽스는 실망에 사로잡혔다. 모든 게임을 중단하고 싶은 강한 충동을 느꼈다. 때마침 그럴 기회가 찾아왔다. 커니 역을 떠나 이 지긋지긋한 여행을 계속해 영국으로 돌아갈 기회가 온 것이다.

오후 2시, 함박눈이 펑펑 쏟아지는 가운데 동쪽에서 긴 기적 소리가 들려왔다. 그리고 강렬한 빛을 앞세운 거대한 검은 그림자가 천천히 다가왔다. 안개로 인해 검은 물체는 더욱 커 보였고, 환상적이기까지 했다.

그러나 아직 동부로부터 도착할 열차는 없었다. 전보를 쳐서 보내달라고 한 열차가 이렇게 빨리 올 수는 없었다. 오마하에서 샌프란시스코로 가는 열차는 내일이나 되어야 이곳을 지나갈 것이다. 의문은 곧 풀렸다.

요란한 기적 소리를 토해내며 천천히 달려온 이 물체는 열차에서 분리된 후 기절한 기관사와 운전수를 태우고 전속력으로 달려나갔던 그 기관차였다. 그렇게 수십 킬로미터를 달린 후 연료가 바닥나 불과 증기가 꺼지자 조금씩 속도가 떨어지더니 커니 역으로부터 32킬로미터 떨어진 지점에서 멈춰 선 것이다.

다행히 기관사도 운전수도 살아 있었다. 긴 수면 끝에 그들은 정신을 차렸다.

기관차는 이미 황량한 벌판에 홀로 서 있었다. 승객도 객차도 없이. 정신을 차린 두 사람은 사태를 파악했다. 어떻게 기관차가 열차에서 분리되었는지는 알 수 없었지만 뒤에 처진 열차 안에서는 아직도 난동이 벌어지고 있을 것이 분명했다.

기관사는 자신이 해야 할 바를 즉시 실행했다. 오마하로 계속 진행하는 쪽이 안전하긴 했다. 왜냐하면 인디언들의 약탈이 계속되고 있을 열차로 돌아가는 것은 너무 위험했기 때문이다. 하지만 상관없다! 석탄과 장작을 보일러에 가득 채우고 불을 지피자 불길이 타올랐다. 압력도 높아졌다. 오후 2시,

기관차는 커니 역으로 되돌아왔다.

그리고 안개 속에서 기적 소리와 함께 나타난 것이다.

열차가 잃었던 기관실을 찾고 온전한 모양새를 갖추자 승객들은 너무나 기뻐했다. 습격으로 인한 불의의 사고로 중단되었던 여행을 계속할 수 있게 된 것이다.

이때 아우다 부인이 밖으로 나와 차장에서 물었다.

"지금 떠나실 건가요?"

"곧 출발할 겁니다, 부인."

"하지만……. 포로로 잡혀간 사람들과 제 일행은요?"

"하지만 운행을 중단할 수는 없습니다. 이미 세 시간이나 지체되었어요."

"샌프란시스코에서 오는 다음 열차는 언제 도착하죠?"

"내일 저녁입니다, 부인."

"그럼 너무 늦어요. 기다려주세요."

"그건 불가능합니다. 떠나시려거든 지금 열차에 올라타세요."

"전 안 떠납니다."

젊은 부인은 단호히 말했다.

픽스는 대화를 듣고 있었다. 불과 몇 분 전 열차가 오기 전까지만 해도 그는 커니 역을 떠나려고 했다. 하지만 출발 준비를 마친 열차가 옆에 서 있고 그 위에 올라타기만 하면 되는데, 이상하게 발이 떨어지지 않았다. 역의 플랫폼 바닥이 픽스의 발목을 꼭 붙잡고 있는 듯했다. 발을 뗄 수가 없었다. 머릿속이 혼란스러웠다. 실패자라는 생각이 가슴을 짓눌렀다. 좋아, 끝까지 해보자!

부상이 다소 심각한 프록터 대령을 비롯해 몇몇 부상자들과 승객들이 객차에 자리를 잡았다. 보일러의 활활 타오르는 소리와 증기가 배기구로 빠지는 소리가 요란하게 들려왔다. 기관사가 신호를 보내자 열차가 움직이기 시작하더니 회오리처럼 소용돌이치는 눈발 사이로 하얀 연기를 내뿜으며 이내 사라졌다.

픽스는 꼼짝도 하지 않았다.

몇 시간이 흘렀다. 날씨는 더욱 악화되었고, 엄청난 추위가 밀려왔다. 픽스는 역에 놓인 긴 의자에 앉아 얼어붙은 듯 꼼짝도 하지 않았다. 아우다 부인은 눈보라에도 불구하고 역이 마련해준 방에서 나와 밖을 서성였다. 플랫폼 끝까지 걸어 나와 휘몰아치는 눈발과 안개 사이로 무언가라도 보려고 안간힘을 썼다. 혹시라도 무슨 소리가 들리지 않을까 귀를 쫑긋 세우기도 했다. 하지만 아무런 소리도 들리지 않았다. 온몸이 얼어붙을 정도가 되면 잠시 방에 들어갔다가 다시 나가곤 했는데 여전히 감감무소식이었다.

저녁이 되도록 지원병은 돌아오지 않았다. 도대체 어디 있는 거지? 인디언들을 찾아내긴 한 걸까? 인디언들과 한창 격전을 벌이고 있을까? 아니면 안개 속에 길을 잃어 헤매는 건 아닐까? 커니 요새의 지휘 대장도 불안감을 감추려 했지만 어쩔 수 없었다.

밤이 찾아왔다. 눈발은 약해졌지만 추위는 더욱 맹렬해졌다. 아무리 강심장을 가진 사람이라도 칠흑같이 어두운 이 밤의 풍경을 두려워하지 않을 수 없을 것이다. 평원은 적막 그 자체였다.

새 한 마리, 야수 한 마리 보이질 않았다. 그 어떤 것도 끝없는 적막을 깨지 못했다.

밤 동안 아우다 부인은 불길한 예감을 떨칠 수 없었다. 조마조마한 마음으로 밖을 서성였다. 수만 가지 나쁜 생각들이 머릿속에 떠올랐다. 기나긴 시간 동안 그녀가 얼마나 애를 태웠는지 말로 형용할 수 없을 것이다.

픽스는 여전히 같은 자리에 쥐 죽은 듯이 앉아 있었다. 하지만 잠든 것은 아니었다. 갑자기 한 남자가 그에게 다가가 말을 건넸지만 픽스는 고개를 저으며 그를 돌려보냈다.

이렇게 밤이 지나갔다. 새벽녘, 반쯤 꺼진 듯한 태양이 안개 덮인 지평선 위로 떠올랐다. 이제 3킬로미터 정도는 내다보였다. 그러나 필리어스 포그와 지원병이 사라진 남쪽은 여전히 황량하기 그지없었다. 벌써 아침 7시였다.

초조함이 극에 달한 대장은 어찌할 바를 몰라 했다. 앞서 떠난 사람들을 구하기 위해 2차 지원병을 보내야 할까? 그들을 구해낼 거라는 보장도 없이 또 다른 이들을 희생시켜야 하는 걸까? 하지만 오래 망설이지 않았다. 곧 중사 하나를 불러 남쪽으로 척후병을 파견하도록 지시했다. 그런데 이때, 총성 몇 발이 울렸다. 무슨 신호일까? 병사들이 요새 밖으로 달려나갔다. 약 1킬로미터 앞에서 질서정연하게 걸어오는 작은 부대가 보였다.

포그 씨가 앞장섰고, 그 옆에는 방금 수족의 손에서 구출된 파스파르투와 나머지 두 명의 승객이 따라왔다.

이들은 커니 역에서 남쪽으로 3킬로미터가량 떨어진 곳에서 격전을 벌였다. 지원병이 도착하기 몇 분 전부터 파스파르투와 두 승객은 진즉에 인디언들과 맞서 싸우고 있었다. 주인이 지원병을 이끌고 나타났을 때 그는 이미 주먹으로 세 명의 인디언을 때려눕힌 뒤였다.

구조대나 구조된 사람이나 모두 열렬한 환영을 받았다. 필리어스 포그는 병사들에게 약속한 상금을 지급했다. 이 모습을 지켜본 파스파르투는 중얼거렸다.

"정말이지…… 난 너무 돈이 많이 드는 하인이야."

한편, 픽스는 포그 씨의 모습을 그저 바라보고만 있었다. 자신의 내면에서 갈등하고 충돌하는 여러 심정을 분석하기조차 어려웠다. 아우다 부인은 말도 못하고 포그 씨의 손만 힘껏 잡았다.

파스파르투는 역에 도착하자마자 열차부터 찾았다. 분명 오마하로 출발할 준비를 마친 열차가 대기하고 있을 거라 생각했다. 그리고 지연된 시간도 만회할 거라 기대했다.

"열차! 열차는 어딨죠?"

"이미 떠났네."

픽스가 대답했다.

"다음 열차는 언제 오나요?"

필리어스 포그가 물었다.

"오늘 저녁에야 옵니다."

"그렇군요."

포그 씨의 짤막한 대답이었다.

XXXI. 픽스 형사,
필리어스 포그를 돕기 위해
최선을 다하다

필리어스 포그는 일정보다 20시간이나 뒤처져 있었다. 비록 자의는 아니었지만 원인 제공을 한 파스파르투는 낙심할 수밖에 없었다. 나 때문에 주인이 완전히 파산하고 말았다!

이때 픽스 형사가 포그 씨에게 다가와 얼굴을 똑바로 쳐다보며 말했다.

"포그 씨, 정말로 늦은 겁니까?"

"네. 정말 늦었습니다."

"다시 한 번 묻죠. 당신은 정말 십일 일 저녁 아홉 시에 출발하는 리버풀행 배를 타기 위해 뉴욕에 도착해야 합니까?"

"반드시 그래야 합니다."

"만약 인디언의 습격으로 인한 사고가 없었다면, 십일 일 아침 뉴욕에 도착하겠죠?"

"그래요. 배의 출발시간보다 열두 시간이나 미리 도착하게 되죠."

"그렇군요. 당신이 일정보다 이십 시간 늦었다곤 하지만 그 열두 시간을 빼면 실제로는 여덟 시간 늦어진 셈이죠. 이 정도의 지연은 만회할 수 있다고 봅니다. 그걸 위해 무엇이라도 하시겠습니까?"

"걸어서 가자는 말인가요?"

포그 씨가 되물었다.

"아뇨. 썰매가 있습니다. 돛을 단 썰매죠. 어떤 남자가 제게 이걸 제안하더군요."

그는 다름 아닌 간밤에 형사에게 다가와 말을 걸었다가 퇴짜를 맞고 돌아간 바로 그 사람이었다. 필리어스 포그가 대답을 하기도 전에 픽스 형사가 역에서 서성대고 있는 한 남자를 가리켰다. 그러자 포그 씨가 그에게 다가갔다.

잠시 후 포그 씨와 머지라는 이름의 그 미국인은 커니 요새 아래에 있는 어느 오두막으로 들어갔다.

거기서 포그 씨는 기묘하게 생긴 운송수단을 살펴보았다. 썰매의 날처럼 앞이 뾰족하게 올라온 두 개의 긴 장대 위에 차대를 올려 만든 것으로 5~6명 정도를 태울 공간이 있었다. 앞에서 3분의 1쯤 되는 지점에는 돛대가 세워져 있었고, 그 위에 사다리 모양의 커다란 돛이 펼쳐져 있었다. 쇠사슬로 단단하게 고정된 돛대에는 뱃머리에 세우는 거대한 삼각돛을 올릴 때 사용하는 쇠줄이 달려 있었다. 뒤쪽에는 요트의 노 역할과 방향 조절 기능을 겸한 키가 달려 있었다.

한마디로 돛단배를 본떠 만든 썰매였다. 한겨울 폭설로 인해 열차가 멈추면 이 기구를 이용해 꽁꽁 얼어붙은 땅 위를 잽싸게 달려 다음 역까지 이동하곤 했다. 이 썰매에 장착된 돛은 경주용 요트의 돛 못지않게 크고 화려했다. 순풍을 받으면 특급열차보다도 빠른 속도를 자랑할 정도였다.

잠시 후 포그 씨와 썰매의 주인 간에 계약이 이루어졌다. 바람은 괜찮았는데 서쪽에서부터 제법 강하게 불어왔다. 바닥에 쌓인 눈은 꽁꽁 얼어 단단해졌다. 머지는 오마하까지 몇 시간 만에 달려갈 수 있다고 장담했다. 일단 오마하 역에만 도착하면 시카고나 뉴욕으로 가는 차편이 얼마든지 있으니 지연된 시간을 만회할 수 있을 것이다. 그러니 이 정도 모험은 감수할 만한 것 아닌가!

포그 씨는 매서운 추위 속에서, 더군다나 썰매의 가속으로 더욱 혹독해질 바람을 맞으며 달려야 하는 고통스런 여행에 아우다 부인이 동행하는 것을 원치 않았다. 그래서 파스파르투와 이곳에 남아 있다가 그의 인도를 받으며 편안하게 유럽으로 돌아오도록 권했다.

하지만 아우다 부인은 포그 씨와 떨어지고 싶지 않아 이를 거절했다. 파스파르투도 속으로 매우 기뻐했다. 왜냐하면 픽스 형사가 주인과 함께 가는 한 절대 주인님과 떨어져선 안 되었기 때문이다.

그럼 이 순간 픽스 형사의 머릿속은 어떨까? 필리어스 포그가 돌아온 것을 보며 그의 확신이 흔들리고 있을까? 아니면 포그 씨를, 여행만 마치면 사람들의 눈을 속이고 영국에서 다시 편안한 삶을 살 수 있을 거라 기대하는 겁 없는 절도범이라 생각하고 있을까? 픽스 형사가 필리어스 포그를 새로운 눈으로 보게 된 것만은 확실하다. 하지만 여전히 형사로서의 의무를 다해야 한다는 신념은 변함이 없었다. 하루라도 빨리 그를 영국으로 데려가고 싶어 안달이 날 정도였다.

8시, 썰매가 출발 준비를 마쳤다. 포그 일행은 여행용 담요로 몸을 꽁꽁 싸맨 채 썰매 위에 자리를 잡았다. 두 개의 커다란 돛이 세워졌다. 썰매는 바람의 채찍을 맞으며 시속 60킬로미터의 속도로 꽁꽁 얼어붙은 대지를 미끄러 지듯 달렸다.

커니에서 오마하까지는 직선거리-미국인들이 흔히 말하는 꿀벌이 나는 거리-로 320킬로미터를 넘지 않았다. 바람만 따라주면 이 정도 거리는 다섯 시간이면 주파할 수 있었다. 사고만 발생하지 않는다면 오후 1시에는 도착 할 수 있다.

썰매 여행은 곤혹스러웠다. 일행은 서로의 몸에 바싹 밀착한 채 아무 말도 하지 않았다. 썰매의 속력으로 더욱 거세진 추위 때문에 입을 열 수도 없었 다. 썰매는 요트가 수면 위로 미끄러지듯 쏜살같이 달렸다. 바람이 바닥에 딱 붙어 낮게 불 때면 썰매는 거대한 돛에 의해 공중으로 들어 올려지는 것 만 같았다.

키를 잡은 머지는 직선 코스를 유지했다. 이따금 썰매의 방향이 돌아갈 때 마다 노를 이용해 바로잡았다. 돛 전체가 팽팽하게 서 있었다.

삼각돛은 뒷부분에 있는 사다리꼴의 돛 뒤로 숨지 않고, 반듯한 자세를 유 지했다. 윗돛대도 꼿꼿이 서 있었다. 바람을 가득 받은 윗돛은 다른 돛에 힘 을 실어주었다. 썰매의 속도를 정확히 측정할 수는 없지만 시속 60킬로미터 는 족히 될 것이다.

"아무 일만 없으면 곧 도착할 겁니다."

머지가 말했다.

그는 약속된 시간까지 승객을 데려가야 할 충분한 이유가 있었다. 자신 의 원칙에 충실한 포그 씨가 이번에도 구미 당기는 보상금을 약속했기 때 문이다.

썰매가 끝없이 직선으로 달리고 있는 평원은 해수면처럼 반듯했다. 거대

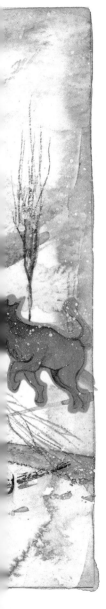

한 얼음판을 달리는 기분이었다. 이 구역을 지나는 철로는 남에서 북으로 올라오면서 그랜드아일랜드, 네브래스카의 중심도시인 콜럼버스, 슈일러, 프리먼트를 거쳐 오마하에 이른다. 플랫 강을 오른쪽에 끼고 따라가는 코스다. 하지만 썰매는 지름길을 택했다. 철로가 둥그렇게 휜 활처럼 이동한다면 썰매의 코스는 활의 현에 해당했다. 프리먼트 부근에서 만날 플랫 강도 걱정할 필요가 없었다. 강물이 꽁꽁 얼어 있기 때문에 통과하는 데 문제가 없을 터였다. 이 코스에는 아무런 장애물이 없기 때문에 필리어스 포그는 두 가지만 걱정하면 되었다. 썰매가 망가지는 것, 그리고 풍향과 풍속이 바뀌는 것.

다행히 풍속은 떨어지지 않았다. 오히려 바람이 너무 거세서 쇠사슬로 단단히 고정시킨 돛대가 구부러질 정도였다. 단단히 당겨진 쇠줄들이 현악기처럼 진동하는 소리가 울려 퍼졌다. 이렇게 썰매는 우렁차게 들리는 구슬픈 곡조에 맞추어 달리고 있었다.

"이 악기는 오 도 화음에서 옥타브까지 넘나드는군!"

포그 씨가 말했다.

이것이 썰매 여행 중 포그 씨가 내뱉은 유일한 말이다. 아우다 부인은 털가죽 옷과 여행용 담요로 몸을 감싼 채 추위를 최대한 방어했다.

파스파르투는 안개 속에서 떠오르는 둥근 태양처럼 발그레한 얼굴을 한 채 바늘처럼 찌르는 바람을 들이마셨다. 누구도 꺾지 못할 굳은 신념으로 그는 또다시 희망을 품기 시작했다. 비록 예정대로 아침에 뉴욕에 도착하진 못해도 리버풀행 배가 출발하기 전까지는 꼭 도착할 것이다.

파스파르투는 픽스의 손이라도 잡아주고 싶은 심정이었다. 이런 썰매가 있다는 것을 알려주어 오마하까지 적당한 시간에 도착할 수 있게 도와준 사람이 바로 픽스 형사였기 때문이다. 하지만 왠지 모를 예감 때문에 평소대로 신중한 태도를 취했다.

무엇보다 절대 잊을 수 없는 것이 있다. 바로 주인님이 자신을 수족의 손에서 구하기 위해 파산할 위험까지 무릅썼다는 사실이다. 자신 때문에 포그 씨가 재산뿐 아니라 생명마저 던진 것이다! 하인은 절대 이 사실을 잊지 않을 것이다.

승객들이 저마다 자신만의 생각에 푹 빠져 있는 동안 썰매는 광활한 눈 카펫 위를 날 듯이 달렸다. 리틀블루 강에서 흘러나온 크고 작은 지류를 여러 차례 건넜지만 아무도 이를 알 수 없었다. 들판이나 물줄기가 하나같이 새하얀 유니폼 아래 모습을 감추었기 때문이다. 평원은 황량함 그 자체였다. 커니 역과 세인트조지프 역을 잇는 지선과 퍼시픽 철도 사이에 놓인 이 평원은 무인도와 같았다. 마을도, 역도, 요새도 없었다. 가끔씩 인상을 찌푸린 앙상한 나무만이 재빨리 지나갔다. 나무는 새하얀 해골 같은 모습으로 바람이 불 때마다 몸을 비틀었다. 이따금 철새들이 떼 지어 날아가기도 했다. 그리고 야생 늑대들도 무리지어 나타났다. 굶주려서 비쩍 마른 이 들짐승들은 거친 욕구에 이끌려 썰매와 함께 속도 경쟁이라도 하듯 내달렸다. 그럴 때면 파스파르투가 권총을 손에 쥐고 제일 앞에 오는 녀석에게 방아쇠를 당길 준비를 했다. 만약 불의의 사고로 썰매가 멈추기라도 했다면 이들은 사나운 육식동물의 공격을 받아 치명적인 위험에 빠졌을 것이다. 하지만 썰매는 끄덕도 없었다. 오히려 이들을 앞지르더니 이내 으르렁거리는 늑대들을 멀리 따돌렸다.

정오가 되자, 머지는 몇 가지 표지로 보아 현재 플랫 강의 얼어붙은 물 위를 지나고 있다는 것을 알게 되었다. 하지만 아무 말도 하지 않았다. 이제 32킬로미터만 더 가면 오마하 역이라고 확신했다.

그의 추측이 맞았다. 한 시간도 안 되어 이 유능한 키잡이는 잡고 있던 키를 놓고 돛대로 달려가 돛끈을 끌어내렸다. 그동안 썰매는 돛도 없이 관성의 힘을 통해 1킬로미터가량을 더 달려나간 후 멈추었다. 그러자 머지가 손으로 눈 덮인 지붕들을 가리키며 말했다.

"다 왔습니다."

다 왔다! 드디어 미국 동부로 향하는 수많은 열차가 운행하는 오마하 역에 도착한 것이다.

파스파르투와 픽스는 썰매에서 내려 저린 팔다리를 풀었다. 그리고 포그 씨와 아우다 부인이 내리는 것을 도왔다. 필리어스 포그가 머지에게 충분한 사례를 지불하는 동안 파스파르투는 그의 손을 다정하게 붙잡았다. 일행은 오마하 역을 향해 쏜살같이 달렸다.

네브래스카의 주요 도시인 이곳이 바로 미시시피 강 유역과 태평양 사이를 운행하는 퍼시픽 철도가 서는 지점이다. 오마하에서 시카고까지는 시카고-록아일랜드 철도가 50여 개의 역을 거치며 동쪽으로 향한다.

역에서는 열차 한 대가 출발하려던 참이었다. 필리어스 포그 일행은 객차에 뛰어오를 시간밖에 없었다. 오마하를 구경조차 못 했지만 파스파르투는 관광이 중요한 게 아니라며 스스로를 위안했다.

열차는 엄청난 속도를 내며 카운슬블러프, 디모인, 아이오와시티를 거쳐 아이오와 주를 지나갔다. 밤사이 대번포트에서 미시시피 강을 건넌 열차는 록아일랜드를 통해 일리노이 주에 들어섰다. 그리고 다음 날인 10일 저녁 4

시에 시카고에 도착했다. 얼마 전 대형 화재의 참사를 당한 시카고는 이를 딛고 미시간 호의 아름다운 부두 위에 그 어느 때보다 위엄 있는 모습으로 서 있었다.

시카고와 뉴욕은 1,500킬로미터가량 떨어져 있다. 이곳 시카고에는 열차가 무수히 많다. 포그 씨는 재빨리 다른 열차로 갈아탔다. 피츠버그-포트웨인-시카고 철도는 포그 씨의 사정을 잘 알고 있는 듯 전속력으로 질주했다. 열차는 인디애나, 오하이오, 펜실베이니아, 뉴저지를 쏜살같이 통과했다. 그 사이 오래된 느낌의 지명을 가진 수많은 작은 마을도 지났다. 어떤 마을은 전차는 다녔지만 집이 아직 보이지 않는 곳도 있었다. 12월 11일 밤 11시 15분, 허드슨 강이 보였다. 열차는 강의 오른쪽 연안에 자리 잡은 역에 정차했다. '브리티시-노스아메리카 우편선', 즉 큐나드 해운의 증기선이 출발하는 부두가 바로 그 앞에 있었다.

하지만 리버풀행 차이나호는 45분 전에 이미 떠난 뒤였다!

XXXⅡ. 필리어스 포그,
불리한 상황과
정면으로 맞서 싸우다

차이나호가 이곳을 떠나면서, 필리어스 포그의 마지막 희망도 함께 떠난 듯했다. 이 정기선 외에는 미 대륙과 유럽을 직접 잇는 다른 배편이 없었기 때문이다. 프랑스의 정기선도, 화이트스타 해운의 배들도, 인먼 해운의 증기선도, 함부르크 해운의 배들도 포그 씨의 여행에 도움을 주지 못했다.

프랑스의 대서양 해운회사 소속 페레르호는 멋진 선체 못지않게 훌륭한 속력을 자랑했지만 이튿날인 14일에나 출발할 예정이었다. 게다가 함부르크 해운 소속의 배와 마찬가지로 리버풀이나 런던으로 직접 가지 않고 르아브르를 거쳐간다. 게다가 르아브르에서 사우샘프턴까지 거쳐야 하니 필리어스 포그의 마지막 노력마저 물거품이 되고 말 것이다.

인먼 해운 소속 시티오브파리호의 출항일은 내일이었지만 생각해볼 가치도 없었다. 이 해운사의 배들은 이민자 수송을 위한 전용선이어서, 시설이

미비했다. 게다가 증기의 압력으로만 가는 것이 아니라 돛에도 의지했기 때문에 속도가 형편없었다. 이 배로 뉴욕에서 영국까지 가려면 포그 씨에게 허락된 시간 이상을 소요할 게 뻔했다.

이 모든 사실은 포그 씨가 브래드쇼의 안내책자를 꼼꼼히 완독한 이후에 알게 된 사실이다. 이 책자에는 대서양을 횡단하는 모든 운항편이 날짜별로 기록되어 있었다.

파스파르투는 맥이 다 풀렸다. 45분 차이로 배를 놓쳤다는 사실이 그를 미치게 했다. 모두 자신 탓이었다. 주인님께 도움이 되기는커녕 온갖 사고로 장애만 되었다. 여행 동안 벌어졌던 온갖 사고, 순전히 자신을 구해내려고 주인이 지불한 돈, 이제는 소용없게 돼버렸지만 이 여행을 위해 지출한 어마어마한 비용, 거기다 내기에 져서 잃어버릴 돈까지 합치면 주인님은 완전히 파산이라는 생각이 들자 자신이 저주스러웠다.

하지만 포그 씨는 아무런 질책도 하지 않았다. 대서양 횡단 정기선들이 정박해 있는 부두를 떠날 때 그가 한 말은 단 한마디뿐이었다.

"내일 방법이 생길 거야. 일단 가자."

포그 씨, 아우다 부인, 픽스 형사, 파스파르투는 저지시티 페리를 타고 허드슨 강을 건넌 뒤, 삯마차를 타고 브로드웨이에 있는 세인트니콜라스 호텔에 도착했다. 각각 정해진 방에서 밤을 보냈다. 깊은 잠에 빠져든 포그 씨에겐 짧은 밤이었지만, 밤새 뒤척이느라 한숨도 못 이룬 아우다 부인과 다른 일행에겐 더없이 긴 밤이었다.

이튿날은 12월 12일이었다. 12일 아침 7시부터 21일 저녁 8시 45분까지, 남은 시간은 9일 13시간 45분이었다. 만약 포그 씨가 큐나드 해운사의 가장 빠른 배 중 하나인 차이나호를 타고 전날 떠났더라면, 예정된 시간 내엔 리버풀을 거쳐 런던에 도착할 수 있었을 것이다.

포그 씨는 혼자서 호텔을 나왔다. 외출 전 하인에게는 그곳에 머무르면서, 만일의 경우 아우다 부인과 함께 즉시 출발할 수 있도록 준비를 해놓고 기다리라고 지시했다.

포그 씨는 허드슨 강에 도착했다. 부두에 정박한 선박 중 출항 준비를 마친 배들을 유심히 찾았다. 출발 신호인 작은 기를 올리고, 만조가 되기만 기다리는 배들이 여러 척 있었다. 이 거대하고 훌륭한 뉴욕 항구에서는 하루에 100척 이상의 배들이 세계 곳곳으로 떠나기 때문이다. 하지만 대부분이 돛을 단 범선이어서 필리어스 포그의 여행에 적합하지 않았다.

포그 씨의 마지막 노력도 수포로 돌아갈 처지였다. 그런데 200미터 떨어진 곳에 있는 포대 앞에 프로펠러를 장착한 상선이 보였다. 날렵한 선체의 배는 금방이라도 출항할 듯 굵은 연기를 내뿜고 있었다.

필리어스 포그는 작은 나룻배를 불러서 탔다. 잠시 뒤 포그 씨는 헨리에타호의 사다리를 오르고 있었다. 이 배의 선체는 강철이었고, 윗부분은 목재로 되어 었었다.

헨리에타호의 선장은 배에 있었다. 갑판 위로 올라간 포그 씨가 선장을 만나기를 청하자 곧 그가 나타났다.

쉰 살 정도 되어 보이는 노련한 뱃사람이었다. 척 보기에도 쉬운 상대는 아닌 듯했다. 커다란 눈에 칙칙한 구릿빛 피부, 붉은 머리카락에 억센 목둘레까지 사교계의 사람과는 거리가 멀었다.

"당신이 선장입니까?"

포그 씨가 물었다.

"그렇소."

"저는 런던에서 온 필리어스 포그입니다."

"난 카디프에서 온 앤드루 스피디요."

"지금 출항하시나요?"

"한 시간 뒤에요."

"행선지가?"

"보르도요."

"배에는 무얼 싣고 가죠?"

"바닥에 자갈을 실었죠. 화물 없이 밸러스트만 싣고 갑니다."

"승객은요?"

"난 승객 같은 건 태우지 않소. 귀찮고 따지기 좋아하는 골치 아픈 화물이 죠."

"배의 속도는 괜찮습니까?"

"십일 내지 십이 노트. 헨리에타는 원래 속도로 유명해요."

"저와 제 일행을 리버풀에 좀 데려다주시겠습니까?"

"리버풀? 아예 중국이라고 하시지?"

"리버풀이라고 했소."

"싫소."

"싫다고요?"

"난 보르도로 출항할 예정이었고, 보르도로 갈 거요."

"요금을 아무리 많이 내도?"

"아무리 많이 내도!"

선장은 완강하게 말했다.

"하지만 헨리에타의 선주라면 다르게……."

필리어스 포그가 반박했다.

"선주라고? 내가 선주요."

"그럼 내게 배를 빌려주시오."

"싫소."

"그럼 내가 사겠소."

"싫소."

필리어스 포그는 인상 한 번 찌푸리지 않았지만, 상황은 꽤나 어려웠다. 뉴욕은 홍콩처럼 호락호락하지 않았고, 헨리에타호도 탕가데르호처럼 쉽지 않았다. 지금까지는 포그 씨의 돈이 모든 것을 해결했다. 하지만 이번엔 돈도 소용없었다.

아무튼 대서양을 횡단할 배를 꼭 찾아야 한다. 물론 기구를 타는 방법도 있겠지만 그건 너무 위험한 데다 가능성도 없었다.

필리어스 포그의 머리에 한 가지 생각이 떠올랐다.

"그럼 날 보르도에라도 데려다주겠소?"

"싫소. 이백 달러를 준대도 어림없지."

"이천 달러를 드리지."

"일인당?"

"일인당."

"모두 네 명이라고 했소?"

"그렇소, 네 명이오."

스피디 선장은 이마를 벅벅 긁었다. 8천 달러라! 게다가 행선지를 바꾸지도 않고. 이 정도라면 승객 혐오증도 잠시 접어둘 만하지 않은가! 2천 달러짜리 승객이라면 이건 승객이 아니라 값비싼 화물이다.

"난 아홉 시에 떠납니다. 일행을 데리고 그때까지 오겠소?"

선장이 퉁명스럽고 무뚝뚝하게 말했다.

"아홉 시에 이곳에 오겠소."

역시 만만치 않게 무뚝뚝한 포그 씨의 대답이었다.

그때 시간이 8시 30분이었다. 헨리에타호를 떠난 포그 씨는 마차를 타고 세인트니콜라스 호텔로 돌아가 아우다 부인, 파스파르투, 그리고 떼놓을 수 없는 일행이 된 픽스를 데리고 출발했다. 어느 상황에서든 태연한 포그 씨는 이번에도 여전히 침착하게 모든 일을 행했다.

네 사람은 출항 준비를 마친 헨리에타호에 있었다.

파스파르투가 이번 항해에 드는 요금이 얼마인지 알았을 때, 그는 '아!' 하는 비명을 모든 음계를 거치며 길게 내질렀다.

픽스 형사는 영국은행이 입을 손해가 막대할 것이라고 생각했다. 포그 씨가 바다에 뿌리게 될 돈을 제외하더라도 이미 7천 파운드는 족히 써버렸을 것이다!

XXXIII. 필리어스 포그,
어떤 상황이 닥쳐도
이를 제압하다

한 시간 후 헨리에타호는 허드슨 강 입구를 알리는 등대선을 지나, 샌디후크 곶을 돈 뒤 바다로 나갔다. 이날 배는 롱아일랜드를 끼고 달린 뒤 동쪽으로 빠르게 질주했다.

이튿날인 13일 정오, 한 남자가 위치 및 상황 점검을 위해 브리지에 올랐다. 이 사람은 스피디 선장일까? 천만에! 다름 아닌 필리어스 포그였다.

스피디 선장은 지금 선실에 갇혀 분노로 으르렁대며 날뛰고 있었다. 자초지종은 이러했다. 사실 필리어스 포그는 리버풀로 가려 했지만 선장이 거절하자 일단 보르도로 약속했다. 그런데 출항 뒤 30시간가량이 흐르는 동안 그는 은행권의 힘을 빌어 배 안의 선원들을 모두 자기 편으로 끌어들였다. 사실 이들은 모두 선장과 사이가 좋지 않았다. 바로 이것이 선장을 선실에 가둬놓고, 대신 필리어스 포그가 배를 지휘하며 리버풀을 향해 달려가고 있는 이유다. 포그 씨가 배를 이끄는 솜씨를 보니 뱃사람 못지않았다.

이번 모험이 어떻게 끝날지는 좀더 두고 보면 알 것이다. 아우다 부인은 아무 말도 하지 않았지만 걱정을 떨칠 수 없었다. 픽스는 소스라칠 듯 놀랐다. 오직 파스파르투만이 이 상황이 끝내준다며 즐거워했다.

스피디 선장이 말한 대로 배는 11 내지 12노트의 속도를 유지하며 나아갔다.

만약이라는 단어가 너무 자주 등장하는 것은 알지만, 만약 바다의 상태가 나빠지지만 않는다면, 만약 풍속이 동쪽으로 바뀌지 않는다면, 선체나 기계에 아무런 고장이 생기지만 않는다면 헨리에타호는 뉴욕에서 리버풀까지 3,000해리를 9일 안에 주파할 것이다. 이 기간은 운명의 날인 21일까지 남은 날수이기도 하다.

그러나 일단 리버풀에 도착하면 포그 씨는 절도 사건에다 선박 강탈사건 때문에 원하지 않는 상황으로 몰리게 될 운명이긴 했다.

처음 며칠간 항해 조건은 더할 수 없이 완벽했다. 바다도 거칠지 않았고, 풍속은 시종일관 북동쪽을 향했다. 돛을 활짝 젖히고 질주하는 헨리에타호의 모습을 보면 그야말로 대서양 정기선이 따로 없었다.

파스파르투는 무척 신이 났다. 최악의 상황을 맞게 될 듯 보였던 주인님이 막판에 활약하는 것을 보니 에너지가 솟구쳤다. 배 안의 일꾼들은 파스파르투처럼 민첩하고 즐겁게 일하는 사람을 보지 못했다. 그는 선원들에게 너무나 친절히 대했고, 온갖 재주를 다 보여주었다. 맛 좋은 술도 대접했다. 파스파르투의 눈에는 모든 선원들이 신사로 보였고, 모든 화부들이 영웅으로 보였다. 전염성이 강한 그의 '즐거움 병'은 다른 사람에게까지 전파되었다. 그는 과거의 좋지 않은 기억이나 위험했던 경험은 모두 잊었다. 오직 끝이 보이는 이번 승부에만 몰두했다. 이따금씩 헨리에타호의 보일러실처럼 조바심으로 들끓기도 했고, 또 어느 때는 픽스 형사의 주위를 맴돌며 말없이 바라보기도 했다. 그의 눈은 많은 말을 하고 있었지만, 입으로는 한 마디도 안 했다. 둘 사이에는 이미 그 어떤 친밀감도 없었기 때문이다.

한편 픽스 형사는 상황을 이해할 수 없었다. 헨리에타호를 정복하고 선원들을 돈으로 산 일, 타고난 뱃사람처럼 능숙하게 배를 지휘하는 포그 등 모든 것이 어리둥절하기만 했다. 머릿속이 복잡했다. 하지만 확실한 사실은 5만 5천 파운드를 훔친 은행 절도범은 배도 훔칠 수 있는 인물이라는 것이었다. 픽스는 생각했다. 포그는 이 배를 끌고 리버풀로 가는 대신, 안전하게 숨어 지낼 만한 곳으로 갈 것이다! 이러한 추측도 무리는 아니었다. 형사는 이 사건에 뛰어든 것을 진심으로 후회하기 시작했다.

스피디 선장은 선실에 갇힌 채 계속 고함만 질러댔다. 선장에게 식사를 전해주어야 할 책임을 맡은 파스파르투는 장사 같은 힘을 자랑하긴 했지만 그래도 매우 조심하지 않을 수 없었다. 포그 씨는 이 배에 선장이 있다는 사실조차 잊은 듯했다.

13일, 배는 뉴펀들랜드 섬의 꼬리 부분을 통과했다. 바로 여기부터 위험수역이 시작된다. 겨울에는 안개가 자주 끼는 데다 바람도 거세게 불었다. 이미 전날부터 청우계의 눈금이 갑자기 떨어지며 기상돌변을 예고했다. 밤사이 기온도 바뀌어 추위가 더욱 매서워졌고, 바람의 방향도 남동풍으로 뒤바뀌어버렸다.

난관이 시작된 것이다. 포그 씨는 진로를 이탈하지 않기 위해 돛을 접고, 증기 압력을 가중시켜야 했다. 하지만 배의 속도는 떨어졌다. 기다란 물결이 뱃머리에 사정없이 부딪쳤다. 배가 앞뒤로 심하게 요동치다보니 제대로 전진할 수 없었다. 바람은 점점 거센 돌풍으로 바뀌어갔고, 배가 더이상 파도를 지탱할 수 없을 것 같았다. 하지만 이곳을 피한다 해도 그 어떤 위험이 도사리고 있을지는 아무도 몰랐다.

파스파르투의 얼굴도 하늘과 함께 흐려졌다. 이틀 동안 이 충직한 하인은 극도의 불안감에 시달렸다. 하지만 필리어스 포그는 노련한 뱃사람인 양 파도에 당당히 맞섰다. 증기의 압력도 줄이지 않고, 진로도 바꾸지 않았다. 헨리에타호는 파도를 탈 수 없을 때는 파도를 뚫고 지나갔다. 거센 물결이 갑판을 휩쓸고 지나갔다. 때때로 집채만 한 파도가 배의 고물을 들어 올리면 물속에 잠겨 있던 프로펠러가 공중에 떠서 요란하게 발버둥을 쳤다. 그래도 배는 행군을 멈추지 않았다.

다행히 돌풍이 최악으로 치닫지는 않았다. 시속 150킬로미터의 속도로 휘몰아치곤 하는 돌풍까지는 아니었다. 풍속은 여전히 남동쪽으로 고정되어 있어서 돛을 펼치고 운항할 수는 없었다. 순풍이 불어 증기의 힘에 돛의 힘까지 가해졌더라면 최상이었겠지만!

12월 16일, 런던을 출발한 지 75일째 되는 날이다. 헨리에타호는 아직 최악으로 늦어지지는 않았다. 코스의 절반을 이미 통과했고, 가장 힘겨운 수역도 지나쳤다. 여름이었다면 운항이 식은 죽 먹기였겠지만, 겨울엔 변덕스런 날씨의 영향을 많이 받았다. 파스파르투는 아무 말도 없었다. 바람의 힘은 받을 수 없지만 대신 증기관이 있으니 괜찮다며 애써 마음을 달래고 있었다.

그런데 이날 기관사가 갑판으로 올라오더니 포그 씨와 진지하게 얘기했다. 무슨 영문인지는 모르나 파스파르투에게 불길한 예감이 몰려왔다. 둘의 대화를 듣게만 해준다면 한쪽 귀라도 내주고 싶은 심정이었다. 그래도 몇 마디는 알아들을 수 있었다.

"지금 한 말이 확실한가?"

"네, 확실합니다."

기관사가 대답했다.

"출발 이후 계속해서 불을 최고로 지피며 달려왔잖아요. 우린 뉴욕에서 보르도까지 천천히 운항하는 데 필요한 연료만 담았기 때문에 뉴욕에서 리버풀까지 전속력으로 달릴 연료는 없어요."

"내가 해결하겠네."

파스파르투는 상황을 금세 파악했다. 이제 끝장이다. 연료가 바닥나다니!

"주인님이 이번에도 사태를 해결한다면 정말 천재야."

픽스와 마주친 파스파르투는 이 사실을 알리지 않을 수 없었다.

"자넨 우리가 정말 리버풀로 가고 있다고 믿나?"

픽스 형사가 이를 꽉 깨물고 물었다.

"당연하지!"

"바보 같으니!"

픽스 형사가 어깨를 으쓱하고 지나갔다.

파스파르투는 이 모욕적인 형용사가 진정으로 의미하는 바는 몰랐지만 아무튼 형사를 가만두지 않겠다고 다짐했다. 하지만 곧이어 생각을 바꾸었다. 가련한 픽스 형사도 지금쯤이면 엉뚱한 사람을 범인으로 생각하고 지구를 돌아 쫓아온 것을 깨닫고 좌절감과 수치심에 휩싸여 있을 것이다. 그러니 용서해주자.

그럼 필리어스 포그는 어떤 방법을 취할까? 상상하기 어려울 것이다. 하지만 수수께끼 같은 이 신사는 이미 방법을 찾아낸 듯하다. 이날 저녁 그는 기관사를 불러 말했다.

"불을 계속 지피게. 연료가 바닥날 때까지 항해를 계속해."

얼마 후, 헨리에타호의 굴뚝에선 짙은 연기가 끊임없이 뿜어져 나왔다.

배는 계속 전력질주했다. 하지만 이틀 뒤인 18일, 기관사는 이날 중으로 연료가 바닥날 것이라고 알렸다.

"화력을 낮추지 마시오. 그리고 증기 밸브를 가득 채우시오."

포그 씨가 지시했다.

정오 무렵, 배의 위치를 측정한 포그 씨는 파스파르투를 불러 스피디 선장을 데려오라고 시켰다. 하인 입장에서는 맹수를 풀어주러 가는 기분이었지만 순순히 뒤쪽 선실로 내려갔다.

"미친 듯 날뛰겠지."

그의 말이 적중했다. 몇 분 뒤 심한 욕설과 고함을 치며 폭탄이 도착했다. 바로 폭발하기 일보 직전인 스피디 선장이었다.

"현재 위치가 어디요?"

격분해 날뛰는 가운데 선장이 던진 첫마디였다. 만약 그가 뇌졸중 환자였다면 이미 쓰러져 다시는 돌아오지 못했을 것이다.

"현재 위치가 어디냐니까!"

얼굴이 시뻘겋게 달아오른 선장이 다시 물었다.

"리버풀에서 칠백칠십 해리 떨어진 곳이오."

절대 무너지지 않는 침착함으로 포그 씨가 대답했다.

"해적 놈!"

앤드루 스피디가 격분해 소리쳤다.

"이곳으로 오시라고 한 건……."

"약탈자 같으니!"

"다름이 아니라 저에게 배를 파시라고 간청하기 위해서입니다."

"안 돼! 절대 안 돼!"

"이 배를 불태워야 하기 때문에 그렇습니다."

"내 배를 태운다고?"

"네, 최소한 윗부분을 태워야 합니다. 연료가 다 떨어졌거든요."

"내 배를 태워?"

스피디 선장은 너무 놀라 말이 나오지 않았다. 5만 달러짜리 내 배를 태우다니!

"자, 여기 육만 달러가 있습니다."

은행권 뭉치를 선장 앞에 내놓으며 포그가 말했다. 그런데 이 돈이 앤드루 스피드에게 곧바로 통했다. 6만 달러라는 돈을 보고 아무런 감동도 받지 않는다면 미국인이 아니다! 선장은 선실에 갇혔던 일이나 승객에 대한 분노도 잠시 잊었다. 20년이나 된 낡은 배가 금광이 될 기회였다. 이제 폭탄이 터질 염려는 없었다. 포그 씨가 도화선을 절단해놓았기 때문이다.

"그래도 강철로 된 본체는 내 것이오."

갑자기 순한 양이 된 선장이 말했다.

"본체뿐 아니라 장비 부분도 당신 거요. 그럼 계약하는 겁니까?"

"좋소."

앤드루 스피디는 돈뭉치를 집어 들고, 액수를 센 뒤 주머니에 얼른 숨겼다.

이 광경을 지켜본 파스파르투는 새하얗게 질렸다. 픽스 형사는 피가 거꾸로 솟는 듯했다. 저 포그라는 작자가 지금까지 써버린 돈이 2만 파운드는 되리라. 비싼 값을 지불하여 배를 구매해놓고 배에서 가장 비싼 부분은 판 사람에게 주다니! 영국은행은 도둑맞은 5만 5천 파운드 중 한 푼도 되찾지 못할 것이다!

앤드루 스피디가 돈을 주머니에 넣자 포그 씨가 말했다.

"말씀드릴 게 있습니다. 난 십이 월 이십일 일 저녁 여덟 시 사십오 분까지 런던에 도착해야 합니다. 그렇지 않으면 이만 파운드를 잃게 됩니다. 하지만 뉴욕에서 배를 놓쳤고, 당신도 나를 리버풀까지 데려다주는 걸 수락하지 않았죠."

"내 입장에서야 잘된 일이지. 덕분에 적어도 사만 달러는 벌게 되었으니." 스피디 선장이 대꾸했다. 그러고는 뭔가 한마디를 덧붙이려 했다.

"한 가지 말해주고 싶군요. 근데 성함이?"

"포그요."

"포그 선장, 당신 피 속에는 양키다운 면이 있소."

자기 딴엔 칭찬이라고 생각하며 한마디 건넨 뒤 스피디 선장이 뒤돌아가려 할 때 포그 씨가 다시 입을 열었다.

"그럼 이제 배는 내 것이지요?"

"용골에서 돛대 끝까지, 목재 부분은 당신 것이오."

"좋소. 그럼 내부 설비를 잘라내어 연료로 쓰도록 하겠소."

증기구의 압력이 충분하도록 유지하려면 얼마나 많은 장작을 태워야 하는지 충분히 짐작할 것이다. 이날 하루, 뒤 갑판, 선실, 숙소, 아래 갑판에 있는 모든 목재 부분을 연료 탱크에 던졌다.

이튿날인 12월 19일에는 돛대나 활대를 비롯해 돛의 모든 부분을 태웠다. 돛대는 도끼로 쪼개었다. 선원들은 이 일에 대단히 열심이었다. 파스파르투도 자르고, 쪼개고, 문지르며 열 사람 몫을 해냈다. 그는 일종의 파괴의 희열을 느끼고 있었다.

12월 20일에는 뱃전에 설치된 방패, 난간, 상갑판 등 갑판의 대부분이 불

길의 먹이가 되었다. 헨리에타호는 이제 폐선과 다름없는 몰골이었다.

이날 아일랜드 해안과 페스닛 등대가 시야에 들어왔다. 하지만 저녁 10시가 되도록 배는 여전히 퀸스타운 앞바다에 머물러 있었다. 필리어스 포그는 24시간 이내에 런던에 도착해야 한다. 이 시간은 헨리에타호가 리버풀까지 가는 데 필요한 시간이다. 그것도 전속력으로 달렸을 경우였다. 이제 대담한 신사의 기력도 곧 쇠진할 것처럼 보였다.

"포그 씨, 정말 유감이군요. 상황이 당신에게 불리합니다. 이제 겨우 퀸스타운인걸요."

포그 씨의 내기에 관심을 갖기 시작한 스피디 선장이 말을 건넸다.

"아! 저기 불빛이 보이는 곳이 퀸스타운이군요."

포그 씨가 되물었다.

"그렇습니다."

"저 항구로 들어갈 수 있습니까?"

"세 시간은 기다려야 합니다. 만조가 되어야 하거든요."

"그럼 기다립시다."

포그 씨가 차분히 말했다. 그는 이제 최후의 방법을 동원해 한 번 더 역경에 맞서려 하고 있었지만, 그의 얼굴에선 다급한 기운을 읽을 수 없었다.

퀸스타운은 아일랜드 해안에 위치한 항구도시로 미국에서 온 배들이 우편물을 내려놓기 위해 들르는 곳이다. 이렇게 내려진 우편물은 출발 준비를 마치고 항시 대기 중인 특급열차를 통해 더블린까지 운반된 후 증기선을 통해 다시 리버풀로 배달된다. 이 기선들은 최고의 속력을 자랑하는 배들로 각 해운사의 가장 빠르다는 배보다도 12시간이나 앞서 도착한다.

미국에서 건너온 우편물이 버는 이 12시간을 필리어스 포그도 벌려는 것이다. 헨리에타호를 타고 가면 내일 저녁이 되어서야 리버풀에 도착하지만, 우편물 배달 코스를 이용하면 정오에 도착하게 된다. 그러면 열차를 타고 저녁 8시 45분 이전에 런던에 도착할 수 있다.

새벽 1시경, 헨리에타호는 만조가 된 해수면을 통해 퀸스타운 항구에 입성했다. 필리어스 포그는 스피디 선장과 힘 있게 악수를 나눈 뒤 뼈대밖에 남지 않은 배를 그에게 남기고 돌아섰다. 그래도 배는 아직 제값의 절반에 해당하는 가치가 남아 있었다.

포그 일행은 즉시 배에서 내렸다. 이때부터 픽스는 포그 씨를 체포하고 싶은 강한 충동에 휩싸였다. 하지만 그렇게 하지 않았다. 왜일까? 도대체 그의 내면에서는 어떤 싸움이 벌어지고 있는 걸까? 그도 결국 포그 씨의 편으로 돌아선 것일까? 드디어 자신이 실수했다는 걸 알게 된 걸까? 하지만 픽스 형사는 포그 씨 곁을 떠나지 않았다. 그는 숨 돌릴 틈도 없이 나머지 일행과 함께 열차에 올라탔다. 이들은 새벽 1시 30분에 퀸스타운에서 출발하는 열차를 타고 동이 틀 무렵 더블린에 도착했다. 그리고 즉시 리버풀행 배에 몸을 실었다. 강철로 된 방추형의 기선은 거친 파도를 헤치며 당당하게 바다를 질주했다.

그리고 12월 21일 오전 11시 40분, 필리어스 포그는 드디어 리버풀 항구에 발을 내디뎠다. 이곳에서 런던까지는 여섯 시간 거리에 불과하다.

그런데 이때 픽스 형사가 그의 어깨에 손을 얹고, 다른 한 손으로 영장을 내밀었다.

"당신은 필리어스 포그가 맞습니까?"

"네, 그렇소."

"영국 여왕의 이름으로 당신을 체포합니다!"

XXXIV. 파스파르투,
독창적이고 따끔한 말장난을 할
기회를 얻다

필리어스 포그가 갇혔다. 그는 리버풀 세관에 마련된 건물에서 밤을 지샌 후 런던으로 이송될 예정이었다.

포그 씨가 체포될 동안 파스파르투는 형사에게 달려들려 했지만 경찰들이 이를 저지했다. 급작스런 상황 앞에 영문도 모르는 아우다 부인은 당황스럽기만 했다. 파스파르투가 부인에게 상황을 설명해주었다. 자신의 생명을 구해준 정직하고 용감한 신사가 절도 용의자로 체포되었다는 것이다. 젊은 부인은 터무니없는 혐의에 항의했다. 분노로 심장이 끓어올랐지만 생명의 은인을 구하기 위해 아무것도 할 수 없다는 사실을 깨닫고 눈물만 주룩주룩 흘렸다.

픽스 형사는 포그 씨를 체포했다. 그것이 형사로서 해야 할 의무였다. 포그 씨가 유죄인지 무죄인지는 법이 판단할 문제다.

파스파르투의 머릿속에는 이 모든 불행의 결정적 원인이 자신에게 있다는 끔찍한 죄책감이 스쳐 지나갔다. 이런 위험천만한 사실을 왜 주인님께 미리 알리지 않았을까? 픽스 형사가 자신의 신분과 맡은 임무에 대해 밝혔을 때, 왜 이를 주인에게 알리지 않기로 마음먹었을까? 포그 씨가 미리 알았더라면 픽스 형사에게 결백을 증명할 수 있었을 텐데. 최소한 포그 씨가 영국 땅을 밟는 순간 그를 체포하겠다는 일념 하나로 집요하게 따라붙던 이 빌어먹을 형사를 돈을 들여가며 함께 데리고 다니진 않았을 텐데. 신중하지 못했던 자신의 실수를 생각하니 괴로워 견딜 수가 없었다. 눈물이 펑펑 쏟아져 눈앞을 가렸다. 목을 매 죽고 싶었다.

하인과 아우다 부인은 쌀쌀한 추위에도 아랑곳하지 않고 세관 건물 현관 앞에 서 있었다. 둘 중 어느 누구도 자리를 떠나려 하지 않았다. 한 번이라도 더 포그 씨를 만나고 싶었다.

한편 포그 씨는 이번에야말로 파산이었다. 승리를 눈앞에 둔 시점에서 말이다. 이렇게 구금된 이상 돌이킬 수 없는 파멸이었다. 12월 21일 오전 11시 40분 리버풀 역에 도착했으니, 혁신 클럽에 도착해야 할 오후 8시 45분까지는 9시간 15분이나 남아 있었다. 런던까지는 6시간이면 되었다.

이 시간 누군가가 세관 건물 안으로 침투했다면 화도 내지 않고, 아무런 동요도 없이 묵묵히 나무 의자에 앉아 꼼짝도 않고 있는 포그 씨의 모습을 보았을 것이다. 체념한 것이라 말할 수도 있겠다. 그런데 이 마지막 시험도 포그 씨를 동요시키지는 못했다. 적어도 겉으로는 그렇다. 내면 깊숙이 억눌려 있다가 마지막 순간에 대폭발로 이어지는 그런 종류의 분노를 쌓아두고 있는 걸까? 그건 알 길이 없다. 아무튼 필리어스 포그는 잠자코 앉아서 기다렸다. 무엇을? 아직도 작은 희망이나마 간직하고 있는 걸까? 굳게 닫힌 방

안에 갇힌 신세가 되어서도 성공에 대한 희망을 품고 있는 걸까?

필리어스 포그는 갖고 있던 회중시계를 탁자 위에 조심스레 올려놓고 바늘이 움직이는 것을 바라보았다. 입으로는 외마디 말도 중얼거리지 않고, 오직 회중시계만 뚫어지게 응시했다.

하지만 상황은 최악이었다. 포그 씨의 굳은 신념을 읽을 수 없는 사람이라면 아마 다음과 같이 결론지었을 것이다.

정직한 필리어스 포그, 파산하다.

부정직한 필리어스 포그, 감옥에 갇히다.

그는 탈출할 방도를 생각하는 중일까? 빠져나갈 구멍이라도 없는지 찾아보지는 않을까? 달아날 궁리를 짜고 있을까? 포그 씨가 잠시 일어나 방 안을 서성댔기 때문에 이런 추측을 하는 것도 무리는 아닐 터이다. 하지만 문은 굳게 잠겨 있었고, 창문은 철창으로 막혀 있었다. 그는 다시 자리에 앉아 여행일지 수첩을 꺼내 들었다. 그리고 '12월 21일 토요일, 리버풀 도착'이라고 적힌 줄에 기록을 추가했다.

'80번째 날, 오전 11시 40분'

그리고 기다렸다. 세관의 벽시계가 1시를 알렸다. 포그 씨는 자신의 회중시계가 2분 더 빠르다는 걸 알았다.

2시가 되었다! 지금이라도 급행열차에 몸을 싣는다면 저녁 8시 45분 전에 런던의 혁신 클럽에 도착할 수 있을 것이다. 포그 씨의 미간이 살짝 찌푸려졌다.

2시 33분, 밖에서 소리가 들렸다. 철창문이 요란하게 열리는 소리에 이어 파스파르투와 픽스 형사의 목소리가 들렸다.

필리어스 포그의 눈이 순간 번득였다.

드디어 방문이 열리자 아우다 부인, 파스파르투, 픽스 형사가 그에게 달려왔다.

머리카락이 헝클어진 채 달려온 픽스 형사는 숨을 헐떡이느라 말도 제대로 못할 지경이었다.

"포그 씨……."

숨이 찬 픽스가 간신히 말문을 열었다.

"죄송합니다……. 범인 인상착의와 너무 흡사해서…… 범인은 사흘 전에 잡혔답니다……. 이제 나가셔도 좋습니다!"

필리어스 포그는 자유다! 그는 형사 곁으로 다가가 얼굴을 정면으로 응시했다. 그리고 지금까지 없었고, 앞으로도 없을 재빠른 동작으로 두 팔을 뒤로 빼더니 로봇처럼 정확한 동작으로 형사에게 주먹을 날렸다.

"명중!"

그 순간 파스파르투는 프랑스 출신다운 재치를 발휘해 명언을 남겼다.

"세상에! 이거야말로 영국인은 주먹도 제법인걸!"

바닥에 쓰러진 픽스 형사는 말 한 마디 내뱉지 못했다. 당연한 벌을 받은 것이다. 포그 씨, 아우다 부인, 파스파르투는 세관을 떠나 마차를 타고 몇 분만에 리버풀 역에 도착했다.

필리어스 포그는 곧 출발할 런던행 급행열차가 없는지 물었다. 시간은 벌써 2시 40분이었고, 열차는 이미 35분 전에 출발했다.

필리어스 포그는 특별열차를 주문했다. 증기압력을 최고조로 높여놓은 고속열차가 몇 대 있었다. 하지만 배차 문제 때문에 3시까지 기다려야 했다.

3시가 되자 필리어스 포그는 기관사에게 보상금을 약속한 후 젊은 부인과 충직한 하인을 데리고 런던을 향해 달려갔다.

<323

리버풀에서 런던까지의 거리를 다섯 시간 반 만에 주파해야 한다. 장애물만 만나지 않는다면 가능한 일이다. 하지만 어쩔 수 없는 지연이 생겼고, 포그가 런던 역에 도착했을 때는 이미 런던의 모든 시계가 8시 50분을 알리고 있었다.

필리어스 포그는 세계일주를 완주했지만, 단 5분의 지각으로 내기에 지고 말았다.

XXXV. 파스파르투,
주인이 같은 명령을
두 번 반복하지 않게 하다

이튿날, 새빌로 가의 주민들은 포그 씨가 자택에 돌아왔다는 말을 들어도 믿지 않았을 것이다. 현관문이며 창문이며 모두 굳게 닫혀 있었다. 아무런 외관상의 변화가 없었다.

기차역을 나선 필리어스 포그는 파스파르투에게 식량을 사 오라는 지시를 내린 후 곧장 집으로 돌아갔다.

포그 씨는 충격적인 결과를 평소와 같은 담담함으로 감당했다. 그는 파산했다! 그것도 어리석은 한 형사의 실수 때문에! 대담하고 침착하게 한 걸음 한 걸음 내디디며 오랜 여정을 마쳤는데도 불구하고, 수천 가지 장애와 위험을 용기로 극복하며 때때로 틈을 내어 선한 일까지 베풀면서 코스를 완주했는데도 불구하고, 예상치도 못 하고 대비도 못 했던 어이없는 사건으로 마지막 순간에 실패한 것이다. 참혹했다! 출발할 때 싸 들고 간 엄청난 액수의 돈도 몇 푼 남지 않았다. 베어링 형제 은행에 2만 파운드가 남아 있긴 하지만 그 돈은 혁신 클럽 신사들의 몫이다. 사실 여행에서 수많은 돈을 뿌렸기 때문에 내기에 이겼다 해도 부자가 되진 못했을 것이다. 그는 돈이 아닌 명예를 위해 내기를 했다. 하지만 내기에서 졌으니 그는 모든 것을 잃었다. 포그 씨는 이제부터 자신이 무엇을 해야 할지 알고 있었다.

새빌로 가의 자택에 도착한 후 그는 아우다 부인에게 방을 마련해주었다. 아우다 부인은 절망하지 않을 수 없었다. 포그 씨의 몇 마디 말 속에서 느낀 불길한 예감을 떨칠 수 없었다.

한 가지 생각에 사로잡힌 뒤에는 처참하고 극단적인 결말로 치닫고 마는 영국인들의 편집광적 기질을 누구나 알고 있을 것이다. 그래서 파스파르투도 겉으로 내색하지 않고 주인을 잘 감시했다.

그러나 파스파르투가 가장 먼저 한 일은 따로 있었다. 자기 방으로 올라가 80일 동안 끈질기게 타올랐던 가스등을 끄는 일이었다. 우편함에서 가스회사가 보낸 청구서를 발견하자마자, 가스비를 조금이라도 줄이는 것이 급선무라고 판단했기 때문이다.

밤이 찾아왔다. 포그 씨는 잠자리에 들었지만 잠이 들었는지는 모르겠다. 아우다 부인은 한순간도 잠을 이룰 수 없었다. 파스파르투는 주인의 방문 앞에서 충견처럼 보초를 섰다.

이튿날이 되자 포그 씨는 파스파르투를 호출해 간단명료하게 지시를 내렸다. 아우다 부인의 식사를 준비하라고 하면서 자신은 차와 토스트만 달라고 했다. 그리고 아우다 부인께 오늘 하루는 개인적 용무를 해결해야 하므로 점심과 저녁 식사 때 함께할 수 없다는 양해의 말을 전하라고 지시했다. 대신 저녁 늦게 아우다 부인과 잠시 만나 이야기를 하고 싶다는 말도 덧붙였다.

하루 일과에 대한 지시를 받은 파스파르투는 이제 그대로 행하기만 하면 되었다. 그는 표정 없는 주인의 얼굴을 응시했다. 발길이 떨어지지 않았다. 이 엄청난 재난의 원인이 자기 때문이라는 자책이 들자 가슴이 뭉클해지며 회한이 밀려왔다. 픽스 형사의 계획을 주인님께 미리 귀띔만 했어도 주인님이 그자를 이끌고 다니지 않았을 거고, 그랬으면…….

파스파르투는 생각하기도 괴로웠다.

"주인님, 저를 저주해주세요. 모두 저 때문이에요."

"난 누구의 탓도 하지 않네. 어서 가보게."

포그 씨가 침착한 어투로 답했다.

파스파르투는 방을 나왔다. 곧장 부인에게 가 주인의 의향을 전달했다.

"부인! 제 힘으로는 아무것도 할 수 없어요. 전 주인님께 아무런 위로도 할 수가 없어요. 그러니 부인께서……."

"저라고 뭘 할 수 있겠어요."

아우다 부인이 대답했다.

"포그 씨는 꿈쩍도 안 해요. 그분은 제가 가진 감사의 마음이 선을 넘었단 것도 눈치 못 챘고, 제 마음도 몰라주세요. 파스파르투, 그분 곁을 한 시도 떠나면 안 돼요. 그런데 포그 씨가 오늘 저녁 절 만나 할 얘기가 있다고 했죠?"

"네, 그렇습니다. 영국에서 부인이 어떻게 지내야 할지 의논하시려나봐요."

"저녁까지 기다리죠."

부인은 대답한 뒤 생각에 잠겼다.

일요일인 이날 하루 동안 새빌로 가의 포그 씨 저택은 아무도 살지 않는 곳처럼 조용했다. 그가 이 집에 살게 된 이래 처음으로 클럽에도 가지 않았다. 시계가 11시 30분을 알리는 종을 쳤는데도 말이다.

이 신사는 왜 클럽에 가지 않는 걸까? 그를 기다리는 사람이 없기 때문이다. 전날인 12월 21일 토요일 저녁 8시 45분, 클럽에 나타나지 않은 포그 씨는 내기에서 지고 말았다. 은행에 예치된 2만 파운드를 찾으러 그곳에 갈 필요도 없었다. 이미 자신의 서명이 담긴 수표를 내기에 참여한 클럽 동료들에게 넘겼기 때문이다. 2만 파운드를 그들에게 넘긴다는 편지 한 통만 베어링 형제 은행에 보내면 되었다.

포그 씨는 외출할 필요도 없었고 하지도 않았다. 온종일 방 안에 머물러 일을 처리했다. 파스파르투는 저택의 계단을 끊임없이 오르내렸다. 시간이 너무나 느리게 흘렀다. 주인의 방문에 귀를 대고 무슨 소리라도 들리지 않는지 귀를 기울였다. 자물쇠 구멍으로 엿보기도 했다. 이 정도 권리는 있다고 생각했다. 파스파르투는 비극적인 참사라도 일어나는 게 아닌가 내심 불안했다. 파스파르투는 픽스 형사를 생각했다. 그런데 형사에 대한 그의 마음은 180도 뒤바뀌었다. 더이상 형사를 원망하지 않았다. 픽스는 의무를 이행했을 뿐이다. 필리어스 포그를 용의자로 보았기 때문에 그를 추적했고, 체포한 것이다. 하지만 자신은 무슨 일을 했던가! 이 사실이 그를 괴롭혔다.

혼자 있는 것이 너무 고통스러워 아우다 부인의 방을 두드렸다. 방 안으로 들어가 한쪽 구석에서 아무 말도 없이 부인을 바라보았다. 그녀는 여전히 생각에 잠겨 있었다.

오후 7시 30분이 되자 포그 씨가 아우다 부인에게 뵙기를 청했다. 몇 분 후 두 사람은 단 둘이 마주 앉았다.

필리어스 포그는 벽난로 곁에 의자를 놓고 아우다 부인과 마주했다. 그의 얼굴에서는 어떠한 표정도 읽을 수 없었다. 떠나기 전과 전혀 다름없는 얼굴이었다. 여전히 침착하고 냉정한 그 얼굴!

5분간 아무 말도 하지 않았다. 그리고 고개를 들어 아우다 부인에게 말했다.

"부인, 부인을 영국까지 오시게 한 저를 용서해주겠습니까?"

"포그 씨, 전……."

두근거리는 가슴을 진정시키며 부인이 말하려 했다.

"잠시 제 얘길 들어주세요. 제가 부인을 험한 여정에도 불구하고 이곳으로 데려오기로 결심했을 때, 저는 재산의 절반을 부인께 드리려 했습니다. 그러면 부인께서 이곳에서 편안하게 살아갈 정도는 된다고 생각했으니까요. 하지만 지금 전 파산했습니다."

"알고 있습니다, 포그 씨. 하지만 이번엔 제가 용서를 구하고 싶군요. 당신을 따라다니며 본의 아니게 폐를 끼쳐 여행일정에 지장을 준 것 같아 죄송합니다. 절 용서해주시겠어요?"

아우다 부인이 말했다.

"부인, 어차피 당신은 인도에 머무를 수 없었고, 살기 위해 그 광신도들이 쫓아올 수 없는 곳으로 피할 수밖에 없었습니다."

"위험한 상황에서 절 구해주시더니, 이곳에서의 제 생활까지 책임질 의향이셨나요?"

"그렇습니다. 그런데 상황이 저에게 불리하게 되었습니다. 그래도 제게 약간의 재산이 남아 있으니 그걸 모두 드려도 되겠습니까?"

"하지만 당신은요?"

아우다 부인이 물었다.

"전 아무것도 필요하지 않습니다."

포그 씨가 단번에 말했다.

"앞으로 어떻게 살아가시려고요?"

"방법이 생기겠죠."

"당신과 같은 분이 곤경에 빠져 파산하는 일은 없을 거예요. 친구 분이나……."

"전 친구가 없습니다, 부인."

"가족은……."

"가족도 없습니다."

"가엾어라! 고독이란 슬픈 거예요. 어려움을 나눌 사람이 없으니까요. 슬픔도 나누면 반이 된단 말이 있잖아요."

"그런 말이 있긴 하죠."

"포그 씨."

아우다 부인이 일어서서 포그 씨를 향해 손을 내밀며 말을 이었다.

"혹시 가족과 동시에 친구가 되어줄 사람을 원하세요? 저를 당신의 아내로 삼아주실래요?"

이 말을 들은 포그 씨가 자리에서 일어났다. 그의 눈이 평소와 다르게 반짝였고, 입술이 부르르 떨렸다. 생명을 구해준 은인을 위해서라면 무엇이든 감당하려는 고상한 여인의 아름다운 눈 속에서 진지함과 정직함, 강하면서도 부드러운 결단력이 느껴졌다. 그 눈빛이 그를 놀라게 했고, 그의 마음에 빠르게 침투했다. 그녀의 눈빛이 더이상 뚫고 들어오는 것을 피하기라도 하듯 포그 씨는 잠시 눈을 감았다. 그리고 다시 눈을 뜨며 말했다.

"당신을 사랑합니다! 이 세상 가장 신성한 것에 맹세코 당신을 사랑합니다. 저는 당신 것입니다!"

"아!"

系

아우다 부인은 한 손을 가슴에 얹고, 탄성을 질렀다.

포그는 파스파르투를 호출했다. 하인이 곧 나타났다. 포그 씨는 여전히 아우다 부인의 손을 맞잡고 있었다. 상황을 이해한 파스파르투의 넓적한 얼굴이 열대 지역 하늘에 떠오른 태양처럼 빛났다.

포그 씨는 시간이 너무 늦지 않았다면 메리르본 교구의 새뮤얼 윌슨 목사를 찾아가 결혼 소식을 알려줄 수 있겠느냐고 물었다.

파스파르투는 활짝 웃으며 대답했다.

"전혀 늦지 않았습니다."

시계는 8시 5분을 가리키고 있었다.

"결혼식은 월요일인 내일인가요?"

하인이 다시 말했다.

"월요일인 내일, 괜찮은가요?"

포그 씨가 부인을 바라보며 물었다.

"월요일인 내일, 좋아요."

아우다 부인이 대답했다.

파스파르투는 집을 나서 전속력으로 달렸다.

XXXVI. 필리어스 포그,
주가가
다시 높아지다

여기서 잠깐! 12월 17일 에든버러에서 영국은행 절도 사건의 진짜 범인인 제임스 스트랜드가 체포되었을 때, 영국 전역에 걸쳐 여론이 180도 바뀌어 버렸다는 사실을 언급해두어야겠다.

3일 전, 필리어스 포그는 경찰의 추적을 당하는 절도범이었다. 하지만 이제는 수학처럼 정확하게 기상천외한 세계일주를 너무나 잘 수행하고 있는 정직한 신사가 되었다.

신문은 이 사건을 요란하게 보도했다. 포그 씨가 여행을 떠날 때 내기를 걸었다가 이 사실을 잊고 있던 수많은 도박꾼들도 마술처럼 되살아났다. 모든 거래와 약속이 다시 유효해졌다. 포그 씨의 승패 여부를 둘러싼 도박이 또다시 성행했다. 필리어스 포그라는 이름의 주식 가격이 다시 상승했다.

포그와 내기를 한 혁신 클럽의 다섯 신사는 사흘 동안 걱정에 휩싸여 있었다. 그동안 잊고 지냈던 필리어스 포그가 다시 등장한 것이다! 그는 현재 어디에 있을까? 제임스 스트랜드라는 진짜 범인이 잡히던 12월 17일은 포그가 여행을 떠난 지 76일째 되는 날이었지만 그에게선 여전히 아무 소식도 없었다. 사고라도 당한 걸까? 내기를 포기한 걸까? 아니면 약속된 일정에 따라 여행을 계속하고 있을까? 12월 21일 토요일 저녁 8시 45분, 정확성의 달인인 그가 약속대로 혁신 클럽 휴게실에 모습을 드러낼까?

사흘간 영국 사교계 신사들을 괴롭힌 걱정을 어찌 말로 형언하랴! 미국으로 아시아로 전보를 쳐 필리어스 포그의 소식을 물었다. 아침저녁으로 새빌로 가에 있는 그의 집에 사람을 보냈다. 하지만 아무 소식도 알아내지 못했다. 경찰 역시 잘못된 길로 빠져든 불행한 픽스 형사의 행방을 알지 못했다. 하지만 이 모든 불확실한 상황에도 불구하고 도박은 더욱 성행했다. 필리어스 포그는 마지막 코너를 돌고 있는 경주마와 같았다. 그의 승산은 100 대 1, 20 대 1, 10 대 1, 5 대 1을 거쳐 계속 상승했다. 앨버메일 경은 포그 주를 1 대 1 비율로 매입했다.

이윽고 토요일 저녁이 되자, 팰맬 거리 인근이 인파로 가득 찼다. 혁신 클럽 건물 주변에 주식 중개인들이 떼를 지어 진을 치고 있는 통에 교통이 마비되었다. 사람들은 '필리어스 포그' 주식 동향에 대해 열띤 논쟁을 벌였다. 경찰이 투입되었으나 군중을 진정시키기가 매우 어려웠다. 필리어스 포그가 도착하기로 약속된 시간이 다가올수록 열기는 더욱 뜨거워졌다.

이날, 내기에 가담한 다섯 명의 혁신 클럽 회원은 아홉 시간 전부터 클럽에 도착해 있었다. 은행가인 존 설리번과 새뮤얼 팔렌틴, 엔지니어인 앤드루 스튜어트, 영국은행 부지배인 랄프 고티에, 양조업자 토머스 플래너건, 이들은 초조한 마음으로 시간을 보냈다.

클럽 휴게실의 벽시계가 8시 25분을 가리키자 앤드루 스튜어트가 일어서며 말했다.

"여러분. 이십 분 후면 필리어스 포그와 저희 다섯 사람 간에 약속한 기간이 만료됩니다."

"리버풀에서 온 열차가 몇 시에 도착했소?"

토머스 플래너건이 물었다.

"일곱 시 이십삼 분이오. 다음 열차는 밤 열두 시 십 분에 도착할 예정이고요."

랄프 고티에의 대답이다.

"자, 여러분. 필리어스 포그가 일곱 시 이십삼 분에 들어온 기차를 타고 있었다면, 그는 벌써 이곳에 와 있어야 합니다. 우리가 이긴 것이나 다름없다고 봅니다."

앤드루 스튜어트가 말했다.

"하지만 너무 성급한 판단은 하지 맙시다. 우리의 동료 포그 씨는 기상천외한 인물로 둘째가라면 서러울 사람입니다. 게다가 정확한 성격도 그렇고요. 절대 늦거나 일찍 도착하는 사람이 아닙니다. 분명 약속시간에 맞추어 정확히 나타날 겁니다."

새뮤얼 팔렌틴이 나섰다.

"내 생각은 다릅니다."

여전히 신경질적인 반응을 보이며 앤드루 스튜어트가 대꾸했다.

"사실 필리어스 포그의 계획 자체가 무리였지. 아무리 그가 정확한 사람이라도 예정에 없던 장애를 만나면 늦을 수밖에 없을 거요. 예정보다 이틀이나 사흘만 지연되도 전체 일정에 큰 지장을 주지요."

<335

토머스 플래너건이 말했다.

"게다가 그는 여행 내내 우리에게 아무런 소식도 보내지 않았습니다. 분명 여행지 곳곳에서 전보를 칠 수 있었을 텐데."

존 설리번이 덧붙였다.

"그가 졌습니다. 백번이고 졌습니다. 다들 아시다시피 뉴욕에서 리버풀까지 제시간에 도착하려면 반드시 탔어야 할 차이나호는 어제 도착했습니다.

그런데 탑승객 명단에 필리어스 포그의 이름은 없더군요. 그는 기껏해야 미국 정도에 와 있겠죠. 예정된 시간보다 이십 일은 지나서 도착할 겁니다. 그리고 늙은 앨버메일 경도 내기에 건 오천 파운드를 잃게 되겠죠."

앤드루 스튜어트가 말했다.

"지당한 말씀입니다."

랄프 고티에가 맞장구쳤다.

"이제 우리가 할 일은 내일 베어링 형제 은행에 가서 포그 씨가 넘긴 수표를 보여주는 일뿐이죠."

이때 휴게실 벽시계가 8시 40분을 알렸다.

"이제 오 분 남았습니다."

앤드루 스튜어트가 말했다.

다섯 명의 신사들은 서로를 바라보았다. 심장이 콩닥콩닥 뛰기 시작했다. 아무리 게임의 명수들이라지만 이번 내기는 워낙 액수가 컸기 때문이다. 하지만 그 누구도 두근거리는 마음을 드러내려 하지 않았다. 새뮤얼 팔렌틴의 제안에 따라 다섯 명은 휘스트 게임을 하기 위해 테이블을 옮겼다.

"난 누가 삼천구백구십구 파운드를 준다 해도 내 몫인 사천 파운드를 주지 않을 것입니다."

앤드루 스튜어트가 자리에 앉으며 말했다.

시계 바늘은 8시 42분을 가리키고 있었다.

신사들은 카드를 집어 들긴 했지만 매 순간 눈이 저절로 시계를 향했다. 승리를 확신하는 그들이었지만 시간은 더디게만 흘러갔다.

"여덟 시 사십삼 분!"

토머스 플래너건이 랄프가 낸 카드를 집어오며 말했다.

잠시 침묵이 흘렀다. 커다란 휴게실 내부에 적막이 감돌았다. 하지만 밖에선 군중의 시끌벅적한 소리가 끊이지 않았다. 벽시계의 시계추가 수학적으로 정확하게 똑딱똑딱 움직였다. 신사들은 1초에 한 번씩 들리는 시계추 소리에 따라 숫자를 세고 있었다.

"여덟 시 사십사 분!"

존 설리번의 목소리에는 자신도 모르는 사이 속마음이 드러나 있었다.

1분만 지나면 끝이다! 앤드루 스튜어트와 그 동료들은 휘스트 게임을 중단하고, 초를 세기 시작했다.

40초! 아무도 나타나지 않았다. 50초! 여전히 아무 일도 없다.

55초! 밖에서 우레와 같은 함성과 함께 박수 소리가 연이어 들려왔다.

신사들은 자리에서 일어났다.

57초가 되자 휴게실 문이 열렸다. 그리고 벽시계의 추가 60초를 치기 전에 필리어스 포그가 모습을 드러냈다. 그 뒤를 따라 군중들도 몰려들었다.

"제가 돌아왔습니다."

필리어스 포그가 차분하게 말했다.

XXXVII. 필리어스 포그, 세계일주에서 얻은 것은 행복뿐!

그렇다! 필리어스 포그, 바로 그였다.

다들 기억하다시피 저녁 8시 5분, 그러니까 포그 일행이 런던에 도착한 지 25시간이 지났을 때, 파스파르투는 주인의 명령으로 다음 날 있을 결혼식을 알리기 위해 새뮤얼 윌슨 교구 목사를 찾아 나섰다.

파스파르투는 뛸 듯이 기뻐하며 집을 나섰다. 잽싸게 달려 윌슨 목사의 집에 도착했지만 그는 집에 없었다. 목사가 집에 올 때까지 족히 20분은 기다렸다.

결국 파스파르투가 목사의 집에서 나온 시간은 8시 35분이 다 되어서였다. 그런데 그가 달리는 모습을 보라! 모자도 쓰지 않은 채 머리가 온통 헝클어질 정도로 달리고 또 달렸다. 지나가는 사람들을 밀치며, 마치 거리 위의 폭탄처럼 굴러갔다.

3분 후, 집에 도착한 하인은 숨을 헐떡이며 포그 씨의 방에 쓰러졌다. 말도 제대로 할 수 없었다.

"무슨 일인가?"

포그 씨가 물었다.

"주인님……."

파스파르투가 간신히 입을 열었다.

"저기…… 결혼식은…… 할 수 없습니다."

"할 수 없다니?"

"못 해요…… 내일은……."

"왜?"

"왜냐하면 내일은 일요일이니까요."

"월요일이야."

포그 씨가 대꾸했다.

"아뇨. 오늘은…… 토요일입니다."

"토요일이라고? 말도 안 돼!"

"맞아요."

파스파르투가 소리쳤다.

"주인님이 하루를 잘못 계산하신 거예요. 우리가 스물네 시간 일찍 도착한 거라구요. 하지만 서두르세요. 이제 십 분밖에 안 남았어요."

파스파르투는 주인의 멱살을 붙잡아 무서운 힘으로 일으켜 세웠다. 필리어스 포그는 생각할 겨를도 없이 집을 나와 쾌속 마차에 몸을 싣고 마부에게 100파운드를 약속했다. 개 두 마리와 충돌하고, 다섯 대의 마차와 부딪친 끝에 혁신 클럽 건물에 도착했다.

그리고 포그 씨가 클럽 휴게실에 도착했을 때 시계는 8시 45분을 가리켰다.

필리어스 포그는 80일간의 세계일주를 성공적으로 마친 것이다. 그리고 2만 파운드도 건졌다!

그런데 그토록 정확하고 치밀한 포그 씨가 어떻게 날짜 계산을 틀릴 수 있었을까?

어떻게 자신이 런던에 도착한 날이 79일째인 12월 20일이 아니라 21일이라고 착각했던 것일까?

이유는 간단하다. 필리어스 포그는 동쪽을 향해 돌았기 때문에 자신도 모르게 하루를 벌었던 것이다. 반대로 서쪽으로 돌았더라면 하루를 잃었을 것이다.

동쪽, 즉 태양의 방향으로 나아가며 경도 1도를 지나갈 때마다 4분이란 시간이 거꾸로 흐른 것과 같았다. 지구 전체 둘레는 360도이므로 여기에 4분을 곱하면, 정확히 24시간이라는 결과가 나온다. 이렇게 포그 씨는 자신도 모르는 사이에 하루를 벌었던 것이다.

다른 방법으로 설명하자면, 동쪽으로 끝없이 이동한 필리어스 포그가 해가 떠오르는 것을 80번 보는 동안, 런던에 머물러 있던 그의 클럽 동료들은 이 광경을 79번만 보았던 것이다. 그래서 포그 씨가 일요일이라고 믿었던 이 날, 그의 동료들이 클럽에서 그를 기다렸던 것이다.

줄곧 런던 시간을 고수했던 파스파르투의 자랑스런 회중시계가 시간뿐 아니라 날짜까지 보여주는 시계였다면 이를 분명히 알려주었을 것이다.

필리어스 포그는 2만 파운드를 땄다. 하지만 여행길에 지출한 경비가 1만 9천 파운드나 되므로 사실상 금전적인 이득은 보지 못했다.

그러나 앞서 언급했듯 포그 씨는 돈을 벌기 위해서가 아니라 명예를 위해 내기에 응했다. 남은 1,000파운드도 파스파르투와 불쌍한 픽스 형사에게 나누어주었다. 픽스를 미워할 수는 없었던 것이다. 단, 하인의 실수로 1,920시간 동안 타버린 가스 비용은 약속대로 하인의 몫으로 돌렸다.

이날 저녁, 여전히 침착하고, 수수께끼 같은 모습으로 포그 씨가 아우다 부인에게 말했다.

"우리의 결혼 약속은 여전히 유효한가요?"

"포그 씨, 그 질문은 제가 해야 할 것 같은데요. 당신은 파산했었지만, 지금은 다시 부자가……."

"죄송합니다만…… 이 재산은 당신 것입니다. 당신이 청혼하지 않았다면 제 하인이 윌슨 목사의 집에 갈 이유도 없었을 테고, 그랬다면 저는 제가 날짜를 착각했다는 사실도 몰랐을 테고, 그러면……."

"사랑하는 포그 씨……."

젊은 부인이 말했다.

"사랑하는 아우다……."

필리어스 포그가 대답했다.

결혼식은 48시간 후에 거행되었다. 파스파르투는 환하게 빛나는 얼굴을 하고, 신부 측 증인 자격으로 결혼식에 참여했다. 부인의 생명을 구해주었으니 그 정도 영광은 누려도 되지 않은가?

이튿날 동이 트자마자 파스파르투는 주인의 방을 요란하게 두드렸다.

문이 열리고, 여전히 냉정한 모습의 포그가 나왔다.

"무슨 일인가?"

"다름이 아니라…… 제가 방금 전 알아낸 사실이 있어서요……."

"무엇인가?"

"우린 세계일주를 칠십팔 일 만에 할 수도 있었어요."

"인도를 거치지 않았다면 그랬겠지. 하지만 인도를 안 지나쳤다면 아우다 부인을 구하지 못했을 거고, 그랬다면 그녀가 내 아내가 될 수도 없었겠지……."

포그 씨는 조용히 문을 닫았다.

아무튼 필리어스 포그는 내기에 이겼다. 그는 80일 만에 지구를 돌았다. 이를 위해 배, 기차, 마차, 요트, 상선, 썰매, 심지어 코끼리까지 모든 운송수단을 총동원했다. 세계일주라는 대장정을 펼치며 타고난 냉철함과 정확함을 유감없이 발휘했다. 그런데…… 그가 얻은 것은 무엇인가? 이 여행이 그에게 가져다준 것은?

아무것도 없다? 아름다운 한 여인밖에는 얻은 것이 무엇이냐고 말하겠는가? 하지만 이 여인 덕분에 포그는 세상에서 가장 행복한 남자가 되었다.

사실 우리는 이보다 하찮은 것을 위해서라도 세계일주를 하지 않는가?

■ *Jules Verne* ■

번역을 마치고

번역 일을 하며 여러 종류의 글과 다양한 서적을 접할 기회를 갖게 되지만, 쥘 베른의 작품을 대할 때처럼 글 속에 푹 빠져 재미있게 번역하는 경우는 흔치 않다. 그런데 이 작품의 묘미는 흥미진진한 이야기에만 있지는 않다.

학창 시절, 어느 누군가에 의해 번역된 버전으로 이 책을 처음 접했을 때 기상천외한 이야기에 취해 시간 가는 줄 모르고 탐독한 경험이 있다. 그런데 학창 시절의 추억이 담긴 이 작품을 다시 번역하기 위해 원본을 읽어 내려가며 느낀 감흥은 그때와는 다른 차원의 것이었다. 기존의 번역된 글에서는 느끼지 못했던 쥘 베른만의 재치 있는 문체를 직접 느껴가며 읽을 수 있었는데, 그 재미는 말로 형언할 수 없다.

쥘 베른은 상상력만 풍부한 작가가 아니다. 간결하지만 톡톡 튀면서도 함축적인 뜻으로 구사되는 그의 단어 하나하나는 매우 맛깔스럽다. 게다가 단어의 이중적인 의미나 비슷한 발음을 이용한 수준급의 언어유희를 보면 쥘 베른이야말로 진정한 언어의 마술사가 아닐까 싶다. 그래서 그의 작품을 번역하는 사람에겐 작업하는 매 순간이 고민과 도전의 시간이 된다. 짧고 간결하면서도 경쾌한 문장이 자칫 평이해질까봐 간단한 문장을 번역하면서도 오랜 시간 고민해야 했다. 원문으로 읽을 때 느껴지는 맛깔스러운 문장과 기발한 표현들을 그대로 살리는 것이 언제나 가장 중요한 관건이었다.

게다가 이 작품에는 시대적 상황이 고스란히 스며들어 있다. 인도가 영국의 지배하에 있던 시절, 과학의 발달과 더불어 갖가지 교통수단 개발에 박차를 가하던 시절이 이 소설의 배경이다. 정면으로 부각되어 있진 않지만 물속에 용해된 소금처럼 잘 녹아 있는 시대적 상황이 작품 속에 자주 언급되어 있는 만큼 번역을 하면서 다양한 정보를 탐색해야 하는 노력도 필요했다.

언뜻 보기엔 쉬워 보이지만 결코 간단하지 않았던 『80일간의 세계일주』 번역을 마치며, 원문을 읽으면서 느꼈던 동일한 재미와 맛을 독자들 역시 한껏 음미할 수 있기를 바란다.

박미림

작가 쥘 베른에 대하여

I

쥘 베른1828-1905은 중편소설을 비롯한 80여 개의 소설 작품을 썼고, 『삽화를 통해 보는 프랑스와 그 식민지의 지리』1868, 『대탐험 및 대탐험가의 역사』1878, 『크리스토퍼 콜럼버스』1883와 같은 입문서도 출간했다. 뿐만 아니라 혼자서 혹은 공동작업을 통해 열다섯 편의 극작품을 쓰기도 했다.

그의 첫 걸작이라고 할 수 있는 세 개의 장편소설 『기구를 타고 5주간』, 『지구 속 여행』, 『지구에서 달까지』가 출판된 것이 1863년에서 1865년 사이임을 감안할 때 그의 인기는 지금으로부터 100여 년도 더 되었음을 알 수 있다.

발자크, 디킨스, 뒤마 페르, 톨스토이, 도스토예프스키, 투르게네프, 플로베르, 스탕달, 조지 엘리엇, 졸라 등 천재적인 소설가와 함께 19세기에 활동한 쥘 베른은 이들과는 다소 동떨어진 느낌을 준다. 그는 픽션을 만들어내는 천재적 장인, 끊임없이 계속되는 마력으로 사람을 매혹시키는 마법사, 그리고 어떤 면에서는 반세기, 심지어 한 세기 과학을 내다보는 통찰력을 지닌 예언가로 통한다.

이 점은 이미 다들 아는 사실이다. 심지어 몇몇 사람들은 여기에 잘못된 신비적 요소까지 부가시켜 쥘 베른이라는 작가를 마치 초인적인 힘을 지닌 마법사처럼 포장하기도 한다. 하지만 그는 동시대에 일고 있는 엄청난 과학적 혁명과 발명에 끝없는 관심을 가지고 면밀히 연구한 작가일 뿐이다. 반세기라는 시간 동안 소설 집필에 몰두한 그는 동시대가 이룩한 과학적 발명과 사실에 상상력을 더하여 작품 속에 확대·적용시킴으로써 풍부한 스토리를 구성했을 뿐이다. 물론 그의 상상력이 동원된 소설 속 과학이 미래 시대와 연결되긴 했지만 그가 과학의 모든 분야를 다 통찰하고 있었던 것은 아니다. 쥘 베른은 19세기 작가일 뿐 20세기 과학자는 아니다. 그 시대에 세상에 나온 라디오, X레이, 영화, 자동차들이 그의 작품 속에서 큰 비중을 차지하지 않는 것만 봐도 그렇다. '노틸러스호'의 엔진이나 우주인을 달나라로 쏘아 올린 포탄도 모두 극의 장치였을 뿐이다. 물론 그의 작품이 시대를 앞섰다는 사실은 부정할 수 없다. 『인도 왕비의 유산』이라는 작품에서는 벌써부터 인공위성이라는 개념이 등장했고, 『해저 2만 리』에 나오는 '노틸러스'라는 잠수정은 로뵈프가 잠수함을 만든 시기보다 10년이나 앞서 있지 않은가.

그렇다고 해서 쥘 베른이 이런 최첨단 과학 장비를 만드는 기술적 방법에 대해 자세히 언급한 것은 아니다. 그는 단지 이런 것들이 존재한다는 것과 그것들의 성능을 묘사했을 뿐이다. 그는 초인적 힘을 지닌 천재는 아니었다. 물론 에디슨 같은 진짜 천재 발명가들도 자신이 어떤 물건을 발명하게 될지 몰랐다는 사실은 생각해볼 만하지만……

1875년 혹은 1880년 당시 쥘 베른이 지금 이 시대에 대해 상상했던 것이 오늘날의 과학소설이 서기 2100년에 대해 펼치는 상상력보다 더 뛰어난 것만은 사실이다.

쥘 베른은 남달랐다. 그는 과학에 맞서 경쟁하는 대신 과학적 소스를 때로는 무시무시할 정도의 강력한 문학으로 재탄생시켰다. 그는 증기선과 철도의 발명으로 뒤바뀐 시대에 귀를 기울이며, 언젠가는 기계와 인간이 하나가 되어 환상적인 미래를 꾸려나가게 될 것이라는 사실을 예감했다. 그는 이미 새 시대의 문턱에 와 있었던 것이다.

그렇다고 거기에 완전히 발을 디딘 것은 아니다. 그는 형이상학적 정신세계를 가진 사람도 아니었다. 그의 작품에서 별나라를 여행하는 우주 비행사들의 모습 속에 파스칼의 영혼이 엿보이진 않는다. 그는 사회학자도 아니다. 쥘 베른의 『황제의 밀사』를 읽으며 19세기 러시아혁명을 촉진한 원동력에 대한 작가의 '은밀한' 분석을 찾는 것은 헛된 일이다.

하지만 그는 이야기꾼으로서, 소설가이자 극작가로서, 그리고 픽션의 창조자로서 뒤마 페르의 작품에서도 볼 수 있듯 천재적 아이디어를 기발한 재치와 생동감으로 풀어냈다. 뒤마 페르가 작품의 아이디어를 과거 시대에서 찾았다면 쥘 베른은 현재와 미래 속에서 찾았다는 것이 다를 뿐이다.

쥘 베른은 1828년 2월 8일 낭트에서 출생했다. 그의 아버지 피에르 베른은 프로뱅 지역 법관의 아들로 태어나 그도 역시 1825년 소송대리인이 되었다. 그리고 1827년 소피 알로트 드 라 퓌엔De la Fuye과 결혼했다. 드 라 퓌엔 집안은 여러 명의 항해사와 선주를 배출한 낭트의 부유한 가문이었다. 둘 사이에서 태어난 쥘 베른은 남동생 폴1829~1897과 세 명의 누이 안나, 마틸드, 마리와 함께 자랐다. 여섯 살 때는 원양선박 선장의 미망인으로부터 첫 교육을 받았고, 여덟 살에는 폴과 함께 생-도나시엥에 있는 가톨릭계 학교에 입학했다.

1839년 쥘 베른은 소년 견습선원 증명서를 매입해 인도로 떠나는 원양선박에 몸을 실었지만 루아르 강 어귀의 팽뵈프라는 곳에서 아버지에게 붙잡혔다. 그리고 결국 사촌 카롤린 트롱송에게 선물하기 위해 산호 목걸이를 구입하러 가던 길이라고 자백했다. 이날 아버지에게 심한 꾸중을 들은 쥘 베른은 한 가지 약속을 했다.

"꿈속 외에는 절대 여행하지 않겠다."

1844년 낭트 고등학교에 입학한 그는 수사학과 철학을 공부했다. 그리고 대입 자격시험인 바칼로레아를 치른 후 아버지의 뒤를 이어 법학을 공부한다. 그러나 카롤린에 대한 사랑과 작품 집필에 대한 열정이 식지 않았던 그는 이 시기에 정형시 몇 개와 비극 서사시를 비롯해 인형극도 선보이지만 크게 환영받진 못했고, 작품명도 알려지지 않았다.

1847년 카롤린이 결혼하자 그는 낙심했다. 그리고 파리에서 첫 법학 시험을 치렀다. 그는 이듬해 또 한 편의 극작품을 선보였는데, 자유로운 형식으로 쓰여진 이 작품은 낭트의 작은 극장 등에서 쉽게 읽혀지곤 했다. 그는 극작품에 큰 매력을 느꼈다. 그래서 파리로 건너가기로 했다. 아버지에게 파리에서 법학 공부를 계속할 수 있도록 허락을 얻고 1848년 11월 12일 파리로 건너갔다. 하지만 이때까지도 카롤린의 배신을 잊지 못했다. 친구이자 극작품 작업을 함께한 동료 아리스티드 이냐르에게 쓴 편지에는 이런 구절이 담겨 있다.

'…… 난 아무도 날 원하지 않는 이곳을 떠나네. 하지만 언젠가는 이 쥘 베른이 누군지 제대로 보여줄 거야.'

파리에서 그는 역시 낭트 출신인 친구 에두아르 보나미와 함께 앙시엔-코메디 거리에 위치한 아파트에 세를 들었다. 이들은 앎에 대한 욕구로 불탔지만 빠듯한 생활비 때문에 뮈세와 오기에의 「초록색 옷」에서 주인공들이 했던 상황을 그대로 연출해야 했다. 파티용 정장이 단 한 벌뿐이었던 두 사람은 번갈아 가며 이 옷을 입고 사교계를 드나들었다. 독서광이었던 쥘 베른은 셰익스피어의 극작품을 사기 위해서라면 사흘 동안 굶는 일도 마다하지 않았을 것이다.

그는 계속해서 글을 썼는데 이 시기에는 극작품을 썼다. 뒤마 페르라는 연극계 거물을 알게 되어 그의 극장인 '이스토릭' 극장에서 그와 나란히 앉아 <젊은 시절의 총사들>의 초연1849년 2월 21일을 관람하기도 했다.

1849년 쥘 베른은 동시에 세 편을 쓰는 데 몰두했는데, 그중 두 작품은 뒤마의 영향을 많이 받았다. 세 작품은 「화약의 음모」, 「섭정시대의 비극」 그리고 1막으로 구성된 희극시인 「부러진 짚단」이었다. 그중 세 번째 작품이 뒤마의 마음에 들어 1850년 6월 12일 '이스토릭' 극장에서 초연되었다. 이 작품은 이후에도 12회에 걸쳐 더 상연되었는데, 11월 7일에는 낭트의 '그라슬랭' 극장에서도 막을 올렸다.

이 같은 성공에 힘입은 쥘 베른은 연이어 「현자들」과 「누가 나를 비웃을까」라는 두 개의 작품을 연이어 내놓지만 무대에 올리지는 못했다.

한편 쥘 베른은 법학 공부도 포기하지 않아 1850년에 학위를 취득한다. 하지만 아버지의 바람대로 낭트의 법관 목록에 이름을 올리거나 소송대리인으로 일하는 대신 다른 길을 선택한다. 이때부터 법조계를 완전히 떠나 문학가의 길을 걷게 된다.

그는 파리를 떠나지 않았다. 생계 유지를 위해 강의를 나가기도 했지만 작품 집필을 계속하여 1852년 『가족 박물관』이라는 간행물에 「멕시코의 초기 항해사」와 「기구 여행」의 작품을 연재했다. 두 번째 작품은 훗날 『닥터 옥스』라는 시리즈에 「공중에서 벌어진 사건」이라는 제목으로 실린다. 위 두 작품에서는 훗날 탄생할 '경이의 여행' 시리즈의 태동이 느껴진다. 같은 해 그는 이스토릭 극장에 국립 오페라단이 될 '리릭 극장'을 창설한 에드몽 세베스트의 비서로 일하게 된다.

1852년 4월 쥘 베른은 『가족 박물관』 잡지에 그의 첫 중편소설인 「마르탱 파즈」를 연재한다. 이 소설은 페루에 사는 스페인인과 인도인, 그리고 혼혈인들 사이의 종족 간 경쟁을 감상적인 줄거리로 엮어낸 작품이다. 이 작품을 통해 24세의 젊은 작가 내면에 숨겨진 역사 및 지리에 대한 식견과 통찰력을 느낄 수 있다.

1853년 4월 20일 쥘 베른이 미셸 카레와 함께 시나리오를 쓰고 친구인 아리스티드 이냐르가 음악을 담당한 오페레타 『콜랭 마야르』가 리릭 극장에서 첫 막이 오른 후 40회나 재상연되는 쾌거를 이룬다. 이 작품은 '미셸 레비' 출판사에서 책으로 발간되었다. 이듬해 에드몽 세베스트의 동생이자 리릭 극장을 맡고 있던 쥘 세베스트가 죽은 지 얼마 안 되었을 무렵, 그는 리릭 극장을 떠난다. 그리고 본느누벨 가에 있는 자택에서 작품에 전념한다. 이렇게 해서 『선생 자카리우스』1854의 첫 번째 버전과 『얼음 속의 겨울 정박지』1855가 출간된다. 1856년에는 오노린 모렐을 만나 57년 1월 10일에 결혼식을 올린다. 프레세 드 비안Fraysse de Vianne에서 출생한 이 여인은 두 명의 딸을 둔 26세의 미망인이었다. 이후 쥘 베른은 장인의 소개와 아버지인 피에르 베른이 빌려준 돈 5만 프랑으로 파리 증권거래소의 보조 거래인이 된다. 당시 쥘 베른 가족은 몽마르트르 거리에서 살다가 세베르 가로 이사했다. 그런 와중에도 작품 집필을 계속하기 위해 방대한 독서와 장거리 여행을 하기도 했다. 이렇게 해서 1859년 영국과 스코틀랜드를, 1861년엔 노르웨이와 스칸디나비아 반도를 둘러보았다. 그러는 사이에도 극작품 집필은 계속되어 1860년 오펜바흐가 이끄는 '부프-파리지앵' 극장에서 오페레타 『침팬지 선생』을 올렸고, 1861년에는 '보드빌' 극장에서 『11일간의 포위전』이라는 희극 작품을 올리기도 했다. 같은 해인 1861년 8월 3일에는 외아들 미셸 베른을 얻었다.

그리고 1862년, 출판사 에첼을 통해 『기구를 타고 5주간』이라는 작품을 선보여 향후 20년에 대한 계약을 맺었다. 그의 작가로서의 인생이 제대로 시작된 것이다. 이렇게 해서 『기구를 타고 5주간』은 1862년 12월 출간된 이래 프랑스를 비롯한 전 세계 독자들에게 선풍적인 인기를 끌었다. 이제 쥘 베른은 증권거래소 일을 미련없이 버릴 수 있게 되었다. 게다가 에첼은 그에게 청소년잡지 『교육과 여가』의 공동편집을 제안했다. 이렇게 해서 쥘 베른은 이 잡지의 창간호1864년 3월 20일부터 『아트라 선장의 모험』이라는 연재소설을 싣게 되었다. 이 작품은 훗날 책으로 출간되었다. 같은 해에는 『지구 속 여행』이 책으로 출간되었고, 1865년에는 『지구에서 달까지』가 출간되었다.

그리고 『토론 저널』이라는 다소 무거운 간행물을 통해 『지구에서 달까지』, 『달나라 모험』을 연재소설로 실었다. 이로써 쥘 베른은 초기부터 두 개의 독자층을 확보했다. 바로 『교육과 잡지』를 구독하는 청소년층과 작가의 '과학적 상상'에 매료된 성인층이었다. 물리학자이자 천문학자인 쥘 장셍과 수학자인 조제 베르트랑은 쥘 베른의 작품을 위해 조언을 아끼지 않았다. 이들은 쥘 베른의 '포탄차'가 지구에서 달까지 날아가는 데 필요한 그래프, 쌍곡선, 포물선의 계산이 정확한지 확인하고 고쳐주었다. 그리고 천문학에 별 관심이 없는 다른 성인 독자층은 작가의 기지 넘치는 필치에 넘어갔다. 그의 작품에는 촌극 작가들 특유의 가볍고 경쾌한 문체가 녹아 있었다. 사실 쥘 베른이 소설 작가로서의 문을 열고 있던 이 시절, 그가 라비슈 형제, 메이약, 알레비, 공디네 같은 동시대 극작가들 사이에 유행하던 경쾌하면서도 환상적인 분위기에 눈을 뜨기 시작했다는 점을 언급해야겠다. 쥘 베른은 극작가로서는 오펜바흐가 살던 제2제정 시대, 소설가로서는 19세기 과학의 시대에 속해 있었다.

쥘 베른은 파리 토박이였지만 국제적인 성향을 가지고 있었다. 그는 그 시대를 사랑했고, 친구들과 어울리길 좋아했다. 작품에서도 알 수 있듯 그는 모난 성격이 아닌 유순한 성격의 소유자였다. 근본적으로 그의 밑바탕은 제2제정 시대의 한 부분을 채색한 문학가 및 극작가들과 닮아 있었다. 쥘 베른의 인기 비결은 바로 풍부한 상상력뿐 아니라 농담을 즐길 줄 아는 위트와 잘 통제된 희열 속에서 찾을 수 있겠다. 청소년기의 독자들은 그의 작품을 읽으며, 그에게 미지의 세계에 대한 이야기를 들려주는 친근한 안내자 같은 느낌을 받는다. 그러다가 성인이 되면 좀더 다른 모습의 작가를 발견하는데, 결코 촌스럽지 않으며 말 잘하는 동료, 마르지 않는 화제를 갖고 있는 이야기꾼, 정확하면서도 민첩한 판단력을 갖춘 친구의 모습을 찾게 된다. 이런 두 가지 모습을 동시에 갖고 있다는 점이 그가 이토록 오랜 세월이 흘러도 꾸준한 사랑을 받고 있는 요인이다. 넓은 독자층으로부터 깊은 사랑을 받고 있다는 점에서 쥘 베른의 인기는 매우 대중적이라 할 수 있다. 발자크, 위고, 톨스토이, 플로베르, 졸라와 같은 작가들이 우리를 완전히 사로잡아 통제하는 마력을 지니고 있다면, 쥘 베른은 이와는 다른 차원의 친구가 되어준다. 그의 목소리는 위 작가들에 비해 높지 않지만 풍성하고 정확하다.

쥘 베른에게는 하나의 시대와 세계가 따로 있다. 쥘 베른만의 경이로우면서 친근한, 그리고 현실과 절대 동떨어져 있지 않은 상상력의 세계가 있다. 자신만의 이러한 세계에 정확성과 엄밀함을 더해 탄생시킨 작품이 '경이의 여행' 시리즈다. 이 시리즈는 약 40여 년에 걸쳐 출간되었다. 이때부터 그의 유명한 작품들이 쏟아져 나온다.

『그랜트 선장의 아이들』1867, 『해저 2만 리』1869, 『80일간의 세계일주』1873, 『신비의 섬』1874, 『황제의 밀사』1876, 『검은 인도인』1877, 『15세의 선장』1878, 『어느 중국인이 중국 땅에서 겪은 고난』1879, 『인도 왕비의 유산』1879, 『녹섬광』1882, 『고집쟁이 캐러밴』1883, 『화염 속 열도』1884, 『마티아스 산도르프』1885, 『정복자 로뷔르』1886, 『2년간의 바캉스』1888, 『카르파티아의 성』1892, 『프로펠러 달린 섬』1895, 『깃발을 보며』1896, 『리보니아에서 생긴 비극』1904, 『세계의 지배자』1904 등이 대표적이다.

그의 작품을 모두 열거할 수는 없다. 그런데 그중 20여 편의 작품을 모아 연결시키면 작가가 전성기를 누린 시기를 알 수 있다. 그는 이 전성기를 위해 오랫동안 준비해왔다. 그의 부지런한 준비와 노력 덕택에 무수히 많은 작품을 썼음에도 불구하고 작품들은 모두 견고하다. 모두 일류 소설이라 할 수 있다. 이미 말했듯 작품에 임하는 그에게는 장인 정신이 있었고, 스스로에 대해 매우 엄격했다. 왕성한 작품 활동을 했던 시기에 그의 시간 배분은 현재 진행 중인 작품에 집중되어 있었다. 여행, 독서, 작품 집필을 끝없이 반복했다.

그가 첫 번째 성공을 맛본 뒤인 1866년, 그는 크로투아에 주택을 마련하고, 곧이어 배를 한 척 구입한다. 배의 이름은 아들의 이름을 따서 '생 미셸'이라고 지었다. 작은 낚싯배에 불과했지만 그는 여기에 필요한 장치를 설치해서 유람하는 데 적합하게 만들었다. 이 배는 그에게 작업실이자 작업의 도

구였다. 그는 이 배로 영불해협과 센 강을 유람했다. 바로 이 같은 작은 여행이 발판이 되어 훗날 '경이의 여행' 시리즈가 빛을 보게 된 것이다. 쥘 베른은 주변의 강가나 바다를 유람하는 것에 만족하지 않고 1867년 2월 동생 폴과 함께 미국 여행에 나섰다. 대서양에 전화 케이블을 설치하기 위해 특별히 제작된 커다란 외륜선 그레이트이스턴호를 타고서였다. 이 여행 후 돌아와 집필한 작품이 『해저 2만 리』다. 그는 이 작품을 그의 '생 미셸' 안에서 썼다. 그는 '생 미셸'을 가리켜 '물에 뜬 작업실'이라고 부르기도 했다.

1870년에서 1871년 사이, 쥘 베른은 해안 경비대원으로 동원되었지만 그렇다고 글 쓰는 일을 중단하지는 않았다. 그래서 훗날 에첼 출판사와 다시 일하게 되었을 때 즉시 네 권의 책을 내놓을 수 있었다. 1872년에는 아내의 고향인 아미앵에 정착했다. 그리고 2년 뒤에는 특별한 저택과 요트를 한 대 구입해 요트의 이름을 '생 미셸 2'라고 지었다. 그리고 아돌프 엔느리와 함께 『80일간의 세계일주』를 '포르트 생 마르탱'이라는 극장에서 연극으로 상연해 대단한 성공을 거두었다. 이 연극은 그 후 2년간 계속 무대에 오르게 된다.

그는 언제나 일이 중심이었지만 독서, 크루즈 여행, 부르주아적 생활을 조화롭게 구성할 줄 알았다.

일과 돈으로 말하자면 쥘 베른은 자신의 작품이 지닌 문학적 유산으로서의 가치를 잘 알았다. 1872년에서 1886년까지는 쥘 베른의 삶을 가까이서 지켜본 이들이 꼽는 쥘 베른 최고의 명예와 부를 이루었던 시기다.

우선 소설 및 극작품(『닥터 옥스』(1877)-필립 쥘과 아르노 모르티예 각본/오펜바흐 음악, 『그랜트 선장의 아이들』(1878)-아돌프 엔느리와 함께 작업, 『황제의 밀사』(1880), 『불가능한 세계로의 여행』(1882), 『마티아스 산도르프』(1887)-윌리엄 뷔

나하와 조르주 모랑 각본)을 집필했던 것 외에 몇 가지 중요한 사건을 더 추가해야 하겠다. 우선 1877년에는 아미앵에서 가장무도회에 참석한 적이 있었는데 이때 그의 오랜 친구이자 사진작가인 나다르가 포탄을 타고 나타나는 것을 보았다. 이 사건이 훗날 『지구에서 달까지』의 모티브가 되었다고도 볼 수 있다. 그리고 '생 미셸 3'를 구입한 일도 빼놓을 수 없겠다. 1878년에는 낭트 고등학교 학생인 아리스티드 브리앙을 만났고, 1880년에는 노르웨이, 아일랜드, 스코틀랜드를 돌며 항해했다. 1881년에는 북해와 발트해를, 1884년에는 지중해를 여행했다. 그리고 1889년에는 아미앵 시의회 멤버로도 선출되었는데, 그가 속한 파가 급진파였던 탓에 몇몇 전기작가들은 그를 너무 '새빨간' 사람이라고 묘사하기도 했지만 이것은 잘못된 생각이다.

1871년에는 아버지를, 1887년에는 어머니를 잃었다. 1897년에는 동생 폴이 사망했고, 1902년에는 그가 백내장을 앓았다.

"내 인생은 풍요롭다. 나에게 적이 있을 자리는 없다. 이것은 내가 원하던 삶이기도 하다."

그가 최고의 명성과 건강을 누리던 시기에 썼던 글의 발췌문이다.

1886년에서 1887년 사이, 잘 알려지진 않았지만 총에 맞는 사건을 겪은 후 그는 요트도 팔고, 자유로운 삶과 여행도 단절한 채 아미앵에서 충실히 의원직을 수행했다. 소설가로서 정치가로서의 삶을 만족스럽게 누리던 그는 이같은 글을 썼다.

"나는 다시 파리를 보지 않을 것이다."

1892년 주이에게 쓴 편지의 내용이다.

1884년에서 1905년 사이 쥘 베른의 인생에 대해 전기작가들은 슬프고 조용한 삶으로 묘사했다. 그 근거로 1894년 8월 1일 날짜로 기록된 동생에게 보내는 편지의 내용을 들었다.

"나는 이제 그 어떤 유쾌함도 받아들일 수가 없어. 내 성격은 완전히 변질되어버렸지. 내가 겪은 슬픈 일들 때문에 다시는 일어설 수 없을 것 같아."

하지만 이렇게 음울한 글이 전부는 아니었다. 이런 추론을 반박하는 다른 글들도 많다. 따라서 쥘 베른의 인생 후반기를 슬픈 색조로만 칠하는 것은 위험한 발상이다. 그는 더이상 붓을 쥘 수 없는 순간까지 글을 썼다.

"난 일을 하고 있지 않으면 죽은 것 같아."

그가 이탈리아 작가 데 아미치스에게 한 말이다.

쥘 베른은 끝없이 일을 했다. 그리고 그가 50년 넘게 좋아한 작가 에드거 앨런 포의 『아서 고든 핌의 모험』을 열심히 읽었다. 그런 뒤 이 미국인 영웅의 모험담에 대한 속편을 집필해 『얼음의 스핑크스』를 탄생시켰다. 그 후에도 열 편의 작품을 더 선보인 쥘 베른은 1905년 3월 24일 아미앵의 자택에서 숨을 거둔다.

80일간의 세계일주

지은이 쥘 베른 옮긴이 박미림 그린이 최영란
펴낸이 박은서 펴낸곳 도서출판 주변인의길
편집 송이령, 김선숙, 석호주, 송훈의 마케팅 정재면, 최근봉, 추미경, 김종수 관리 하병태, 박종금, 조향미
주소 (412-820) 경기도 고양시 덕양구 토당동 836-8 칠성빌딩 301호
전화 (031) 978-8767~8 팩스 (031) 978-8769

■http://www.jubyunin.co.kr ■myjubyunin@bcline.com

초판 1쇄 인쇄일 2007년 4월 5일 | 초판 1쇄 발행일 2007년 4월 10일

ⓒ 주변인의길
ISBN 978-89-91605-61-9(03860)